너를
있는 그대로
사랑해

지은이 황수빈

사회복지사로 근무하던 중 결혼과 연년생 출산으로 일을 쉬게 되었다. 전업 주부, 육아 3년 차에 첫아이가 '소아뇌전증'으로 투병하기 시작하면서 직장인으로 복귀하지 못했다. 아이의 병을 받아들이기 힘들어, 간병 생활 중 크게 마음의 방황을 했다. 그러던 중 책을 읽고 글쓰기를 배우면서 아이의 병을 인정하고, 주어진 상황에서 행복해질 수 있는 길을 발견했다. 투병 중이지만 누구보다 밝은 큰아이, 남다르게 의젓한 둘째 아이, 성실한 남편과 함께 현재 경남 창원에서 살고 있으며, 다양한 글을 쓰면서 여러 책의 출간을 준비 중이다.

너를 있는 그대로 사랑해

아픈 아이를 둔 엄마의
행복한 고백

황수빈 지음

프·롤·로·그

아이가 아프다고 하면 사람들은 눈을 동그랗게 뜨고 의아해한다. 내가 정말 아픈 아이를 둔 엄마가 맞는지 의문을 품는 눈초리를 보내는 것이다. 그 눈빛 속에는 많은 의미가 담겨 있다. 아이가 아파도 정말 저렇게 행복하다고? 아이는 아픈데 엄마가 저렇게 행복해하다니 못쓰지! 정말 아이가 아픈 것 맞을까?

이해한다. 가족 중 누군가 큰 병을 앓고 있다면, 더욱이 아이가 아프다면 누구나 불행이라는 단어를 먼저 떠올릴 것이다. 동시에 부모의, 특히 엄마의 힘겨운 희생을 떠올릴 것이다.

하지만 자신 있게 말할 수 있다. 나는 행복하다. 우리 가족은 즐겁고 평안한 나날을 보내고 있다. 아이의 병에 큰 차도가 있어서가 아니다. 아이는 여전히 벅찬 투병을 하는 중이고, 증상이 찾아올 때마다 큰 고통에 몸부림치며, 그러면 우리 가족은 뜬눈으로 밤을 지새운다. 아이는 질병의 고통으로, 우리 부부는 그런 아이를 지켜봐야 하는 고통으로 녹초가 되어 때로 숨이 턱 밑까지 차올라 눈물이 흐르기도 한다.

그럼에도 불구하고 우리 가족은 어느 때보다 행복한 나날을 보내고 있다. 받아들였기 때문이다. 아이가 아프다는 현실, 나는 아픈 아이를 둔 엄마라는 현실, 누구보다 내가 아픈 아이를 극진하게 보살펴야 한다는 현실, 여러 색깔의 동정을 표하는 타인의 시선을 견뎌야 한다는 현실, 그러기 위해서는 내 삶의 내용과 속도와 자세를 리셋해야 한다는 현실을, 나는 받아들였다.

그리고 나는 남편의 권유로 이 받아들임의 과정을 블로그에 글로 쓰기 시작했다. 현실을 받아들이고 난 후에 어떤 변화가 생겼는지를 가감 없이 풀어냈다. 내 글쓰기는 순수하게 자기 치유의 과정으로 출발했지만, 점차 나와 유사한 상황에 처한 많은 부모의 공감을 얻기 시작했다. 뿐만 아니라 진정한 위로를 주고받게 되었다.

나는 작은 사명감을 느꼈다. 아픈 가족을 둔 이들에게 위로를 전하고 싶었고, 몹시 벅차고 힘겨울 그들의 삶이 조금이라도 가벼워지고 편안해질 수 있도록 내 경험을 공유하고 싶었다. 그럼에도 불구하고 행복해질 수 있다고 말이다.

혹자에게는 우리 가족의 사연이 자신과 상관없는 이야기로 받아들여질지도 모른다. 그러나 삶을 살아가는 모든 이는 저마다 크고 작은 역경에 부딪힐 수밖에 없지 않은가. 나는 조심스럽게 용기를 내어 지금 행복한 내 삶이 있기까지의 과정을 말하려 한다. 아픈 아이를 둔 부모에게, 이러저러한 위기를 맞은 가족에게 위로가 되고, 하나의 좋은 사례가 된다면 더없이 기쁠 것이다.

차 례

03

그래서 고맙다, 아들

04

엄마라는 훌륭한 스펙

05

이제는 행복한 육아

01

그렇습니다,
나는 아픈 아이의
엄마입니다

그해 여름

나는 결혼하고 남편과 여기저기 여행 다니기를 꿈꿨다. 고맙게도 남편이 내 꿈에 선뜻 동의해주어 우리는 임신하기 전에 부지런히 여행을 다니기로 약속했다. 신혼여행을 다녀와서 얼마 뒤 꼬박 일곱 시간을 달려 강원도로 향했다. 늦가을, 춘천의 낙엽은 내 마음에서 바스락거렸다. 신혼답게 닭살스러운 사진도 찍고 놀라운 풍광을 바라보며 여행의 낭만을 즐겼다. 여행에서 돌아와 인화한 사진을 앨범으로 정리하며 여운을 즐기기도 했다. 여운이 채 가시기도 전에 또 다른 곳으로 떠날 계획을 세우며 지도를 펼쳐 들었다. 경주, 전주, 서울 등 이곳저곳 다녀볼 생각에 즐거운 고민을 하고 있을 때 첫아이가 우리에게로 왔다. 부지런히 여행을 다니겠다던 꿈은 그렇게 막을 내렸다.

아이가 와주어 기쁘기도 했지만 여행에 대한 미련도 컸다. 남편은 적적해하는 내 마음을 헤아려 태교 여행을 가자고 제안했다. 언제 다시 갈지 모를 여행이 될 것 같아서 남편의 제안에 덥석 동의했다. 가을에서 겨울로 넘어가는 계절의 제주도는 예상보다 많이 추웠다. 엎친 데 덮친 격으로 보슬비가 계속 내려 여행 내내 거의 펜션에 머물러야 했다. 아쉬움이 많이 남는 여행이었지만 남편의 성의가 고마웠고 피자만 한 대왕 햄버거는 여전히 재미있는 추억으로 남아 있다. 용두암에서 우리는 아이가 무사히 건강하게 태어나주길 빌면서 여행을 마쳤다.

시간이 흘러 아이가 태어났다. 육아와 살림이라는 새로운 임무 앞에 정신없는 하루하루를 보냈다. 여행을 갈망하던 마음은 잊은 지 오래였다. 꽁꽁 언 냇물이 녹고 봄꽃이 피어올랐다. 만개했던 꽃이 떨어지자 아이는 아장아장 걸었다. 햇살은 좋았고 시원한 계곡이 손짓하는 여름이 찾아왔다. 어느덧 아이의 나이도 15개월에 접어들었다. 그간의 노고를 보상이라도 할 참으로 여름휴가를 떠나기로 결정했다.

전날까지도 컨디션이 좋았던 아이가 에어컨 바람 탓인지 약간 콧물을 흘렸다. 왠지 모를 불안감이 엄습해 남편에게 여행을 미루면 어떻겠느냐고 물었다. 남편은 펜션 예약을 최소

만개했던 꽃은 떨어지고 아이는 아장아장 걸었다.
햇살은 좋았고 시원한 계곡이 손짓하는 여름이 찾아왔다.

하면 환불받기 어렵다고, 별문제 없을 거라며 떠나자고 했다. 불안한 마음이 가시지 않아 단골 한의원에 잠시 들러 아기용 한방 감기약을 처방받아 여행을 떠났다.

친정 부모님을 모시고 지리산으로 향했다. 계곡 물소리는 시원했다. 가는 길목에 차를 세우고 매끄럽게 쏟아져 내리는 계곡물에 발을 담궜다. 불안했던 출발과는 달리 여행은 순조로웠다. 아이는 처음 느끼는 시원한 계곡물을 보며 환호성을 질렀다.

'그래, 내가 괜한 생각한 거야. 콧물 조금 나는 건데 뭐. 괜찮을 거야.'

아이는 돌멩이가 신기한지 산을 뛰어다니며 주워 모았다.

부산스럽게 호기심을 충족해대는 통에 쫓아다니느라 애를 먹었다. 몸은 피곤하지만 자연이 활기를 주었고, 역시 떠나오길 잘했다고 생각했다. 그날 저녁, 즐겁게 바비큐 파티를 했고, 만족스러운 하룻밤을 보냈다. 다음 날 아침 일찍 일어나보니 펜션 사장님이 수영장에 계곡물을 받고 있었다. 아이와 첫 수영을 할 생각에 마음이 들떴다.

새벽 공기를 잠깐 쐬고 들어와 자고 있는 아이의 이마를 쓰다듬었다. 미열이 나고 있었다. 콧물까지 심하다 싶어 아이가 일어나자마자 처방받은 한방 감기약을 먹였다. 아이는 어제와 달리 몸이 늘어지는 듯했고, 힘들어하는 기색을 보였다. 친정 엄마는 귀도 차갑고 체한 것 같다며 바늘로 손가락을 따자고 했다. 나는 엄마를 만류했다.

"엄마, 애들은 안 체한대. 책에서 봤어."

엄마는 들은 척도 안 하셨다. 마지못해 바늘을 가져왔다. 아이의 등을 마사지해주던 엄마는 바늘을 받아 들어 아이의 두 손을 땄다. 아프다고 우는 아이를 안아 달랬다. 아침이 되자 이제는 미열 정도가 아니라 아이의 이마가 몹시 뜨거웠다. 체온계를 가져와 열을 재니 38도를 넘어서고 있었다. 해열제를 먹여야 하나 어쩌나 고민하는 순간 아이가 경련을 일으켰다. 동공은 하얀 눈자위로 사라졌다. 온몸이 뻣뻣하게 굳었다.

급히 차에 타서 근처 의원으로 향했다. 의원에서 열을 재니 40도라고 했다. 고열이 나면 경련을 일으킬 수 있다면서 감기약을 처방해줬다. 크게 걱정하지 않아도 된다고 안심시켜주기에 다시 펜션으로 향했다. 펜션에 다다를 즈음 차 안에서 만화를 보던 아이가 갑자기 소리를 지르며 또 한 번 경련을 했다. 숨을 돌릴 새도 없이 펜션에 도착하자마자 세 번째 경련을 했다. 우리는 그제야 예삿일이 아니란 것을 직감했다. 나는 경련이 끝나고 땀범벅이 된 채로 늘어진 아이를 안고 꼼짝할 수 없었다.

펜션으로 뛰어 들어간 남편이 친정 부모님과 함께 서둘러 짐을 챙겼다. 그 많은 짐을 30분 만에 정신없이 쌌다. 부랴부랴 우리는 지리산에서 집 근처에 있는 종합병원으로 날아갔다. 날개만 달지 않았을 뿐이지 그야말로 날아가듯이 서둘렀다. 병원에 다다랐을 때 아이는 정신을 차렸고, 해열제 덕분에 열도 내렸다.

아이를 진찰한 의사는 폐렴 초기라는 진단을 내렸다. 고열과 경련을 해서 위험하니 입원을 하라고 했다. 남편의 열흘 여름휴가는 꼬박 병원에서 마무리됐다. 다행히 아이는 폐렴도 낫고, 열성 경련으로 마무리됐다. 그것이 끝이라고 생각했다. 다음이 있으리라고 전혀 생각하지 못한 채 우리는 즐거운 마음으로 퇴원했다.

1년이 훌쩍 지났다. 그사이 둘째 아이가 태어났다. 우리 가족은 여느 4인 가족과 다름없는 일상을 보내고 있었다. 큰아이는 어린이집에 다녔다. 담임선생님은 우리 아이를 자주 칭찬하셨다. 친구들에게 모범이 되고, 무엇이든 나서서 척척 하는 든든한 일꾼이라고 하셨다. 아이는 어려운 퍼즐도 잘 맞추고 주변에서 영특하다는 소리를 많이 들었다. 둘째 아이는 막 돌이 지났고, 오빠와 아웅다웅하며 남매간의 서열을 배워갔다. 둘째 아이를 좀 더 키워 어린이집에 보낼 생각을 하면 기분이 좋았다. 비로소 나도 육아의 한 자락에 숨 쉴 여유를 누릴 수 있단 생각에 쾌재를 불렀다.

그러던 어느 날 비보가 들렸다. 큰애를 누구보다 아껴주시던 증조할머니가 100세에 하늘로 가셨다는 소식이었다. 우리 큰아이를 안아주고 예뻐하실 정도로 건강하셨는데 안타까웠다. 입원해 계시던 요양 병원 지하에서 장례식이 치러졌다. 문제는 장례식 참석 여부였다. 어린아이들을 데리고 장례식장에 가는 것이 염려가 됐다. 주말이었기에 큰애를 어린이집에 보내지 못했고, 갓 돌이 지난 둘째 아이를 데려가는 것도 일이었다. 둘째를 친정 엄마가 봐주시기로 하고 큰아이만 데리고 장례식장으로 향했다. 이 한 번의 선택을 기점으로 우리 삶이 송두리째 흔들릴 줄은 전혀 몰랐다.

검은 상복을 입고 문상객을 맞았다. 음식을 나르고 정리하느라 아이를 챙길 겨를이 없었다. 아이는 사촌 형, 사촌 누나를 쫓아다니며 신나게 놀았다. 엄마 안 찾고 잘 놀아주어 그저 감사했다. 아침 9시부터 저녁 8시까지 아이는 땀에 흠뻑 젖은 채 놀았다. 귀가하는 길에 차 안에서 잠들었던 아이를 깨워 우는 것을 겨우 달래 씻겨서 재웠다. 월요일 아침 아이를 일찍 어린이집에 데려다주고 장례식장으로 향했다. 발인이 끝나고 우리는 각자의 자리로 돌아갔다.

아이가 지하 장례식장에서 땀 흘려 놀았던 탓일까? 이틀 뒤부터 콧물을 흘리더니 감기를 앓기 시작했다. 병원에서는 감기약을 처방해주었다. 아픈 지 4일째인데 차도가 없었다. 오히려 기침 소리가 심상치 않았다. 어린이집은 하루 쉬기로 하고 오전에 병원을 다녀왔다. 이번에는 폐렴 초기라면서 다른 약을 처방해주었다. 다행히 입원할 정도는 아니라고 해서 링거를 맞히고 집에 돌아왔다. 조금 차도가 있는 듯했고, 언제 아팠냐는 듯이 동생과 투닥거리며 잘 놀았다. 나는 금세 아이가 괜찮아지려니 했다.

여느 때처럼 남편이 퇴근해서 돌아오자 식탁에 둘러앉아 밥을 먹었다. 물을 달라는 큰아이에게 컵을 건네주었다. 그때였다. 컵을 받아 든 아이가 물을 마시려다 갑자기 팔을 위로 뻗었다. 컵이 날아갔고 아이는 뻣뻣하게 사지가 굳어 식탁 의자에 앉은 채 경련을 했다. 남편과 나는 깜짝 놀라 아이를 바닥에 눕혔다. 병원에 갈 채비를 하며 시간을 보니 5시 40분이었다. 6시면 담당 의사가 퇴근하는데 그 안에 도착하기 힘들 것 같았다. 병원에 연락을 했다. 다행히 담당 의사가 기다릴 테니 서둘러 병원으로 오라고 했다. 의사는 아이를 보더니 바로 입원 조치를 내렸다.

피 검사부터 각종 검사가 이뤄졌다. 아이가 갑자기 열이 오르기 시작했다. 경련은 고열 때문에 일어날 수 있지만, 경련한 뒤에 고열이 날 수도 있다고 했다. 검사 결과 폐렴이 많이 진행되었다며 항생제와 각종 링거를 투여했다. 다행히 폐렴 증상은 완화됐지만 계속해서 경련이 찾아왔다. 의사는 아이가 경련할 때마다 헐레벌떡 뛰어왔고, 불안감을 감추지 못했다.

"경련 치료는 한번 시작하면 최소 2년이 걸리기 때문에 신중하게 시작해야 합니다."

"경련 치료라고요?"

"예전에는 간질이라고 했고, 최근에는 뇌전증이라고 병명이 바뀌었습니다. 1년 전에도 그랬고 지금도 그렇고 창현이는 경련 전후로 열이 있어 열성 경련일 가능성이 높습니다. 좀 더 지켜봅시다."

우리는 아연실색했다.

'설마 우리 애가 그런 병일 리가 있겠어. 겨우 감기에 걸렸을 뿐이고, 폐렴일 뿐인데. 그래, 단순한 열성 경련일 거야. 유아기에는 그런 경련을 한다고 하니까.'

열성 경련이라고 믿었다. 아니 그렇게 믿고 싶었다. 우리 아이가 이름만으로 두려워지는 '뇌전증'일 리가 없었다. 남편과 나는 교대로 집에 오가며 간호했다. 내가 잠시 집에 다녀와 병실에 들어섰을 때 남편의 표정을 본 순간 무서운 예감이 들었다. 남편이 어두운 표정으로 말했다.

"당신이 없는 사이에 애가 경련을 세 번 더 했어. 교수님이 결정해야 할 것 같다고 했어. 열성 경련으로 보고 좀 더 지켜볼지 아니면 큰 병원으로 가서 정밀 검사를 해볼지. 검사를 할 생각이면 대학병원으로 가야 한대."

우리는 불안한 마음으로 어서 대학병원으로 가 검사를 받아야겠다고 의견을 모았다. 의사는 가장 가까운 대학병원 응급실에 전화해 의뢰해주었다. 절차가 끝나자 우리 손에는 의뢰서가 들려 있었다. 냉랭하고 소란스럽게 비켜달라 외치는 구급차를 타고 대학병원으로 향했다.

아이의 투병과 우리 가족의 간병 생활은 그렇게 시작되었다.

왜 하필
우리 아이에게!

아이의 뇌에는 '경기파'가 흐른다고 했다. 나는 주치의를 붙들고 지겹도록 질문했다.

"경기파라는 것이 도대체 왜 생기는 거지요?"

인간의 뇌에는 물 흐르듯 끊임없이 뇌파가 흐른다고 한다. 경련을 하는 뇌전증 환자는 일반인에게는 없는 '경기파'가 흐르고, 전극을 일으키는 경기파가 바로 발작으로 나타난다는 것이다.

경기파라니, 나는 우리 아이에게 그 뇌파가 생기는 이유라도 알고 싶었다. 주치의의 대답은 실망스럽다 못해 당황스러웠다.

"이유가 너무 많아 알 수 없습니다. 원인 불명이라는 표현이 적당하겠네요."

서양 의학에 화가 났다. 답답한 마음에 한의사, 역술가, 민간 요법사를 찾아가 견해를 구하기도 했다. 그들의 답변은 한술 더 떴다.

"귀신이 씌어서 그러니 부적을 해야 합니다."

"임신했을 때 엄마가 놀라서 그래요."

"무조건 유전적으로 타고난 겁니다."

"가족들 사주가 아이를 몰아세웁니다."

그러지 않아도 위축된 나에게 자책감을 더해주는 질책만이 이어졌다. 의료 기술이 그렇게 발달했다고 뉴스에서 선전하더니 정말 방법이 없는 걸까. 나는 간절한 심정으로 다시 양의사에게 물었다.

"세상에 원인을 알 수 없는 병도 있나요? 그럼 우리 아이 병이 불치병이라는 건가요?"

"꼭 그런 것만은 아닙니다. 70퍼센트 정도가 자연 치유되며, 30퍼센트 정도가 치료되기 어렵고, 그중 10퍼센트만 치료가 불가능합니다."

당연히 우리 아이는 70퍼센트에 속하길 간절히 바랐다.

아이가 처음 발병했을 때 담당 의사의 소견은 그래도 제법 희망적이었다.

"발병 초기인 데다가 뇌파 검사 결과 아주 경미한 경기파가 보입니다. 이 정도는 소량의 항경련제로 조절될 가능성이 높고 완치율이 높습니다."

약국에서 약을 타 와 차에 올라탔다. 남편이 대뜸 말했다.

"좋아질 가능성이 있고, 약한 정도면 우리 한의원 가보자. 인터넷에 찾아보니 항경련제가 부작용도 많고, 발달에도 지장을 주고 좀 그렇대."

나는 그래도 양약을 먹였으면 싶었다. 한약의 부작용이 염려됐고, 소량의 양만 먹어도 된다고 하니 믿어보고 싶었다. 나에 비해 남편의 생각은 확고했다. 아무 확신도 할 수 없는 나는 그 결정에 따랐다.

그날 뇌전증 치료로 유명한 한의원을 알아보았다. 인터넷에서 찾아보니 서너 군데가 유명한 한의원으로 나왔다. 그중 우리 집과 가장 가까운 대구로 향했다. 제일 많은 추천을 받은 곳이기도 했고, 근거리라 치료받으러 다니기도 좋겠다 싶어 병원 치료를 받은 다음 날 바로 그 한의원을 찾았다. 절실한 부모의 마음을 잘 아는지 한의원에서는 완치된 숱한 사례를 들면서 병원과 양약을 비난했다.

블랙홀 앞에 선 듯 남편과 나는 한의사의 말에 빠져들었다. 남편 월급의 3분의 2에 해당하는 보름치 약값도 아무런 문제가 되지 않았다. 물론, 우리 형편을 뻔히 아시는 시아버님께서 원조해주시기는 했지만 설령 그러한 도움이 없더라도 있는 돈

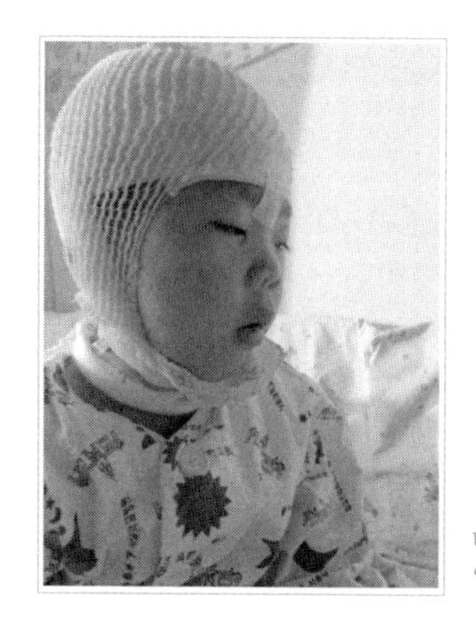

나는 주치의를 붙들고 지겹도록 질문했다.
"경기파라는 것이 도대체 왜 생기는 거지요?"

없는 돈 탈탈 털어서 치료비를 마련했을 것이다. 그때 우리는 한마음으로 말했다.

"한약만 먹으면 낫는다는데 돈이 문제야!"

한약만 먹으면 경련도 치료하고, 부작용도 겪지 않는다는 말은 다디단 초콜릿 같았다. 과연 효과가 있는 듯했다. 한약을 복용한 뒤 신기하게도 경련 횟수가 하루 1회로 줄었다. 가끔 하루 이틀 건너뛰기도 했다. 폭발적으로 증가하던 경련이 눈에 띄게 잦아든 것이다. 우리는 한약을 신봉하기 시작했다. 가끔 찾아오는 경련도 치료 과정이라는 한의사의 말을 철석같이 믿었다. 소위 '약발'이 받는구나 싶어 더없이 기뻤다. 그간 우리가 별것 아닌 일에 너무 호들갑스러웠던 것 같아 피식 웃음이 나기도 했다.

그러나 보름이 지나자 아이가 경련하는 횟수가 갑자기 늘어났다. 한의사는 '명현 반응'이라며 바늘로 손과 발을 따주고 약을 먹이고서 기다리라 했다. 며칠 후, 숨 쉴 틈도 없이 아이가 경련을 했다. 폭발적으로 늘어난 경련에 정신을 차릴 수 없을 지경이었다. 손발을 따는 것만으로는 도저히 아이를 깨울 수 없었다. 우리는 다시 아이를 병원에 데려가기로 했다. 다만 남편 차로 이동할 엄두가 나지 않았다. 차 안에서 경련을 하면 제대로 처치할 수 없을 것 같았다. 아이는 경련을 하면 숨을 쉬지 않아 입술이 보라색으로 변했다. 서둘러 뇌에 산소를 공급해줘야 뇌 손상을 막을 수 있기 때문에 구급차를 타고 병원으로 가야겠다 싶었다. 떨리는 손으로 전화를 했다.

"거기 119죠. 저희 아이가 뇌전증을 앓고 있어요. 아이가 계속 경련을 해서 응급실에 가야 해요."

잠시 후 구급차가 도착했다. 도착한 구급대원들은 인터폰 너머에서 관내 병원까지만 태워다 줄 수 있다고 말했다. 119에 전화하는 것만으로도 손이 떨려 어떻게 연락했는지 기억도 나지 않는 데다 구급차를 처음 이용해보는 터라 관내 병원으로만 이동 가능한지도 몰랐다.

"죄송해요. 저희 아이는 양산부산대병원으로 가야 해요. 사설 119를 이용하겠습니다. 번거롭게 해드려서 죄송합니다."

잠시 의논을 하던 두 구급대원이 벨을 다시 눌렀다.

"원래 관외로 가지 못하게 돼 있지만 상황이 긴급해 보여서 태워드리겠습니다. 준비해서 나오십시오."

119 구급차로 병원까지 달려가는 사이에 아이는 또 한 번 경련을 했다. 구조대원들이 호흡기를 대고 간단히 처치를 했다. 병원 응급실에 들어서자 구조대원들은 의료진에게 아이의 증상을 설명하고 인계해주었다. 감사한 마음에 작은 사례라도 하고 싶었다. 주머니를 뒤져 만 원짜리 몇 장을 건넸다.

"너무 감사합니다. 이거 얼마 안 되지만 가시는 길에……."

"아, 이러시면 안 됩니다. 불법입니다. 마음만 감사히 받겠습니다. 치료 잘 받고 가십시오."

그들은 우리의 작은 사례를 한사코 거절하고 떠났다. 의사가 와서 아이의 상태에 대해 물었다. 한의원에서 치료를 받았다고 하니 떨떠름한 표정을 지었다.

"노파심에 드리는 말씀입니다만 웬만하면 한의원 치료는 하지 마세요. 검증되지도 않았고, 한약이 이 병을 치료한 경우는 없습니다."

아이에게 한방 치료는 정답이 아니었을까? 부모 욕심 때문에 아이만 쓴 한약을 먹어대며 고생한 듯해 마음이 아팠다. 소식을 들은 친척들이 더 큰 병원으로 옮기는 편이 낫지 않겠느냐고 연락을 해왔다. 그때라도 우리가 중심을 잡아야 했지만 아픈 아이 앞에서 우리는 이성을 잃었다. 아이는 병원에서 고

함량의 응급 항경련제 주사를 맞고서야 경련을 멈췄다. 대신 그때부터 비틀거리며 걸었고, 어눌하게 발음하기 시작했다.

모든 엄마가 그렇듯 나도 우리 아이가 때로 굉장히 비상하다고 생각했다. 첫돌에 30조각의 퍼즐을 순식간에 맞추었을 땐 놀라움을 금치 못했다. 뿐인가. 정리 정돈을 잘해 어린이집에서 친구들의 신발 정리도, 장난감 정리도 솔선해서 하는 아이였다. 친구들이 실수하면 바로잡아야 직성이 풀리는 잔소리꾼이기도 했다. 담임선생님도 칭찬을 아끼지 않으셨다.

"창현이는 우리 반 반장이에요. 정리 정돈도 잘하고, 친구들이 잘못하면 잔소리하는 똑똑한 반장이에요."

그러나 경련을 시작하고 그런 비상함은 자취를 감추었다. 나는 같은 의문사를 계속 내뱉어야 했다. 왜? 대체 네가 왜? 명민하고 똑 부러졌던 네가 왜 이런 고통을 받아야 할까? 네가 무슨 잘못을 했기에 이런 병이 생겼을까?

이런 질문은 나 자신에게로 향했다. 내 아이가 왜 이런 고통을 받아야 하지? 다들 건강하게 낳아서 잘만 키우는데 나만 왜 이렇게 고통받아야 하지?

아이가 발병한 뒤 내 마음은 순식간에 원망으로 물들었다. 칼날 위에 서 있는 기분이 들기도 했다. 조금만 실수해도 딛고 있는 칼날에 발바닥을 베이고 말 듯한 아슬아슬한 감정 상태가 지속됐다. 다만 병원에서 아이를 간호하는 동안에는 그러한 감정을 아이에게 들키지 않으려 이를 악물었다.

눈덩어리처럼 커진 원망은 꼬리에 꼬리를 물며 제 덩치만 키워갔다. 남편과의 선 자리를 주선했던 친정 엄마까지 원망의 대상이 됐다. 병원에서 아이를 돌보며 생각했다. 엄마가 결혼하라고 떠밀지만 않았어도 내가 이 고생을 하지는 않았을 텐데……. 결혼을 선택하는 데에 큰 역할을 했던 엄마가 원망스럽기 이를 데 없었다.

경련으로 힘겨워하는 아이를 지켜보는 일이란 안타깝다는 표현만으로 부족할 만큼 힘들었다. 심지어 경련이 없는 평온한 날은 아이가 원망의 대상이 되기도 했다.

그렇다. 나는 아이를 원망했다.

아이 하나로 내 인생이 송두리째 흔들리는 상황에 잔뜩 겁을 집어먹은 것이다. 결국엔 자책으로 이어졌다.

'나 같은 건 아이를 낳지 말았어야 해.'

마음속 원망과 분노는 끊임없이 대상을 찾았다. 아이를 다독이고 감싸 안아주어도 모자랄 판에 내 모습이 초라하게만 여겨졌다. 원망했다가 자책하고, 안쓰러워했다가 미워하기를 하루에도 수십 번 반복했다.

'이제 어쩔 거야?'

원망과 분노, 죄의식이 뒤죽박죽 섞여 괴로워하던 어느 날,

어디선가 나에게 이런 질문이 날아들었다.

'이제 어떻게 할 거냐고?'

아이는 차도를 보이지 않았고, 나는 무너지고 있었다. 집 안에는 숨 막히는 적막만이 감돌았다. 우리 가족은 부서진 배 한 척에 올라타 망망대해를 떠다니는 형편이었다. 이제는 구명조끼를 입고 바다에 뛰어들거나 구조선을 향해 힘껏 구조를 요청하거나 그대로 가라앉거나 뭐든 결정해야 했다. 그러나 나는 무엇을 어떻게 해야 하는지 감도 잡지 못했다. 뭔가 방법을 찾아야 한다는 생각은 머릿속에만 맴돌 뿐, 뚜렷한 방안이 떠오르지도 않았고 무언가 해볼 엄두도 나지 않았다.

뭐라도 해야 한다는 마음의 불씨는 지펴졌지만 희미하게 꺼질 듯 말 듯 약했다. 현 상태에 안주하고 있으면 적어도 사람들에게 동정은 받았다. 막상 틀을 깨고 나가서 뭔가를 한다고 생각하면 좌절할 듯해 두려웠다.

결혼 전, 나는 사회복지사로 일했다. 아픈 아이 앞에서 내 과거의 직업은 아무 의미가 없었다. 그때의 나는 어떻게 대상자의 마음에 공감하지도 못하면서 변화를 이끌어내겠다고 일했을까. 스스로에게 기가 찼다.

내 삶은 어떻게 되는 걸까?

이 풍랑은 어디까지 몰아칠까?

짐작도 할 수 없었다.

인정할 수 없어요

어느 날, 불현듯 '인정'이라는 단어의 뜻을 사전에서 찾아보았다. 알 인(認) 자에 정할 정(定) 자로 이루어진 이 단어는 "확실히 그렇다고 여김"으로 정의되어 있었다. 확실히 그렇다고 여긴다는 말은 명확하게 상황을 알아야 한다는 전제가 있어야 하지 않을까. 명확하게 알지 못하면 "확실히 그렇다고 인정할 수 없음"이 되는 것이다. 그렇다. 나는 내가 처한 상황을 제대로 들여다보기를 거부했고 그래서 인정할 수가 없었다. 우리 아이가 아프다니, 내가 계속 아이를 간호하며 살아야 한다니 받아들이기 힘들었다.

나는 우리 가족이 처한 상황에 대해 누군가 이렇게 저렇게 지적해주면 온종일 마음이 불편했다. 인정하고 싶지 않은 반감을 느꼈다. 상대는 이미 자신이 한 말을 잊어버린 듯한데 나는 그이를 만나면 머릿속이 그날로 돌아가 불쾌하고 불편하기만 했다. 나의 문제를 인정하는 데 많은 시간이 걸렸으며 큰 용기가 필요했다.

무남독녀였던 나는 어린 시절 늘 인정에 목말라했다. 상을 탄다거나 좋은 일이 있으면 부모님께 칭찬받고 사랑받는 느낌이 좋아서 능력 이상으로 애를 썼다. 인정받고 싶은 욕구는 성인이 된 다음에도 계속 마음속에 자리를 잡고 있었다. 이렇게 좋은 상황에 대해 인정받고 싶은 욕구가 높았으면서 정작 나와 아이가 처한 힘든 상황은 인정받고 싶지도, 인정하고 싶지도 않았다. 타인에게 인정받고자 하는 욕망이 컸던 나에게 아이의 병은 인정은커녕 부정하고 싶은 절망과 같았다. 여러 가지 상상과 생각을 했다.

할 수 있다면 과거로 돌아가 남편을 바꿔서 아이가 태어나지 않도록 하고 싶었다. 또는 좀 더 일찍 혹은 좀 더 늦게 아이를 가져서 이렇게 아픈 아이를 낳지 않았더라면 얼마나 좋았을까 하는 생각도 했다. 엄마로서 하지 말아야 할 생각을 하루에도 수십 번, 아니 수백 수천 번도 더 하며 세상 전체를 원망했다.

내가 뭘 잘못했길래 이렇게 가혹한 벌을 받는 걸까? 전생에 무슨 업보가 있어서 이런 과업을 받아야 하나?

나를 둘러싼 주변 공기는 어느새 무겁고 어두워졌다. 이런 공기는 전염도 빨라서 남편과 아이에게 전해졌으며, 집 안 구석구석까지 퍼져갔다. 아파트 20층 중 우리 집에만 검은 먹구름이 걸려 있는 기분이었다. 퇴근하고 돌아온 남편은 아마 지옥으로 재출근하는 심정이었을 것이다. 귀가하면 늘 내 눈치를 보고, 어깨라도 한 번 더 주물러주며 달래주려 애썼다.

원망을 버리려 하면 찰떡처럼 더 많은 원망이 내게 달라붙었다. 인정의 자리를 대신 차지했고, 끝없이 순환하며 내게서 떨어져 나갈 기미를 보이지 않았다. 한없이 내 처지를 회피하고 싶었다.

원망과 분노가 커져갈수록 마음 한편이 한없이 허전했다. 늦은 밤이 되면 허전함을 허기로 착각하고 마구 먹어댔다. 평소에 매운 것, 짠 것을 좋아하지 않는데도 내 몸은 계속 자극적인 맛을 찾았다.

어느 순간 계속되는 감정의 악순환 속에서 질문을 던졌다. 원망한다고 달라지는 것이 무엇인가? 아무것도 없다. 내 몸, 내 가족만 피폐해지고 있다. 분노한다고 달라지는 것은 무엇인가? 분노 역시 아무것도 변화시키지 못한다. 삶의 의욕만 저하시킬 뿐이다. 허전함은 채워졌나? 꾸역꾸역 먹어봤지만 무엇 하나 채워지지 않고, 속만 더부룩해질 뿐이다. 원망, 분노, 허전함 모두 내 삶을 피폐의 길로 인도할 뿐 무엇 하나 나아지게 하지 못했다.

마음이 마지막 질문을 던졌다.

'더 중요한 문제가 있지 않을까?'

나는 아이가 아프다는 사실을 인정하고 싶지 않았다. 그것도 '뇌전증'이라는 병은 더더욱 인정하고 싶지 않았다. 차라리 몸 어디가 부러졌거나 수술이라도 할 수 있다면 좋겠다는 생각도 많이 했다. 달리 치료할 방법도 없고, 그저 자연적으로 없어지길 기대하는 수밖에 없는 병이라니 몹시 절망스러웠다.

여기에 더해 사람들의 시선도 넘기 힘든 난관이었다. 뇌전증 증상에 사람들이 갖는 편견, 두려움, 불안, 우려 등을 접할 때마다 내가 과연 이 병을 받아들일 수 있을지 의문이었다.

아이가 유치원에 입학할 나이가 되었다. 여기저기 많은 유치원을 알아봤다. 다른 엄마들은 유치원에서 아이들에게 먹이는 음식은 어떤지, 무엇을 배우는지, 선생님은 잘 가르쳐주는지 등 교육적인 부분을 중점으로 알아봤다. 우리에게 중요한 것은 달랐다. 아이의 병을 포용해줄 수 있는 곳, 아이를 차별하지 않는 곳이 우선이었다. 차별을 피할 수 있는 장애 통합 어린이집을 알아보기도 했지만 그만두었다. 장애 통합 어린이집에 다니는 어린이는 중증 장애인이 많았다. 아이를 그곳에 보내고 싶지 않았다.

사람이란 참 간사했다. 사회복지사로 일할 당시에 나는 장애인과 일반 아동의 통합이 중요하다고 생각했다. 그래야 자연스럽게 장애를 받아들이는 문화가 형성된다고 생각했다. 진심이었다면, 내 아이부터 그곳에서 장애를 받아들이는 아이로 교육할 수도 있었을 텐데, 막상 그 상황에 처하고 보니 거부감이 생겼다. 우리 아이는 중증 장애인도 아니고 그저 경련으로 인해 또래보다 조금 발달이 늦는 정도인데 장애 통합 어린이집은 맞지 않는다는 생각이 들었다. 실제로 주민센터에서는 아이의 상태가 통합 교육 대상이 아니므로 신청할 수 없다고 했다.

솔직하게 고백해야겠다.

신청 부적합 판정을 듣는 순간 나는 '다행'이라고 생각했다. 나는 여전히 아이의 '병'도, 우리 아이가 또래와 다른 삶을 살게 될지 모른다는 사실도 인정하지 않았다.

여러 유치원을 알아본 결과 한 군데에 빈자리가 있어 대기하지 않고 입학할 수 있다는 연락을 받았다. 아이의 병을 사실대로 말하고, 유치원에서 원아로 포용할 수 있는지 확인하는 절차를 거쳐야 했다. 나는 사실대로 말했을 때 아이가 차별받거나 소외되지 않을까 걱정되어 잠을 이루지 못했다. 유치원에 전화를 걸어 입학 전 상담 요청을 했다. 상담 일자를 잡고 전화를 끊었다. 뭔가 찜찜함이 남았다. 다시 전화를 걸어 선생님의 의견을 물어봐야겠다고 생각했다. 원장 선생님과 담임선생님의 생각이 다를 수도 있는데 무작정 가서는 유치원의 입장을 알기 어렵겠단 생각이 들었다. 나는 다시 전화를 걸었다. 수화기로 들려오는 신호음에 심장이 두근거리고 초조해졌다.

"저, 선생님, 방금 상담 일자를 잡았던 박창현 엄마입니다. 상담받기 전에 선생님께 여쭤보고 싶은 게 있어서 다시 전화 걸었습니다."

"네 말씀하세요, 어머니."

그때만 해도 상냥한 유치원 선생님이었다.

"저희 창현이가 뇌전증으로 약물 치료를 받고 있어요. 주로 밤에 자다가 수면 중에 경련을 하긴 하지만 가끔 낮에 할 때도 있거든요. 의사 선생님은 유치원에 다니는 데에 무리가 없다고 하셨어요. 혹시나 창현이가 경련을 하더라도 제게 전화만 주시면 돼요. 숨기고 입학시키는 것은 도리가 아닌 듯한데 저희 아이가 입학하는 데 별 무리가 없을까요?"

5초 정도 침묵이 흘렀다. 곤혹스러움이 묻어나는 숨소리가 들려왔다.

"이제까지 그런 아이를 받아본 적이 없어서 뭐라고 설명드

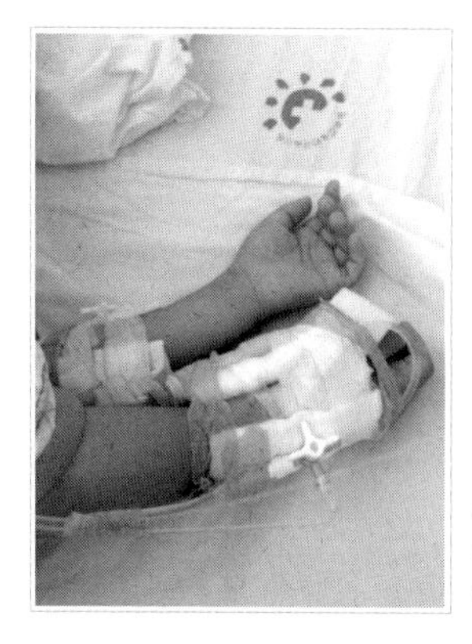

아이는 엄마인 나에게 이미 차별받고 있었다.
건강한 아이도 아픈 아이도 소중한
내 아이인데 나는 건강한 아이만을 원했다.

려야 할지 모르겠어요. 저희는 아직 경련하거나 아픈 아이는 없었어요. 제가 판단할 수는 없고 원장님과 상담해보시는 게 어떨는지요?"

선생님의 난처해하는 목소리는 우리 아이가 다닐 곳이 아니라고 확신하게 했다. 선생님은 단지 처음이라 난감했을 수도 있다. 하지만 나는 아이가 즐겁고 마음 편하게 다녀올 유치원을 찾고 있었다. 선생님의 난감해하는 마음과 행동은 분명 아이에게 전해질 테고, 아이는 알 수 없는 불안과 차별을 경험하게 될 것 같았다.

"선생님, 창현이 입학하지 않겠습니다. 상담 일정도 취소해 주세요."

"아, 그러시겠어요? 그럼 입학 명단에서 지우고, 입학금도 계좌번호 알려주시면 입금해드릴게요."

기다렸다는 듯이 술술 입학 취소 처리를 해주겠다는 선생님의 말에 나는 그저 씁쓸했다.

'가만, 나는 이 유치원에 무엇을 바라고 있었던 거지?'

엄마인 내가 아이의 병을 아직 인정하지 못하면서 유치원에서 우리 아이를 인정해주길 바라고 있었다. 내가 받아들이지 못하는데 수많은 아이를 가르쳐야 하는 유치원에서 상대적으로 손이 많이 가는 아이를 달가워할 리가 없었다. 인정하지 못하는 내 마음이 주변에 고스란히 전달됐던 것이다. 유치원에는 별것 아니라는 듯 아이가 혹시 경련을 하더라도 괜찮으니 편안하게 눕혀주고 나에게 전화해주면 된다고 했다. 정말 그렇게 생각했다면 나는 먼저 아이의 병을 인정해야 했다. 엄마도 인정하는 용기를 내지 못하는데 남들이 어떻게 내 아이를 인정하고 소중한 인격체로 대할 수 있을까.

아이는 엄마인 나에게 이미 차별받고 있었다. 건강한 아이도 아픈 아이도 소중한 내 아이인데 나는 건강한 아이만을 원했다. 왜 이런 불행한 일이 생겼는지만 곱씹으며 아이를 있는 그대로 인정하고 받아주질 못했다. 아이는 자신의 삶도 병도 스스로 선택하지 않았다. 어느 날 보니 태어났고, 태어나고 보니 병이 주어졌을 뿐이다. 괴로운 사람은 누구보다도 아이였다. 아이가 자라서 자신의 병을 인정하지 못하고 괴로움에 빠질지도 모른다. 엄마인 내가 아이의 병까지 감싸지 못한다면 앞으로 아이는 자신의 삶을 하찮게 여기게 될 것이다. 늘 인정에 목말라하고 남이 자신을 인정해주기를 구걸할지 모른다. 나는 얼마나 아이의 삶을 비루한 방향으로 인도하고 있는 것인가. 내가 인정하지 않은 대가는 고스란히 아이의 몫이 될 터였다.

생각이 이쯤에 이르면 순순히 인정할 법도 한데 그게 또 마음처럼 쉽지가 않았다. 동전을 뒤집듯 아이의 병을 흔쾌히 인정할 수는 없을까? 나는 왜 이렇게 이기적인 엄마일까? 나 자신이 한없이 미워졌다.

나는 희생당하고 있어

큰아이가 아프고 나서 나는 내 삶을 한 마디로 정의했다. '희생'. 흔히 희생이라고 하면 타인을 위해 자신을 아끼지 않는 위대한 정신으로 생각한다. 나에게 희생이라는 단어는 다른 의미였다. 희생이란 고달프고, 억울하고, 내 삶을 통째로 빼앗긴다는 뜻이었다.

아이가 병치레를 하면서 약속을 제대로 지켜본 적이 없다. 아이가 아프기 전에는 어린이집에도 잘 다니고 아무 문제가 없었다. 둘째 아이가 어서 자라주기를 손꼽아 기다렸다. 큰애와 함께 어린이집에 가는 날을 상상하면 즐거워졌다. 아마 그때까지도 내게 대단한 모성애는 없었던 모양이다. 오로지 어서 육아에서 벗어나고 싶다는 생각뿐이었다.

둘째 아이가 어린이집 입소를 결정하고 등원을 일주일 앞둔 무렵 큰아이가 발병했다. 다시 직장에 나가 제2의 삶을 살아보겠다던 꿈은 산산이 부서졌다. 직장은커녕 아이가 어린이집을 다니지 못할 수도 있다고 생각하니 눈앞이 캄캄했다. 나는 아이와 함께하는 시간보다 자유를 꿈꿨다. 어서 내 품에서 떠나기만을 바랐는데 영영 데리고 있어야만 할 것 같아 마음을 진정시킬 수가 없었다. 아이의 병과 고통을 감싸줘야 하는 모성애 가득한 엄마는 어디 가고 삶을 송두리째 빼앗겼다며 억울해하는 여자만 남아 있었다.

아이가 아프기 시작하고 입퇴원을 반복하다 보니 동네 이웃들과 이야기를 나눌 기회가 자주 없었다. 그나마 알고 지낸 이웃이 다섯 손가락 안에 꼽을 정도였다. 가끔 놀이터에서 엄마들끼리 수다를 떨고 아이들끼리 어우러져 노는 모습을 보면 부럽기도 했다. 용기를 내어 친해져볼까 싶었지만 이미 끈끈해진 엄마들 사이에 끼어드는 일이 쉽지가 않았다. 어느 날, 우연한 계기로 친분이 쌓인 엄마들과 점심을 먹기로 했다. 아이는 아마도 내 일정을 본능적으로 느낀 듯했다. 전날 밤 응급실로 향한 것이다. 다음 날 아침, 점심 식사를 하기로 한 엄마들에게 사과 문자를 보냈다. 퇴원 후 돌아와보니 관계는 흐지부지돼 있었다. 약속을 하고 사과 문자를 보내는 것이 일상이 되어버렸다. 결국 엄마들과 친해지는 것을 포기했다. 잃어버린 활력을 되찾을까 싶어 운동이라도 해보기로 마음먹었다. 이웃 친구가 추천해준 에어로빅 학원에 가게 되었다. 자연스럽게 학원에서 만난 사람들과 친분이 생겼다. 오랜만에 삶에 활력이 찾아온 것 같아 기뻤다. 그렇게 한 달쯤 운동을 했을까? 이제 겨우 운동이 몸에 익숙해질 무렵 아이는 또 입원을 했다. 퇴원하고 보니 어느덧 겨울이 지나 봄이 오고 있었다. 다시 학원에 나갈 용기가 나지 않았다.

아이에 대한 원망이 하늘을 찌를 듯 했다.

'너' 때문에 사람들과 만날 시간도 없어!

'너' 때문에 운동도 못 해!

'너' 때문에 하고 싶은 일을 할 수 없어!

원망의 화살이 아픈 아이에게 향했다. 왜 나만 이런 희생을 해야 하는지 모르겠다 싶었다. 나름대로는 착하게 살아왔다고 생각했는데 이런 벌을 받아야 하는 것이 화가 나서 견딜 수가 없었다. 아이 키우는 게 이렇게 많은 희생을 요한다는 사실을 아무도 말해주지 않았다는 것조차 원망스러웠다. 친정 엄마에게 전화를 걸었다.

"왜 결혼시켰어? 왜 결혼이 힘든 것이라고 이야기하지 않았어? 아이 키우는 게 이렇게 힘든 일인지 왜 알려주지 않았어? 그럼 결혼도 안 했고, 아이도 안 낳았잖아!"

전화기 너머에서 엄마는 아무 말이 없었다. 낮게 흐느끼는 듯한 숨소리만 들려올 뿐이었다.

"그래, 많이 힘들지. 엄마가 아무 도움이 되지 못해서 미안해. 그래도 조금만 참고 견뎌보자."

엄마의 말을 다 듣지도 않은 채 전화를 끊어버렸다. 나는 어린 내 아이에게 희생당한다고 억울해했지만 엄마는 다 큰 딸에게 아직도 희생을 당하고 계셨다. 엄마에게 상처를 주어 후회가 됐지만 여전히 억울한 마음이 더 컸다.

남편도 미워졌다. 출근이라는 명분 아래 집에서 나갈 수 있는 남편이 부러운 나머지 화가 났다. 고통스러운 상황에서 혼자만 쏙 빠져나가는 느낌이 들었다. 회식이라도 하는 날에는 미움이 더 커졌다. 혼자만 맛있는 음식을 먹고, 집에서 아이와 내가 어떤 상황에 처하든 늦게 들어오는구나 싶어 속이 뒤틀렸다. 남편의 마음은 안중에도 없었다. 아무도 나처럼 희생하지 않는다고 생각하니 세상이 너무 불공평하게 느껴졌다. 희생이라는 단어 아래 내게 주어진 버거운 짐을 던져버리고 싶었다. 그렇지만 어떻게 하면 던질 수 있는지 몰랐고, 사실 그럴 겨를도 없었다.

아이는 또 입원을 했다. 서울에 있는 대학병원을 다닐 때였다. 입원 수속을 마친 후 남편은 집으로 내려가고 나는 아이와 병실에 덩그러니 남았다. 아이와 며칠 병원에서 지내다 보니 옆 침대에 입원한 아기 엄마와 이야기를 나눴다. 아기는 생후 10개월 정도라고 했다. 살은 포동한 편이었고, 주로 누워만 있었다. 영아들이 걸리는 뇌전증은 소아뇌전증으로 구분된다고 했다. 그 아기는 심장 기형 수술까지 받은 상태였다. 아직 이유식은 고사하고 분유도 코 줄로 겨우 삼켰다. 분유를 먹는 중에 가래 때문에 늘 기침을 하고 사래가 걸렸다. 움직이지 못하기 때문에 몸을 이리저리 돌려주어야 했다. 배에 꽂혀 있는 호스로 심장박동을 체크하고 산소호흡기로 숨을 쉬었다. 코가 항상 막혀 있어 계속 쌕쌕거렸다. 엄마에게만 겨우 조금씩 반응할 뿐이었다. 병원 생활은 이미 3개월이 넘었다는데, 언제 퇴원할지 알 수 없는 상태였다. 아기의 침대 주변으로 늘어져 있는 빨랫감과 널려 있는 각종 용품은 원룸을 연상시켰다. 비쩍 마른 엄마는 제법 큰 덩치의 돌쟁이 아기를 안아 힘겹게 수유를 했다.

"평생 떠먹여줘도 좋으니 이유식을 먹을 수 있는 정도만이라도 됐으면 좋겠어요. 제발 사래 걸리지 않고 편안하게, 맛있게 먹을 수 있으면…… 바라는 건 그것밖에 없어요."

그녀의 말 속에는 엄마로서 아픈 아기를 감싸고 간호하는 것을 당연히 받아들여야 한다는 자세가 깔려 있었다. 그녀의 바람은 크지도 않았다. 다만 아이가 좀 더 편안하게, 맛있게 먹는 것! 이 아기 엄마는 평생 떠먹여줘도 좋다는데 그에 비하면 내가 희생하고 있다 생각했던 것이 부끄러웠다. 과연 내가 이렇게까지 괴로워할 만큼 희생하고 있는 걸까?

우리 아이는 스스로 잘 먹고, 욕창이 생길까 이리저리 돌려가며 눕혀주지 않아도 된다. 숨이 막힐까 걱정돼 밤새도록 살펴보지 않아도 된다. 병원이 집인 양 살지도 않는다. 고작 이 정도로 희생이라며 내 마음에 상처 내고, 가족들을 아프게 했던 것이 너무 미안하고 후회됐다. 우리 아이보다 더 아프고, 자신의 모든 것을 아이에게 건 엄마들이 많이 있는데 고작 내 시간을 빼앗겼다는 이유로 원망한 시간이 부끄러웠다.

내 아이를 제대로 바라보고 싶었다. 내 마음을 제대로 바라보고 싶었다. 다른 사람들의 객관적인 이야기에서 나를 찾고 싶었다.

나는 무엇을 놓치고 있었을까?

법륜 스님의 '즉문즉설'이라는 동영상 중에 '장애 아이를 키우는 엄마의 마음가짐'을 접했다. 나와 비슷한 사연에 법륜 스님이 어떤 즉설을 할지 궁금했다. 장애 아이를 보면 울컥울컥한다는 엄마에게 스님은 먼저 왜 울컥울컥하는지 질문했다.

'스님도 참, 아픈 아이를 보는데 마음이 동요되지 않는 엄마가 어딨을까?'

엄마는 장애 아이의 미래가 암담해 울컥한다고 했다. 나도 내 아이의 미래가 늘 걱정이었다. 스님은 혹시 엄마가 아이를 돌보는 게 힘든지, 아이 스스로가 힘들다고 하는지 물었다. 엄마는 자신이 아이를 돌보는 일이 힘들다고 했다.

'당연하지, 건강한 아이를 돌보는 것도 힘이 드는데 장애가 있는 아이는 오죽할까.'

법륜 스님은 그 엄마에게 당신이 힘든 이유는 자신의 아이를 정상인 아이와 비교하는 데서 비롯한다면서 아이의 상태를 존중하면서 받아들이라고 충고했다. 엄마는 아이를 있는 그대로 존중하고 그에 맞는 삶을 살도록 해야 하는데 욕심을 부리니 불행해진다는 이야기도 이어졌다.

'엄마의 욕심'이라. 나는 희생으로 포장하고 감추어둔 내 욕심을 바라봐야 했다. 나의 욕심은 무엇일까? 내가 하고 싶은 것들을 할 수 없게 된 현실을 원망했다. 건강했던 아이가 아프다는 사실이 믿기지 않았다. 다시 아이가 아프기 전으로 돌아갈 수 있다는 욕심만 가득 찼다. 마음은 내게 늘 말했다.

'너는 잘될 수 있는데 창현이가 아파서 아무것도 하지 못하고, 도태되고 있는 거야.'

'뭐라도 해봐. 창현이가 다시 예전처럼 돌아갈 수 있어!'

욕심대로 되지 않으니 원망이 생기고, 희생이라 여겨졌다. 마치 나에게 누군가 "옜다, 받아라" 하고 가져다준 짐만 같았다. 내가 희생이라 여기고 가족들에게 원망을 쏟아부을 동안 가족들이 오히려 나에게 희생을 당하고 있었다. 가족들이 표현하지 못했을 뿐 나에게 원망을 품었으리라. 너 때문에 더 힘들다고 생각했을 것이다. 나만 힘들다고 생각했지만 저마다 제 몫의 고통에 힘겨워하고 있었다. 다들 힘든 상황에서도 견디고 있는데 불평불만을 쏟아내는 사람은 나 혼자뿐이었다.

욕심을 가만히 내려놓았다. 아이를 포근하게 안아주었다.

'나는 너에게 희생양이 아니란다. 너는 소중한 보물인데 엄마가 보물이라 생각하지 못했어. 네가 엄마에게 와준 것만으로도 큰 선물인데 엄마는 너를 너무 소홀히 했지? 미안하다, 정말로 미안하다.'

눈빛으로 전했다. 아이도 내게 꼭 안겼다. 마치 내 생각을 이해하고 안아주는 것 같았다. 아이와 마음과 마음으로 마주하는 느낌이었다. 그전까지 속삭이던 사랑은 조건부였고, 대가를 바라는 사랑이었다. 어린이집에 잘 다녀줘 고마웠고, 아프지 않고 건강해서 고마웠다. 조건에서 자유로워지기로 했다. 아픈 아이든, 건강한 아이든 조건 없이 사랑한다는 마음을 품었다. 아이로 인해 희생을 강요당한다며 슬퍼했던 인생을 반성했다. 이제 스스로 빠져들었던 원망과 고통의 늪에 밧줄을 던져 나를 끌어올렸다. 그러고는 가장 먼저 아이를 있는 그대로 사랑하리라고 마음먹었다. 아이는 나를 진짜 엄마로 만

들고 있었다. 기꺼이 내 아픈 아이와 가족들을 위해 희생하기로 마음먹었다. 내가 결정한 희생은 더 이상 고통스럽거나 원망스러운 의미의 희생이 아니었다. 진짜 엄마가 되어 기꺼이 할 수 있는 감사의 결정체이자 위대한 실천이었다. 아이와 가족들이 내게 주었던 희생을 사랑으로 되갚고 싶었다. 아이를 있는 그대로 사랑하게 되니 나를 진짜 엄마로 만들어준 가족들에게 감사한 마음이 솟아나기 시작했다.

"사랑으로 되돌려줄 수 있게 되어 감사합니다. 함께할 소중한 시간이 아직 남아 있어서 감사합니다. 모두 진심으로 사랑합니다."

미안하다,
사랑한다

가수 빅뱅의 〈거짓말〉이라는 노래가 처음 나왔을 때 많은 사람이 무척 열광했다. 발표되자마자 큰 인기를 끌었고, 라디오를 켜면 하루에 두세 번 이상은 흘러나왔다. 나도 자주 들었다. 그러나 많은 유행곡이 그렇듯 이 곡도 시간이 흐르자 자연스레 잊혔다.

어느 날, 아이들과 외출 준비를 하고 있었다. 옷을 입자고 불러도 하나는 장난감을 가지고 놀았고, 다른 하나는 집안 구석구석 뛰어다니며 신이 나 있었다. 불러도 불러도 대답 없는 아이들.

"얘들아, 밖에 나가려면 옷을 입어야지. 자, 누구부터 와서 입을까?"

한동안 부드럽게 아이들을 달래던 나는 점점 강한 어조로 말하기 시작했다.

"옷 안 입으면 밖에 못 나간다."

점차 아이들을 협박하는 말도 했다.

"그래, 옷 안 입을 거면 오지 마. 엄마 혼자 갈 거야."

문을 꽝 닫고 현관을 나서려는 순간 아이들이 그제야 이상한 기운을 감지하고 달려왔다.

"옷 입을래, 옷 입을래!"

차례대로 옷을 입히려고 하니 이번에는 서로 먼저 입겠다고 난리였다. 급한 마음에 큰아이에게 먼저 옷을 입혔다. 둘째 아이는 울음을 터트렸다. 급해 죽겠는데 끝도 없이 실랑이가 이어졌다.

"옷은 오빠가 먼저 입었으니까 신발은 동생이 먼저 신자."

우는 둘째 아이를 달래 신발을 신겨주었다. 큰아이는 나를 밀쳐내고 신발을 가져와 발을 욱여넣었다. 이리 휘청, 저리 휘청하며 신발을 신으려 용썼다. 뒤꿈치를 잡아주니 그제야 제대로 신었다. 그러자 이번에는 먼저 문을 열겠다며 서로를 밀치고서 뛰어나갔다. 엘리베이터 버튼을 선점하기 위해서였다. 늘 자신이 먼저여야 하는 아이들 덕분에 내 인내심은 바닥이 났다. 출발하기 전에 했던 샤워는 말짱 도루묵이었다. 아이들을 겨우 카시트에 태우고 운전석에 앉았다. 이제 출발

해야 하는데 이미 목적지에 다녀온 것처럼 마음이 푹 꺼졌다. 한 번씩 남편이 쉬는 날 함께 외출 준비를 하면 남편은 고개를 설레설레 젓는다. 혼자서 어떻게 하냐며 존경의 눈빛을 보낸다. 다른 건 없다. 그저 해야 하니까 한다.

'그래, 어쨌든 오늘도 무사히 준비했다. 마음을 고르고 출발하자.'

시동을 켰다. 뒤에서 또 아우성이었다.

"이거 내가 볼 거야."

"싫어. 내가 볼 거야!"

책 한 권을 두고 옥신각신이었다. 결국 내 입에서 다시 큰 소리가 나오려던 찰나 라디오에서 익숙한 반주가 흘러나왔다. 예전에 즐겨 듣던 빅뱅의 〈거짓말〉이었다. 순간적으로 노래에 빨려 들어갔다. 흥얼거리며 마음을 내려놓았다. 아이들도 각자만의 노래를 부르며 아우성을 멈췄다. 그런 흥얼거림 속에서 차를 출발시켰다. 아파트 정문에 다다라 신호를 기다리고 있는데 노래 끄트머리에 "I'm so sorry. But I love you"라는 구절이 흘러나왔다. 딱 아이들을 향한 내 마음이었다.

아침을 조용히 회상했다. 아이들은 자신들의 놀이에 심취해 있었다. 놀이가 끝날 때까지 기다리면 되는 시간이었지만 내 일정에 맞추어 아이들을 재촉했다. 어르고 달래다 협박까지 했다. 아이들은 출발 전에 불쾌한 감정부터 경험했다. 기다려주었다면 웃으면서 여유롭게 준비할 수 있었을 텐데 결국 아이들의 마음에 상처를 주고서야 차에 탔다. 미안함이 끝없이 밀려왔다. 서로 먼저 하고자 하는 의욕과 열정을 이해하고 각자의 마음에 공감해줬더라면 아이들 마음도 한결 편하지 않았을까? 아침 시간에 느껴야 했던 불쾌함은 아이들의 잘못이 아니었다. 오로지 외출 시간에만 급급해 아이들을 기다려주지 않은 내 잘못이었다. 노래 가사처럼 아이들에게 정말 미안했다. 상처받은 아이들의 마음을 그대로 두면 쌓이고 쌓여 무딘 굳은살로 남을 것 같았다.

"얘들아, 오늘 아침에 엄마가 너희들을 기다려주지 않아서 미안해. 너희 마음을 이해해주지 않아서 미안해."

한마디 답이 돌아왔다.

"천만에!"

피식 웃음이 났다. "미안하다, 사랑한다"는 말은 이럴 때 쓰는 걸까? "I'm so sorry. But I love you"는 바로 이럴 때 쓰는 걸까?

큰아이에게는 미안한 것이 참 많지만, 가장 미안할 때가 쓰디쓴 약을 입 속에 털어 넣을 때다. 아이의 약을 타러 갔다가 약사분이 약에 대해 설명해주면서 잠깐 대화할 기회가 생겼다. 아이에게 약을 먹이는 것이 참 어렵다고 하소연했더니 약사분이 말씀하셨다.

"저는 약을 기억하기 위해 맛도 봅니다. 아이가 약을 그래도 먹는다면 대단한 거예요. 제가 맛본 약 중에 항경련제가 가장 씁니다. 쓰다는 표현을 넘어서 혀가 마비되는 것 같은 맛이에요."

쓰다는 것은 알고 있었지만 적나라한 표현에 순간 멍해졌다. 약은 원래 쓰다며 아이 입에 털어 넣었던 것이 얼마나 미안했는지 모른다. 처음에 아이가 약을 거부할 때는 팔다리와 코를 잡고 억지로 먹였다. 토해내기도 하고, 캑캑거리기도 했다. 제시간에 꼭 맞춰 먹여야 한다는 의사의 말에 강박처럼 약을 먹였다. 아이의 고역이 안타까웠지만 제시간에 먹이지 않아 경련하면 안 된다는 생각에 악착같이 먹였다. 약을 먹는 시간에 아이의 인권은 온데간데없었다. 아이는 이렇게 생각하지 않았을까?

'거북스러운 맛의 약을 엄마가 억지로 욱여넣는다. 엄마는 꿀꺽 삼키면 될 것을 입에 머금고 있는다고 화를 낸다. 엄마가 한번 먹어보던가! 뱉으면 혼날 것 같고, 삼키긴 싫고. 너무 괴롭다.'

얼마나 고통스러웠을까. 왜 먹어야 하는지도 모르는 약을 억지로 먹어야 하는 상황이 억울했을 것 같다. 약 먹자고 하면

도망부터 가는 아이의 마음이 약사의 말에 모두 이해가 됐다.

그래서 나는 제시간에 약을 먹이기 위해 안달하는 마음을 버리기로 했다. 대신 조금 일찍부터 아이에게 약을 먹자고 말했다. 아이는 약이 두려운지 늘 도망을 간다. 장난감을 만지작거리며 모르는 척하는 아이에게 설명했다.

"약이 써서 먹기 힘들다는 거 엄마도 알아. 네 머릿속에 벌레 한 마리가 살고 있는데 그게 너를 아프게 하는 것 같아. 그래서 의사 선생님이 벌레를 잡기 위해 쓴 약을 주신 거야. 네가 달콤한 것을 좋아하는 것처럼 벌레도 달콤한 것을 좋아한대. 그래서 벌레가 좋아하는 단맛은 빼고 쓴맛을 주신 거야."

"싫어, 진짜 진짜 쓰단 말이야."

아이는 잔뜩 화가 난 표정을 짓는다. 약을 꼭 먹여야 하는데 아이는 이를 꽉 다문 채 고개를 돌려버렸다.

"어떻게 하면 좋을까. 사실 엄마는 이렇게 쓴 약을 너만큼, 아니 너보다 훨씬 네가 먹지 않았으면 좋겠어."

눈도 마주치지 않던 아이가 슬며시 고개를 돌렸다. 아이는 눈빛으로 호소했다.

'그럼, 약 안 먹어도 돼?'

아이를 보자니 입술이 말라갔다.

"근데 엄마는 무서워. 약을 안 먹어서 다시 병원에 가게 될까 봐. 우리 창현이가 너무 아프다고 했던 주사 다시 맞게 될까 봐. 어떻게 하면 좋을까?"

아이의 결연했던 눈빛이 포기한 듯, 체념한 듯 맥없이 풀렸다. 그러고는 어서 털어 넣으라는 듯이 입을 벌렸다.

이후에도 약을 먹을 때마다 실랑이를 벌였다. 대신 차근차근 설명했다. 알아듣든 못 알아듣든 개의치 않았다. 그저 엄마도 네 마음을 이해한다는 것을 전하고 싶었다. 쓴 약을 먹는 괴로움에 공감해주고 싶었다. 억울하게 아무 소용도 없이 약을 먹는 것이 아님을 알려주고 싶었다. 매번 약을 먹기 전에 설명했다. 숫자 10까지 세면서 기다리기도 했다. 아이는 숫자 세기에 흥미를 보였다. 한 번만 더 세면 먹겠다는 공약을 걸기도 했다. 어느새 아이는 어르고 달래지 않아도 약을 먹으러 달려왔다. 이제는 추억이 되어버렸을 만큼 약을 잘 먹는다.

"창현아, 약 먹을 시간이야. 먹으러 올래!"

"엄마, 잠시만요. 이것만 다 하고요."

가끔씩 쓰다고도 한다. 그래도 잘 먹었다고 칭찬해주면 으쓱해하며 다시 제 할 일을 하러 간다. 약 먹이기가 고민인 적이 있었던가 싶을 정도로 순조로워졌다. 결국 아이의 마음을 돌려놓은 것은 진실한 마음이었다.

병원에 있으면 엄마와 아이 들은 아침저녁으로 전쟁을 치른다. 대여섯 가지 약을 약병에 섞어 흉물스러운 액체를 아이

입에 쑤셔 넣는다. 과장이 아니다. 정말 쑤셔 넣는다는 표현이 가장 적절할 만큼 엄마와 아이 들이 실랑이를 벌인다. 처음에 엄마들은 상냥하다. 하지만 먹여야 하는데 입을 벌리지 않는 아이에게 한계를 느끼며 독하게 변해간다. 쓴 약을 먹여야만 하는 엄마의 심정도, 거부하고 싶은 아이의 심정도 이해되기 시작했다. 엄마들은 억지로 먹이는 것이 미안하지만 아픈 아이를 위해 악역을 자처하는 것이다. 아이는 이런 엄마의 마음을 헤아리기 어려우니 피해를 입고 있다고 생각해서 끝도 없는 실랑이가 벌어진다.

어느 날, 외래 진료를 받으러 갔을 때였다. 우리 앞 순서의 엄마가 의사와 상담하는 말소리가 들렸다. 그 엄마도 아이에게 약을 먹이는 일이 무척 고민인 듯했다. 아이가 약을 지나치게 거부하고, 먹어도 다 토해낸다는 것이다. 그들은 결국 밥 위에 뿌려서 먹이는 방법으로 결론을 냈다. 아이는 밥까지 고통스럽게 먹어야 할 지경이 되었다. 엄마와 아이 모두 불쌍하고 애처로웠다. 누구보다 그들의 심정을 잘 알고 있었다.

밥 위에 뿌려서라도 약을 먹이려던 엄마와 아이의 감정을 무시한 채 강제로 입을 벌렸던 내가 오버랩됐다. 우리 두 사람은 사랑한다는 이유로 오직 너를 위하는 엄마의 마음이라는 포장으로 아이의 거부 의사를 존중하지 않았다. 우리의 행동을 합리화했다. 마치 인형에게 밥을 주고, 우유를 주고, 요구르트를 주는 아이들의 엄마 놀이처럼 그렇게 강박에 빠져 있었다. 의사의 권고에 약을 제때 제대로 먹이지 못하면 아이가 더 크게 아플 것 같았다. "오직 너를 위해 약을 주니까 반드시 먹어야만 해!" 얼마나 어리석었는지. 약을 제때 복용하지 않을 때보다 강제로 먹이는 엄마를 마주할 때 아이는 더 고통스러웠을 것이다. 미안했다. 진심으로 미안했다.

김주연 작가의 《엄마도 처음이라서 그래》(글담, 2016)라는 책에는 이런 구절이 있다.

"너에게는 먹고 싶지 않은 건 먹지 않을 권리도 있음을, 나는 잊고 있었구나."

아이들에게도 먹고 싶지 않은 것은 먹지 않을 권리가 있다. 더 나아가 하고 싶지 않은 것은 하지 않을 권리가 있다. 나도 처음이라서 그랬다. 엄마가 처음이라서 무엇이 더 중요한지 생각하지 못했다. 하지 않을 아이의 권리를 우선 존중해줘야 했는데 그러지 못했다. 이제 무언가를 하지 않을 아이의 권리를 존중한다. 다만 하고 싶지 않아도 해야 하는 일에 대해서는 좀 더 여유를 가지고 다가가고 있다. 차분히 설명하고 아이가 그것을 수락하도록 하고 있다.

아이에게 미안하다. 하지만 진심으로 사랑한다.

엄마 노릇은 이제 그만

결혼하고 아이를 갖기 전 고아원에서 아이들을 돌보는 봉사 활동을 한 적이 있다. 아이들을 어떻게 대해야 할지, 아기들은 무엇을 조심해야 하는지 전혀 지식이 없는 채로 부딪혔다. 문을 열기 전 나는 버림받은 안타까운 아이들에게 '좋은 사람'이고 싶었다. 아이들이 물건을 던지고 짜증을 부려도 상냥함을 잃지 않았다. 아이들이 안아달라 떼를 써도 가만히 달래주었다. 지금 생각해보면 왜 그랬을까 의문이 든다.

직접 아이를 키워보니 물건을 던지거나 짜증을 부리면 내 감정은 격정의 파도가 된다. 집안일로 정신없이 바쁜데 안아달라 떼를 쓰면 안아주면서도 힘겨운 감정을 숨기지 못한다. 봉사 활동을 다니던 시절에는 아이들이 떼를 써도 전혀 감정의 동요를 느끼지 않았다. 아이들이 어떻게 해도 마음이 아팠고, 예뻐 보였다. 아이들은 달라지지 않았는데 내가 어떤 위치에 서 있느냐에 따라 이렇게 마음 상태가 달라졌다. 봉사활동을 할 때는 자원봉사자라는 입장에서 아이들과 교감하며 최대한 또 다른 상처를 주면 안 된다고 생각했다. 객관적인 자세를 유지했던 것이다. 반면 아이를 키우고부터는 엄마로서 맡아야 할 특정한 역할이 있다고 생각했다. 아이들을 먹이고, 입히고, 재우는 일과 훈육하는 모든 역할을 수행해야 한다고 믿었다. 그렇다 보니 자원봉사자로서 아이들을 돌보는 것보다 내가 낳은 아이를 기르는 편이 훨씬 어려웠다.

아이가 아프고 나서는 더 힘겨웠다. 미치고 팔짝 뛰겠다는 말이 절로 나왔다. 나는 아이의 일거수일투족에 관여했다. 아이가 어느 날부터인가 소리를 지르기 시작하자 약을 먹고, 경련을 해서 생긴 후유증이라고 짐작했다. 소리 지르지 않도록 가르쳐야 한다고 생각했다. 아이의 행동 하나하나를 병과 연관 짓는 습관이 생겼다. 아이의 행동이 이상 행동으로 보였고, 내가 가르쳐야 할 문제들로 보였다. 아이와 함께하는 시간이 지치기 시작했다. 내 입은 늘 '이것 하지 마라, 저것 하지 마라'를 쉼 없이 내뱉었다. 놀이터에 가면 아이는 미끄럼틀에서 내려가지 않는 친구를 밀치기도 했다. 친구가 가져온 자전거를 타겠다고 뺏기도 했다. 놀이터에서도 아이가 미움받을 행동을 하지 않을까 염려돼 아이를 쫓아다녔다. 내 눈은 아이를 쫓았고, 내 입은 아이를 통제하고 제지하느라 분주했다. 아이와 함께 있어도 즐겁지 않았다. 늘어만 가는 잔소리는 내 기분까지도 불쾌하게 만들었다. 늘 잔소리를 듣는 아이는 오죽했을까. 아이의 행동은 병 때문일 수도 있지만 단지 기질 때문일 수도 있었다. 그저 또래 관계가 미성숙하기 때문에 부딪혀가는 과정일 수도 있었다. 다른 아이들이 내 아이처럼 행동했다면 아이니까 그럴 수 있다고 기분 좋게 넘겼을 것이다. 하지만 나는 아이가 아프다는 이유로 행동하기 전부터 일일이 아이의 모든 행동을 통제하려 했다. 아이가 미움받지 않았으면 하는 마음에서 시작된 지나친 엄마 노릇은 사실 아무 도움도 되지 않았고 효과도 없었다. 아이는 아이대로 피곤해지기만 할 뿐 소 귀에 경 읽기였고, 나는 나대로 지쳐갔다.

한때 〈진호야 사랑해〉라는 텔레비전 프로그램이 굉장한 인기를 얻었다. 자폐증을 앓는 주인공은 장애인 국가대표 수영선수를 목표로 열심히 훈련하고 있었다. 나는 이 프로그램을 보면서 주인공보다 주인공 엄마가 항상 눈에 들어왔다. 엄마는 주인공을 믿어주고 맡겨주는 편이었다. 무한한 사랑을 주지만 스스로 해야 할 때와 도와줄 때를 구분했다. 진호의 고통을 감싸주면서도 스스로 이겨내도록 격려하고 응원했다. 엄마의 역할은 거기까지였다. 나머지는 모두 주인공이 헤쳐

나가야 할 몫이었다. 한번은 진호에게 지하철을 타고 지인의 집까지 혼자서 가는 숙제가 주어졌다. 홀로 지하철을 타고 가는 과정은 순탄치 않았다. 물론 촬영팀과 함께 움직이며 실시간으로 진호의 동선이 관찰되었기에 위험에 빠질 일이 없기는 했지만, 아무리 그렇다고는 해도 진호의 엄마는 불안한 기색을 전혀 보이지 않았다. 한결같이 미소를 띠었고 전적으로 아이를 믿고 있는 듯했다. 주인공은 고비가 있었지만 무사히 지인의 집에 도착했다. 엄마가 믿어주지 않았다면 가능했을까? 우리 아이가 해낼 수 없을 것 같다면서 불안해했다면 아이에게 그 감정이 고스란히 전해졌을 것이다.

아픈 아이를 키우면서 불안과 걱정이 많아졌다. 아이의 미래가 불투명하게 보였고, 불행하게 느껴졌다. 더불어 내 삶도 불투명하고 불행하다고 느꼈다. 이런 마음 상태에 긍정과 믿음이 뿌리내릴 곳은 없었다. 불안과 걱정이 커지자 내가 해야 할 일이 복리이자처럼 불어났다. 아이를 보호해야 한다는 명분 아래 일일이 통제하는 것. 물론 아이는 생각처럼 따라오지 않았다. 그럴 때면 절망스러운 마음이 슬그머니 고개를 들었다. 속에서 천불이 나기도 했다. 앞으로 어떻게 살아낼지 두렵기만 했다.

한번은 두 애를 어린이집에 보내고 둘째를 출산한 지 한 달이 지난 친구를 방문한 적이 있다. 신생아인 친구의 아기는 손발이 앙증맞았다. 꼬물거리는 눈, 앙증맞은 입과 코. 무척 사랑스러웠다. 나는 아기를 자연스럽게 안고 달래고 재웠다. 기저귀도 능숙하게 갈아주었다. 친구는 그런 나를 바라보며 역시 아이 둘 키운 엄마는 다르다며 혀를 내둘렀다. 내가 아기를 키울 때는 울어대는 통에 정신이 하나도 없었다. 분유를 타다가 떨어뜨리기도 일쑤였다. 그런데 친구의 아기를 안고 있는 동안 배고픈 아이의 마음을 이해해주고, 사랑으로 달래는 나를 발견했다.

"많이 배고프지. 엄마가 금방 분유를 타서 오실 거야. 이모가 안아줄게. 착하지."

아기를 친구에게 건네주고 나서 마음이 씁쓸했다. 엄마로서 해야 하는 일들에 급급해 내 아이들과 진심으로 소통하지 못하고 있다는 생각이 들었다. 아이가 어떤 상태이든 완전한 존재로 바라봐야 했다. 아픈 아이는 내게 늘 부족한 아이였다. 손이 많이 가고 관심을 많이 쏟아야 하는 아이였다. 아이를 인정해주고 진심으로 소통하지 못했다는 후회와 미안함이 밀려왔다. 내가 그토록 육아가 힘들었던 것은 아이를 좋아하지 않거나 아이를 돌보는 기술이 부족해서가 아니었다. 아이를 있는 그대로 인정하고 소통하려 노력하지 않았기 때문이다. 아이의 마음이 어떠한지, 아이가 왜 그런 행동을 했는지 이해하려는 노력이 턱없이 부족해 잔소리가 앞섰다. 나는 무의식중에 아이가 나를 힘들게 하기 위해 태어난 존재라고 생각했고, 나는 그 고통을 떠안아야 하는 슬픈 엄마라고만 생각했다.

친구의 집에서 나와 집으로 돌아오는 길에 그동안 내가 했던 육아가 파노라마처럼 스쳐 지나갔다. 더 이상 아이들과 힘든 육아를 이어나가서는 안 되겠다는 결심이 섰다. 아이들과 진심으로 소통해야겠다는 생각이 들었다. 엄마 노릇 하는 사람이 아니라 엄마가 되어야겠다고 생각했다. 먼저 학원해서 집에 돌아온 큰아이, 아프면 아픈 대로 완전한 존재인 우리 큰아이를 끌어안았다.

"엄마가 정말 미안해. 너는 지금 그대로 충분히 멋져. 엄마는 너 자체를 인정해주지 못하고 있었어. 엄마가 너를 있는 그대로 사랑하도록 진심으로 노력할게. 사랑해."

나 자신도 불완전한 존재이면서 나는 어쩌면 그렇게 이렇게 하라, 저렇게 하라 아이를 따라다니며 안달이었을까? 나 자신도 여전히 미성숙한 점이 많으면서 아이에게는 왜 너그럽지 못했을까? 만약 누군가가 나의 미성숙한 부분만 크게 확대해서 다그친다면 내 마음은 어떨까? 점점 더 위축되고 작아지는 기분에 빠질 것이다. 비록 미성숙한 점이 있어도 이해해주고 공감해준다면 고마운 마음에 잘해볼 용기가 생길 텐데,

다그침만 당하면 좋아질 틈도 없고 반발심이 생길 수도 있었다. 나의 다그침에 아무 말 하지 않았던 아이는 얼마나 상처를 입었을까? 힘겹기만 한 엄마 노릇은 이제 던져버려야 했다. 즐겁지 않은 육아는 엄마도 아이도 불행하게만 한다.

아이와 나는 뇌전증이라는 병 때문에 이미 아픈 시간, 힘겨운 시간을 보내고 있는데 이후의 시간까지 그렇게 보내고 싶지 않았다. 아이를 다그치지 않기 위해 노력하고 있다. 있는 그대로 충분하다고 되새기며 자주 사랑한다고 표현한다. 아이도 나에게 사랑을 속삭인다. 힘겹기만 했던 육아가 이제는 즐겁고 기쁘다. 나는 엄마 노릇 하는 여자에서 엄마가 되어간다. 엄마가 무조건 무언가를 해야 한다는 강박을 버리고 아이를 있는 그대로 사랑할 때, 엄마라서 행복하다는 말이 현실이 되는 순간이 온다.

•

엄마가 정말 미안해. 너는 지금 그대로 충분히 멋져.
엄마는 너 자체를 인정해주지 못하고 있었어.
엄마가 너를 있는 그대로 사랑하도록 진심으로 노력할게.
사랑해.

아이의 병을 인정할 용기

아이가 아프기 시작하면서 세상 사람들을 두 부류로 나누기 시작했다. 나를 도와주는 사람은 좋은 사람, 무관심한 사람은 나쁜 사람이 되었다.

아이는 주로 수면 중에 경기를 한다. 그날 우리는 방심했다. 시부모님이 운영하시는 사무실에 놀러 갔고, 아이는 의자에 앉아 텔레비전을 보고 있었다. 그런데 아이가 앉은 채로 갑자기 경련을 일으켜 누가 잡아줄 새도 없이 바닥으로 떨어졌다. 차가운 시멘트 바닥에 떨어져 아이의 앞니에서 피가 났다. 치과에 방문해 엑스레이를 찍어보니 살짝 금이 간 상태였다. 조심해서 사용하면 될 것 같다고 의사가 말했다. 안도할 틈도 없이 며칠 뒤, 아이는 서 있다가 다시 경련을 일으켰다.

바닥에 넘어지면서 2차 충격을 받았다. 급히 병원 응급실로 향했다. 잇몸 속에 있는 이가 잘게 깨져 고정해주는 방법으로 이를 보호해야 한다고 했다.

경련으로 서울의 대학병원에 입원할 때 치과 진료를 함께 받았다. 아이가 경련을 일으킬 위험이 있기 때문에 치과 치료를 받을 때 전신 마취를 해야 했다. 퇴원 예정일은 치과 치료를 받은 다음 날이었으나 병원 측에서 갑자기 치료 당일에 퇴원하기를 권했다. 아이에게 큰 문제가 없고, 병실도 부족하니 퇴원했으면 한다는 것이다. 치과에서도 대부분의 환자가 잠시 안정을 취한 뒤에 귀가한다고 했다. 별일이 없겠다 싶어 치과 치료를 마치고 바로 서울역으로 가 경남 창원의 집으로 내려가기로 했다. 30분 넘는 처치가 끝나자, 병원에서는 안정을 취한 뒤 귀가하라고 했다. 아이가 마취에서 깨어나긴 했지만 몽롱하게 축 늘어져 의식이 거의 없었다. 기차 시간은 다가오고 아이는 완전히 깨어날 기미가 보이지 않았다. 더 이상 기다릴 시간이 없어 축 늘어진 아이를 들쳐 매고 두 개나 되는 짐 가방을 들고 치과를 나섰다. 그 과정에서 나는 진심으로 고마운, 그래서 좋은 사람들을 만났다. 수납해야 하는데 일반인 창구에는 대기자가 너무 많았다. 아이는 계속해서 내 몸에서 미끄러지듯 흘러내렸다. 어쩔 수 없이 난생처음 장애인 창구로 가 도움을 청했다.

"저기 죄송한데, 아이가 치과 치료 후 몸을 가누지 못하고 있어요. 먼저 수납을 할 수 있을까요?"

"아, 네 알겠습니다."

창구 직원은 아이를 보더니 안쓰럽다는 표정을 지으며 얼른 수납을 해주었다. 융통성 있는 창구 직원이 눈물 나게 고마웠다. 치과 병동의 정문을 나서서 택시를 잡기 위해 안간힘을 썼다. 택시들은 본관 앞에서 정차하기 때문에 쉽게 잡을 수가 없었다. 병원의 주차 안내를 담당하던 직원이 나를 벤치로 안내했다.

"여기서는 택시 잡기가 어려워요. 잠깐만 기다리세요. 제가 잡아드릴게요."

택시를 잡아주고, 문까지 열어 태워준 직원분께 연신 감사하다는 말을 남기고 기차역으로 향했다.

택시 기사님은 마취에서 깨지 않고 횡설수설하면서 몸을 가누지 못하는 아이를 중증 장애아로 볼 정도로 안타까워하셨다. 우리를 배려해 역과 최대한 가까운 곳에 정차해주었다.

"쯧쯧, 애가 많이 아픈가 봐요. 이렇게 늘어진 애를 데리고 저 계단을 올라갈 수 있겠어요?"

"네, 괜찮아요. 감사합니다."

우리 눈앞에는 셀 수 없는 계단이 펼쳐져 있었다. 계단이

300개쯤 돼 보였다. 아이는 흘러내리고, 간신히 팔에 걸려 있는 짐 가방은 살을 파고들었다. 죽을힘을 다해 겨우 계단을 올라갔다. 거의 기다시피 어기적거리며 수유실에 도착했다. 소파에 몸을 싣자 몸이 푹 꺼지는 듯했다. 땀으로 흠뻑 젖은 몸을 식히면서 한 계단 한 계단 힘겹게 올라가는 동안 무관심했던 사람들이 떠올랐다. 야속하게도 거의 대부분의 사람이 무심한 눈길을 슥 던졌다가 자기 갈 길을 갈 뿐이었다. 무릎에서 잠이 든 아이를 내려다보며 곰곰이 생각을 했다. 조금 전까지만 해도 병원에서 도와준 사람들에게 감사하는 마음을 품었던 나는 어디 가고 또 낯모르는 사람들을 원망만 하고 있는지. 나를 도와주지 않았다고 사람들이 비난받을 이유는 없었다. 정 힘들었다면 그들에게 도움을 청하면 될 일이었다. 혼자서 할 수 있을 것처럼 해놓고 도움을 주지 않았다고 원망하는 것은 대체 무슨 심보인가.

사람들은 자신의 선택에 따라 삶을 사는 것뿐이다. 어려움에 처한 사람을 도울 수도 있고, 돕지 않을 수도 있다. 나를 도왔다는 이유만으로 좋은 사람으로 포장해 감사해했고, 돕지 않았다는 이유로 원망했다. 각자 다른 삶의 방식이 있을 뿐인데 다름을 틀리다고 생각했다.

내가 세상 사람들을 편협한 시선으로 바라봤다는 사실을 인정하기가 힘들었기 때문이다. 인정하는 순간 내가 틀린 것 같아서 두려움을 느꼈다. 사실 내가 인정한다고 해서 틀렸다고 할 사람은 아무도 없었다. 다들 나를 바라보고 평가할 것 같아도 사람들은 자기 살기도 바쁘고 주변에 신경 쓸 겨를이 없다. 또 좀 틀리면 어떤가? 인정하면 틀린 것이 보이고 무엇을 고쳐야 할지 보인다.

아이의 병에 대해서도 마찬가지였다. 나는 유치원 담임선생님과 상담할 때 아이의 병을 축소해서 말했다. 경기를 몇 번 일으켰는데 예방 차원에서 약을 먹고 있다고 거짓말 아닌 거짓말을 했다. 경기를 해서 유치원을 결석하는 날에는 선생님께 그냥 컨디션이 좋지 않아서 결석한다고 둘러댔다. 사실대로 말하면 선생님이 내 아이를 부담스러워할 것 같았다. 분명 아이가 입학할 당시에는 원장 선생님과 면담하며 아이의 병과 증상에 대해 솔직히 말했고, 이후에도 그러리라 마음먹었지만 맘처럼 쉽지가 않았다.

다시 한 번 입학 상담을 할 때처럼 용기를 내 아이의 병에 대해 편지를 썼다. 조심해야 하는 부분, 아이가 약을 먹으면서 겪고 있는 신체적·정신적 변화, 경기를 했을 때 필요한 조치 등을 정리해 진심으로 편지를 썼다.

'그래, 선생님이 창현이의 병을 알고 나서 부담을 느낀다면 인연이 아니라고 생각하면 돼. 아이의 병을 포용해줄 선생님이 분명히 있을 거야. 우리 아이라고 설리번 선생님 같은 분을 만나지 못할 이유는 없어. 신이 창현이에게 병을 주었다면 병의 치료를 도와줄 누군가도 분명히 만나게 해주실 거야. 만약 선생님이 나타나지 않는다면 내가 창현이의 선생님이 되어주면 돼. 걱정하지 마.'

마음을 굳게 먹고 선생님께 편지를 전했다. 선생님은 편지를 잘 받았다고 짧게 답변해줬다. 자세하게 써서 그런지 질문도 하지 않으셨다. 이제 남은 건 선생님을 믿고 기다리는 일뿐이었다. 며칠 뒤, 유치원에서 급하게 연락이 왔다. 일어나지 말았으면 했던 일이 결국 일어났다. 아이가 유치원에서 경련을 일으켰다는 것이다. 유치원으로 가는 내내 머릿속에는 아이를 걱정하는 마음보다 이제 그곳에서 아이를 부담스러워하겠구나 싶어 걱정이 됐다. 아이는 편안히 쉬게 해주면 일상으로 돌아오지만 아이가 경련하는 모습을 목격한 선생님이 일상으로 돌아올 수 있을까? 유치원에 도착해 아이가 쉬고 있는 교실로 안내받았다. 보조 선생님이 우리 아이를 달래고 있었다. 긴장한 얼굴로 들어서니 보조 선생님이 내 마음을 사르르 녹였다.

"창현이가 이렇게 힘들어하는데 우리가 도와줄 수 있는 것이 없나요? 편히 눕히는 것 말고 정말 아무것도 없나요?"

눈물을 글썽이셨다. 한숨을 내쉬며 안타까워하셨다. 잠시 후 아이의 담임선생님이 오셔서 어떻게 처치했는지 말해주셨다.

"어머님이 말씀해주신 대로 먼저 편안하게 눕혔습니다. 경련이 금방 끝나고 잠들었어요. 친구들은 다른 활동을 하고 있어서 창현이를 잘 보지 못했어요. 혹시 몰라서 아이들에게 창현이가 아프다고 잘 얘기했어요. 잠든 것을 확인하고 여기로 옮겨 왔습니다."

얼마 후 아이는 부스스 깨어나 비몽사몽인 채로 나에게 안겨 유치원을 나왔다. 차 안에서 금세 종알대는 아이. 자기에게 무슨 일이 있었는지 알기나 할까. 아직까지 아이는 자신이 겪고 있는 병의 고통을 인지하지 못하고 있었다. 어쩌면 다행인지도 몰랐다.

그날 오후, 담임선생님에게 연락이 왔다.

"어머님, 창현이는 좀 어떤가요?"

내 대답보다 아이가 떠드는 시끄러운 소리가 선생님을 안심시켰다. 나는 떨리는 목소리로 괜찮다고 말했다. 그때까지도 두려웠다. 선생님이 혹여나 우리 아이를 부담스러워하지 않을까 싶어서 심장이 쿵쾅거렸다.

"어머님, 제가 앞으로 더 주의 깊게 살피도록 하겠습니다. 창현이 더 잘 돌보겠습니다."

나의 두려움은 그렇게 한 번에 사라졌다. 선생님은 아이들에게 종종 아이가 겪는 증상을 설명해주고, 배려하도록 가르치신다. 얼마나 감사한지! 만약 내가 끝까지 아이의 병을 제대로 이야기하지 않았다면 어땠을까. 아마도 지금과는 사뭇 달랐을 것이다.

인정하는 데 용기가 필요했지만 인정하고 나니 우려와 달리 긍정적인 결과가 나왔다. 난 그 순간부터 인정하기로 딱 마음먹었다. 우리 아이는 '뇌전증'을 앓고 있다고 인정했다. 덧붙일 것도 병을 포장할 것도 없이 그대로 인정하기로 했다. 긴 인생을 살면 누구나 병을 앓는다. 병에서 자유로운 사람은 아무도 없다. 오늘이 될지 내일이 될지, 5년 후가 될지 10년 후가 될지 모르지만 사람이라면 병에 걸릴 확률이 아주 높다. 우리 아이는 단지 시점이 조금 빨리 왔을 뿐이다. 남들보다 좀 더 빨리 아팠지만 이제 좋아질 날이 많이 남았다.

인생이 달리기라면 인정이 바로 출발선이다. 인정에서 시작해 불필요한 장애물은 뛰어넘어가며 결승점까지 열심히 달려가면 된다. 인정을 하는 순간 출발 신호를 알리는 총소리는 팡 터진다. 인정하면 시작할 수 있지만 인정하지 않으면 다음이 없다. 온갖 원망과 분노, 미련 등 갖가지 부정적인 마음을 손바닥 뒤집듯 딱 끊어내는 노력을 하고 나면 다음이 보인다. 다음 장애물이 보이기 시작하면 어떻게 뛰어넘을지만 궁리하면 된다. 하나 뛰어넘고 둘 뛰어넘다 보면 단단해지고 요령도 생긴다.

나와 우리 아이가 당당하게 인정하고 달려나간다면 사람들은 열렬한 응원을 보낼 것이다. 설령 응원해주지 않아도 상관없다. 함께 달리는 자체에 즐거움을 느끼게 된다. 달리고 있는 순간에 행복하다고 느끼게 된다. 나도 아이와 열심히 달리는 중이다. 그냥 함께하는 하루하루가 즐겁다. 하루하루 살아가는 것에 집중한다. 아픈 것은 그 하루 속의 일과일 뿐, 그냥 열심히 달린다. 혹여 도착점이 없더라도 괜찮다. 우리가 달리고 있다는 것, 그것만으로도 즐겁고 행복하다.

인정하고 나니 '병'이란 녀석은 깃털처럼 가벼워졌다. 삶이란 것도 인정하고 나면 모두 깃털처럼 가벼울 것들이다. 인정이 모든 시작의 출발점이라는 것을 잊지 않으려 노력한다. 인정하는 순간 축복처럼 터지는 출발 신호와 깃털처럼 가볍고도 즐거운 마음이 우리를 흥겹게 달리게 해줄 것이다.

02

넌
지금 이대로도
충분해

아이에게 줄 수 있는 최고의 명약

첫아이를 낳고서 의욕이 넘쳐 육아서를 많이 읽었다. 육아서에는 아이가 자라는 물리적 환경이 얼마나 중요한지 설명돼 있어서 텔레비전을 시댁에 보내고 방에 있던 책장을 거실로 끌어왔다. 아이를 위해 텔레비전을 포기하고 책을 집었다. 좋아할 만한 전집을 아래 칸에 꽂아주었다. 아이가 마음껏 책의 바다에 빠져들기를 바랐다. 중고로, 새 책으로 책들을 들이기 시작하니 어느새 비어 있던 책장이 다양한 책으로 가득 찼다. 신혼집을 준비할 때 미니멀라이프를 표방하며 단출하게 꾸몄던 인테리어는 어느새 아이 맞춤식 집이 되어갔다. 벽은 알록달록한 색으로 된 사물 이름, 동물 이름 등의 스티커로 장식했다. 미혼일 때는 아기를 키우는 집의 벽 장식이 가장 이해되지 않았는데, 막상 내 집이 그렇게 되고 나니 웃음이 나왔다. 책장 앞에서 아이와 함께 엉덩이를 붙이고 앉아 하루 종일 책을 읽었다.

아이도 곧잘 따라왔다. 함께 퍼즐을 맞추기도 했고, 지루해지면 놀이터에 나가기도 했다. 손바닥에 온갖 먼지를 묻혀가며 놀이터를 제 집인 양 기어 다녔다. 여느 엄마들처럼 사소한 것에도 호들갑을 떨며 내 아이의 천재성을 의심하지 않았다. 개월 수에 맞춰 학습지 교사의 교육도 받았다. 아이는 선생님을 무척 반가워했다. 높은 집중력으로 선생님을 제법 잘 따라했다. 선생님도 아이와 내게 고무적인 칭찬을 많이 해주었다. 설령 인사치레였더라도 아이와 나는 더욱 의욕적이 되었다. 육아가 힘들고 고되도 아이에게 무언가를 가르치면 어김없이 성과가 돌아와 보람차게 해낼 수 있었다.

어느덧 아이가 둘이 되고 보니 점점 첫아이에게 집중하는 시간이 부족했다. 갓 태어난 둘째 아이에게 엄마의 손이 많이 필요했기 때문이다. 두 아이의 육아가 점차 힘에 부치기 시작했다. 열정과 의욕 넘치던 엄마는 사라졌다. 육아가 그저 부담스럽기만 했다.

'엄마가 왜 이렇게 할 일이 많은 거야? 다른 엄마들은 아이들을 정말 잘 키우는 것 같은데 나는 왜 이럴까? 나도 애 하나라면 이렇게 충분히 키우겠다.'

그래서 육아에 지친 엄마를 위로하는 육아서를 집어 들었다. 육아서들의 위로 메시지는 한결같이 '이대로도 괜찮아요. 잘하고 있어요. 당신은 이미 최고의 엄마입니다'였다. 불만에 가득 차 있던 나는 위로를 받았다. 하지만 뭔가 계속 허전했다. 왜 이렇게 허전할까? 육아서를 통해 위로를 받기는 했지만 현실로 돌아왔을 때 달라진 것이 없었기 때문이다. 설거지는 한가득, 매끼 배고프다고 떼를 쓰는 아이들, 전쟁터처럼 발 디딜 곳 없는 집 안, 치우고 돌아서면 널브러져 있는 장난감과 책, 쌓여 있는 빨랫감……. 둘러볼 필요 없이 한 발짝만 떼면 할 일이 서로 먼저 해달라고 아우성이었다. 이런 현실에서 위로 한번 받았다고 없던 에너지가 충만해질 수 없었다. SNS에 올라오는 엄마들의 이야기를 보면 다들 아이가 예뻐서 안달이고, 집은 깨끗하게 정리 정돈돼 있는데 우리 집만 왜 이 모양일까.

바닥에 털썩 주저앉았다. 눈물을 펑펑 쏟았다. 소리도 없이, 두 눈이 퉁퉁 부을 때까지 울었다.

그래도 희망은 있었다. 두세 달 뒤면 둘째 아이도 어린이집에 갈 예정이었다. 나는 엄마로서 무엇이든 해주겠다는 의욕보다는 나 자신으로 살아갈 수 있는 자유를 갈망했다.

현실은 큰아이가 아프면서 한순간에 뒤바뀌었다. 담당 의사는 우리 아이가 그나마 인지 발달이 정상적으로 이루어지고 난 뒤 발병해서 다행이라고 했다. 경련은 뇌에 영향을 주고, 약물 부작용도 인지나 정서에 영향을 주기 때문에 발달이 미숙한 상태에서 발병하면 치료가 더 어렵다고 했다. 발병 후 1년이 지났다. 아이가 입원해 있던 어느 날 의사에게 말했다.

"선생님, 영특했던 우리 창현이가 달라졌어요. 잘 맞추던 퍼즐을 어려워해요. 집중력도 많이 떨어졌어요. 두세 시간씩 앉아서 읽던 책을 이젠 한 권도 잘 못 읽어요."

의사는 일단 경련 조절에 집중해야 한다고 했다. 본인이 판단하기에 이 정도면 양호하다고 했다. 약을 끊고 완치되면 다 정상으로 돌아온다고 말이다.

'완치'라는 말에 가슴이 뛰었다.

"선생님, 우리 창현이가 언제 완치될 수 있을까요?"

잠시 침묵이 흘렀다.

"보통 15세 전후로 봅니다. 70퍼센트 정도는 자연적으로 없어지기도 하니까 기대해봅시다. 다만 약물 난치성 간질이라 장담하기는 어렵습니다."

의사의 애매한 대답은 매우 실망스럽고 거북했다. 물론 의사가 환자의 건강을 백 퍼센트 예측할 수는 없겠지만 절박한 내 마음은 의사가 교묘하게 곤란한 대답을 빠져나가는 것만 같았다. 화가 났다. 자기 자식이라도 그렇게 냉랭하게 말할 수 있을까? 병실을 빠져나가는 의사를 붙들고 물었다.

"제가 해줄 수 있는 것은 뭐 없을까요? 먹는 것이라든지 인지를 도와줄 어떤 것들요."

의사의 대답에 다시 한 번 좌절했다.

"없습니다."

세상에, 아이에게 아무것도 해줄 수 없는 병이라니! 나더러 그저 가만히 앉아 되는대로 지켜보기만 하라는 뜻일까? 정말 우리에게 해줄 수 있는 대답이 그 한마디뿐이었을까? 나는 이 대책 없고 냉정한 상황에 현기증을 느꼈다.

침대에 누워 있는 아이를 보니 삶 자체가 막연하게 느껴졌다. 친정에 덩그러니 남겨진 둘째 아이도 걱정됐다. 나는 엄마로서 뭘 해야 할지 방향을 잃었다. 인생 비관, 원망과 분노 등 온갖 부정적인 감정을 모조리 경험한 끝에 아이를 위해서 내가 정신을 똑바로 차려야겠다는 생각이 들었다.

우선 아이의 병이 뭔지나 알자 싶어 관련 도서를 모두 구입했다. 병리적인 설명만 나열돼 있을 뿐 보호자를 위한 내용은 단 한 줄도 찾기 어려웠다. 뇌에 대해서 공부하기 시작했다. 뇌의 기능을 향상시켜주는 활동이 아이를 돕는 길이라는 생각이 들었다. 아이의 전두엽에서는 경련을 일으키는 뇌파가 발생한다고 했다. 전두엽은 감정에 관한 모든 부분을 담당했다. 전두엽 절제술을 받은 사람 중에 사이코패스나 감정 기능에 장애가 있어 범죄자가 많다고 했다. 우리 아이는 수술도 고려하고 있었기에 매우 놀랐다. 의사가 긍정적인 방법이라고 말했던 수술이 이렇게 무서운 결과를 낳을 수 있다니, 두려웠다.

많은 책이 공통으로 뇌의 기능, 특히 전두엽을 발달시키는 데 책과 소근육 활동이 유익하다고 말했다. 아이에게 더 이상 책이 무슨 의미가 있냐며, 아픈 애를 데리고 무슨 공부냐며 놀게 하라는 말을 들으면서도 개의치 않았다. 하루 한 권이라도 아이에게 꼭 책을 읽어주었다.

집중력이 떨어졌던 아이는 최근에 다시 퍼즐을 맞춘다. 예전보다 속도는 느리지만 한자리에 앉아 퍼즐을 완성한다. 책 한 권을 읽는 동안 자리를 뜨지 않는다. 자기 전에는 기본적으로 두세 권의 책을 읽는 습관이 생겼다. 자동차와 공룡을 좋아하는 아이는 이 소재의 책들을 본다. 아이가 책을 가져오고, 한자리에서 책을 보는 습관 자체가 나에게 놀라움이었다. 하루에 열 권, 스무 권의 책을 보는 아이들과 비교하자면 내세울 것이 아니지만 우리에게는 큰 변화였다. 그냥 지금 이대로 아이의 수준에서 할 수 있는 것만 고민했다. 놀이터에서 놀고 싶은 만큼 놀고, 하루에 책 한 권씩은 꼭 읽기를 실천했다.

아이는 하루에도 수십 번 감정 기복을 보인다. 소리를 질렀다가 울었다가 짜증을 낸다. 그러다가도 기뻐했다가 다시 슬퍼하기도 한다. 인간이 느낄 만한 모든 감정을 하루에 다 쏟

엄마는 너를 진심으로 사랑해.
엄마 아들로 태어나줘서 정말 고마워.
사랑한다. 사랑한다.

아낸다. 많은 또래 아이들이 그렇겠지만 우리 아이는 좀 더 심한 편이다. 나는 그런 아이에 늘 사랑한다고 속삭인다. 감정에 기본이 되는 것은 엄마의 사랑이며 스킨십이라고 믿는다. 약물이 아이의 감정을 통제하고, 경련이 아이를 충동질해도 엄마의 사랑으로 감싸줄 수 있다고 믿는다.

"엄마는 너를 진심으로 사랑해. 엄마 아들로 태어나줘서 정말 고마워. 사랑한다. 사랑한다."

아이에게 이렇게 수시로 이야기하고 안아주고 뽀뽀한다. 아이도 자신이 좋아하는 사람들에게 늘 이야기한다.

"사랑해요."

아이는 유치원에서 하원할 때 선생님께도 사랑한다고 말하고 뽀뽀를 한다. 아이가 자신이 느끼는 감정을 표현할 수 있는 자체만으로 내게는 커다란 기쁨이다. 내가 만약 아이의 상태를 비관하고 좌절하기만 했다면 아이는 지금 어떻게 변했을까? 나의 슬픔과 온갖 부정적인 감정을 아이에게 고스란히 대물림해주었을 것이다. 의사는 엄마가 해줄 수 있는 것이 없다고 했지만 나는 아니라고 생각한다.

경련을 억제하는 강력한 약물과 수술, 그 외에 숱한 치료법보다 우선되는 것은 엄마의 사랑이 아닐까? 내가 책을 읽어주는 것도 마찬가지다. 어떤 날은 너무 피곤해서 아이와의 독서를 건너뛰고 싶을 때가 있다. 그럴 때면 늘 마음으로 새긴다.

'엄마인 나도 창현이에게 책 한 권 읽어주는 걸 힘들어하는데 누가 내 아이를 성심껏 치료하고 돌봐줄까.'

마음을 고쳐먹고 쉬운 책 한 권이라도 읽어준다. 단순히 책 한 권이 아니라 사랑의 표현이다. 아이에게 늘 이야기한다.

'너는 건강해. 잘 이겨내리라 믿어. 잘 이겨내줘 고마워.'

아이가 아파서 좌절스럽고, 아무것도 할 수 없다는 사실은 절망적으로 느껴졌다. 하지만 할 수 있는 것이 전혀 없다는 말도 거짓말이다. 엄마의 존재만으로 아이의 치유는 시작된다. 아이에게 먹이는 치료제, 영양제 그 어떤 것을 들이밀어도 엄마의 사랑에 비할 수 있을까. 사랑만큼 잘 듣는 명약은 없으리라.

병도
아이의 일부다

2014년까지 방송됐던 〈사랑의 리퀘스트〉라는 프로그램을 보면 병을 앓고 있는 자녀들의 안타까운 상황과 그 부모의 삶이 종종 소개됐다. 아이를 낳기 전 나는 그 프로그램을 볼 때마다 마음이 불편했다. 즐거운 주말에 방영되는 안타까운 프로그램에 눈길이 가지 않았다고나 할까. 그들의 사정이 매우 가엾지만 내 일은 아니라고 생각했다. 자연스레 나는 예능 같은 유쾌한 프로그램으로 채널을 돌렸다.

결혼을 하고 첫아이를 낳았다. 아이가 발병하기 전까지 남들처럼 하루하루 평범하게 살았다. 아이는 폐렴과 함께 열성경련까지 겪었고, 정밀 검사를 거쳐 결국 뇌전증 진단을 받았다. 경련 빈도가 늘었고 강도도 세졌다. 발병 후 3년 가까이 되는 시간을 치열하게 보냈다.

어느새 세월은 흘렀고, 나는 책을 읽고 글을 쓰며 간병기를 극복했다. 절망했다가 희망에 차고, 다시 절망했다가 벌떡 일어섰던 3년이란 시간을 글로 표현하기 시작했다. 나는 아픈 자녀를 키우는 부모를 위한 글을 쓰고 싶었다. 이야기를 어떤 주제로 어떻게 풀어나갈지 개요를 썼다. 개요를 구성하고 봤더니 마치 남의 이야기 같고, 여러 가지 복잡한 생각이 들었다. 양가 부모님은 이렇게 적나라하게 우리 가족의 이야기가 쓰이는 데에 불쾌해하지 않으실까? 우리 아이는 자신이 어디가 아픈지 모르는데 혹여 이 글을 언젠가 보게 된다면 충격을 받지 않을까? 그들이 훗날 내 글을 읽고 어떻게 생각할지 신경 쓰이기 시작했다. 가장 큰 문제는 내가 쓴 개요로는 진심으로 하고 싶은 얘기를 담을 수 없다는 점이었다. 나의 개요는 불편한 마음에서 비롯된 남의 얘기였다.

개요를 정리하면서 아이의 병을 어디까지 써 내려갈지 고민했다. 아이의 고통을 적나라하게 표현해야 할까? 적나라하게 쓰면 아이가 앞으로 살아가는 데 문젯거리가 되지는 않을까? 계속해서 고민에 빠졌다. 왜 우리 아이의 병을 어디까지 공개해야 할지 정하려 들까? 그냥 아이가 아픈 사실을 있는 그대로 써나가면서 내가 겪었던 일을 풀어가면 되는데, 나는 왜 공개 범위를 고민하고 있는지 의문이 들었다.

본격적으로 글을 쓰면서도 내 이야기는 계속 개요에서 벗어났다. 이유도 모른 채 방황했다. 이상한 일이었다. 글을 쓰고자 했을 때 방향을 분명히 정했는데 이상하게 힘차게 발을 내딛지 못했다. 각종 의심과 고민에 둘러싸여 내딛을까 말까 고민하고 있었다.

그런 나 자신을 인지하고 나니 뒤통수를 한 대 맞은 듯이 멍해졌다. 개요가 남의 이야기같이 느껴졌던 것도, 방향이 보이는데도 갈피를 잡지 못하고 방황했던 것도 같은 이유였다. 나는 아직도 아이의 병을 덜 인정하고 있었다.

한번 인정하고 나면 모든 것이 탄탄대로를 달리는 기분이 든다. 인정이라는 잘 뻗은 길을 신나게 달려가기 시작하는데 갑자기 차도로 고라니가 뛰어든다. 진짜 인정한 게 맞느냐는 표정으로 나를 바라본다. 깜짝 놀라 브레이크를 밟을지, 물 흐르듯 고라니를 비켜 갈지 짧은 순간 고민에 빠진다. 인정하고 나면 진짜 인정을 했는지 고라니에게 수시로 테스트를 받게 된다. 나는 방심하고 있다가 부지불식간에 테스트를 받은 것이다. 보기 좋게 브레이크를 밟았다. 예전의 나였다면 브레이크를 밟고 나서 갓길에 오랫동안 차를 세우고 멈춰 서 있었을 것이다.

이제는 다르다. 나는 고라니에게 한 방 먹고 실수를 했지만 씨익 웃어주었다. 굳게 인정했던 마음이 잠깐 흔들렸던 자체를 인정했다. 이제부터 인정하자, 라고 결심해도 중간중간 흐름이 끊길 수 있다는 것을 이해했다. 마음을 울타리가 감싸고 있다면, 나는 울타리 밖에서 그것을 바라보는 힘이 생겼다. 잠깐 흔들렸지만 바로잡을 수 있었다. 숨기고 포장할 것이 무엇이 있는가? 더하지도, 덜하지도 말고 나의 삶을 써내면 되는 것 아니겠는가. 그렇게 생각하고 나니 흔들리던 내 마음이 다시 자리를 잡았고, 나는 고라니를 지나 달리기 시작했다.

사람이 암과 같은 큰 병에 걸리면 가장 먼저 보이는 반응은 '부정'이다. 모든 나쁜 일은 나를 비켜 간다는 비합리적인 생각이 깔려 있어 암이라는 큰 시련을 받아들일 수가 없다. 여기저기 병원을 찾아다닌다. 진단받은 병이 오진이었다는 말을 들으러 방방곡곡 병원 투어를 한다. 다섯 군데 이상을 다녔는데도 같은 진단을 받으면, 두 번째로 보이는 반응은 '분노'다. 나에게 왜 이런 일이 생겼냐고 신을 원망하고, 하늘을 원망한다. 아직도 현실을 받아들이지 못한 것이다. 세 번째 반응은 '타협'이다. 나는 아이가 약을 한 가지만 먹으면서 경련 없이 평생 살 수 있으면 좋겠다고 생각했다. 약이 잘 듣지 않으면 약의 가짓수가 점점 많아지기 때문에 한 가지 약 복용으로 현실과 타협하려 했다. 그런 나의 바람과는 달리 약은 점점 늘어나 어느덧 여섯 가지가 되었다. 더 이상 쓸 약이 없을지도 모른다는 통보를 받았다. 이때 나는 깊은 '절망'을 느꼈다. 앞이 보이지 않았다. 그 고통의 단계들을 모두 지나고 나서야 조용히 아이의 병을 인정하고 '수용'했다. 잘 이겨낼 수 있다고 희망을 품었다.

부정, 분노, 타협, 절망, 수용. 내가 겪은 이 5단계는 《인생 수업》(이레, 2006)의 저자인 엘리자베스 퀴블러 로스가 말했던 상실의 5단계였다. 나는 모두 의미가 있는 단계를 거쳐 변화되고 있었다. 퀴블러 로스는 이미 내가 어떤 변화를 겪을지 다 알고 있었다.

사실 《인생 수업》은 한 번 슥 읽고 책장에 꽂아둘 만큼 별 감흥을 얻지 못한 책이었다. 그런데 아이가 아프고서 우연히 이 책을 다시 집어 든 나는 손이 떨리고 목이 메여 페이지를 넘길 수 없었다. 이 책은 내 인생 자체, 위로 자체였다. 그간 내가 느낀 모든 감정은 치유의 과정에서 자연스럽게 스며든 것이지, 헛된 감정이 아니었다고 힘을 실어주었다.

나는 큰 상실감에서 회복되다가도 다시 절망의 나락으로 떨어지기를 반복했다. 굴곡이 심한 롤러코스터에 탄 기분이었다. 이 글을 쓰기 전 개요를 잡을 때에도 롤러코스터의 하강 곡선을 달리고 있었다. 그런 내게 이 책은 "결국 당신은 치유될 테고, 온전한 자신을 되찾을 것"이라고 말해주었다. 상실을 경험함으로써 얼마나 성장했는지 한눈에 드러나지 않지만 분명 온전한 자신으로 거듭난다는 것이다. 그보다 더 큰 격려는 없었다.

나는 엘리자베스 퀴블러 로스가 말한 대로 상실을 경험하면서 고통의 롤러코스터에서 하차했다. 엄마라는 이름으로 더 강해지기로 했고, 아이의 병을 인정했다. 인정하고 받아들이니 치유되어가는 내가 보였다. 엄마를 넘어선 온전한 '나 자신'이 되어가고 있었다. 나는 그것을 아이의 병을 통해 경험했다.

하지만 치유되어 수용하려면 중요한 과정이 있는데, 《인생 수업》에는 그것이 빠져 있어 아쉬웠다. 별것 아니지만 가장 큰 용기가 필요했던 것, 바로 '인정'이었다. 아이의 병이나 장애를 인정하기 위해서는 내 욕심을 다 버려야 한다. 언젠가 약을 끊고 완치되리라는 믿음, 약을 한 가지만 먹고 또래 아이들과 똑같이 성장하리라는 믿음, 아이는 약물 부작용을 비켜 가리라는 믿음, 약을 먹지만 문제없이 잘 지내리라는 믿음, 아이는 병이 있지만 장애아가 되지 않으리라는 믿음 등 온갖 기적을 바라는 이 모든 비현실적인 믿음을 내려놓아야 한다. 물론 이루어진다면 더없이 기쁠 것이다. 절망하는 것보다 희망하는 것이 차라리 낫다. 문제는 이러한 믿음은 쉬이 이루어지지 않고 속수무책 시간만 흘러간다는 것. 비현실적인 믿음은 기대를 낳고, 기대가 좌절되면 다시 절망을 경험하는 악순환이 반복된다. 큰 용기를 내 현실을 인정해야 했다.

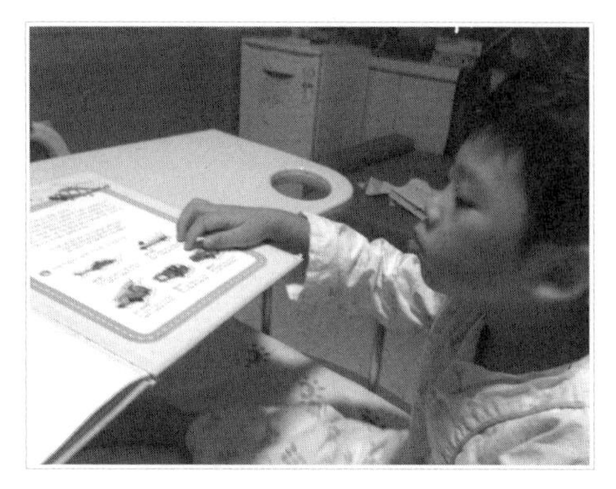

아이를 있는 그대로 인정할 것. '병'도 아이의 일부로 바라볼 것.
무조건 인정한다고 마음먹을 것.

그런데 어떤 좋은 방법도 일단 '무조건' 인정한다는 마음가짐이 선행되지 않으면 변화를 기대하기 어렵다. 조금 인정하는 듯하다가도 역행하곤 한다. 무조건 아이의 병을 있는 그대로 인정하는 것, 그것이 가장 우선돼야 한다.

나는 약물 난치성 간질을 앓고 있는 아이를 키우고 있다. 아이는 여섯 가지 약물을 복용하고 있다. 신체적으로는 비틀거리고 자주 넘어진다. 수시로 피곤해하기도 한다. 정서적으로는 일순간 자기 감정을 참지 못해 상대를 괴롭히는 행동을 보인다. 주로 수면 중에 경련을 일으키지만 가끔 깨어 있을 때도 경련을 일으킨다. 가만히 아이의 증상을 나열하다 보면, 그러한 증상은 치료해야 할 '병'이지 '문제'가 아님을 알게 된다. 병원은 약물 치료를 한다. 엄마인 나는 아이에게 나타나는 증상들을 도울 방법을 찾아 제공해주면 된다. 안타깝고 마음이 아프다고 주저앉아만 있을 순 없다. 무엇이 아이를 진정으로 돕는 길인지, 무엇이 내가 온전한 자신이 되는 길인지 냉정하게 생각해야 한다.

아이를 있는 그대로 인정할 것. '병'도 아이의 일부로 바라볼 것. 무조건 인정한다고 마음먹을 것. 그러고 나면 퀴블로로스가 말하는 수용의 단계에 들어선다. 현실을 있는 그대로 자연스럽게 받아들이게 된다. 그러면 간혹 나를 시험할 양으로 고라니가 나타난다고 해도 씨익 웃으며 지나칠 수 있다. 롤러코스터의 방향도 역행하지 않는다. 롤러코스터의 방향을 결정하는 사람은 나 자신이지 누구도 아니다. 어느 쪽으로 갈지는 자신이 선택할 몫이다.

넌 지금 이대로도 충분해

수많은 육아서를 보면 아이를 있는 그대로 바라봐주고 존중하라고 적혀 있다. 정말 실천해야 하는 좋은 말이다. 나도 아이가 아프기 전에는 '있는 그대로 바라보기'를 하기 위해 노력했다. 아이는 배려심이 깊고, 주변 정리도 잘하고 영특해 사랑받는 유형이었다. 장점이 많은 아이를 있는 그대로 바라보기란 아주 쉬운 일이었다. 아이 옆에 있는 그 자체만으로 기쁜 일이었으니까.

뇌전증을 앓고 나서부터 아이는 많은 면에서 달라졌다. 배려심 깊던 아이는 남의 물건을 무조건 뺏거나 걸핏하면 소리를 지르는 아이로 변했다. 정리 정돈 잘하는 아이는 주변 정리에 무관심한 아이가 되었다. 영특했던 아이는 또래에 비해 점점 뒤처지기 시작했다.

'원래 창현이는 이렇지 않았는데……' 하는 생각이 계속 발목을 잡았다. 아이의 변화를 믿고 싶지 않았다. 지금 일어난 모든 상황이 꿈이었으면 하고 바랐다. 다른 아이들과도 비교하기 시작했다. 아이가 바뀌고 나니 있는 그대로 바라보기는 커녕 내 아이가 아니길 바라기까지 했다. 이제 육아서에서 '지금 아이의 상태 그대로 존중하고 받아들여주세요'라는 내용을 볼 때면 '당신이 와서 한번 키워볼래요?' 하고 반문하게 됐다.

어느 날, 볼일이 있어 친정 부모님께 아이들을 잠깐 부탁한 적이 있다. 잠시 어른들끼리 이야기를 하고 있는데 아이는 자신과 놀아주지 않자 화가 났던 모양이다. 외할아버지의 얼굴에 대고 크게 여러 번 소리를 질렀다. 아이를 방으로 조용히 데려와서 이유를 물었다.

"창현아, 외할아버지한테 왜 소리를 지른 거야?"

"같이 숨바꼭질 놀이 하고 싶은데 같이 놀아주지 않아서 속상했어. 화가 났어."

일단 소리를 지르면 목이 아프고, 주변 사람들이 귀가 아프다고 했다. 하고 싶은 말이 있으면 소리를 지르는 것보다 직접 말로 표현하기를 권했다. 아이는 설명을 듣고 고개를 끄덕였다. 이해하는 듯했지만 그때뿐, 화가 나면 다시 소리를 질러댔다.

한번은 유치원에서도 연락이 왔다. 아이가 어느 순간 같은 반 친구들을 향해 소리를 지른다고 했다. 소리를 지르니 친구들이 아이를 오해하고, 함께 놀고 싶어 하지 않는다고 했다. 아이가 소리 지르는 것이 습관이 되지 않도록 가정에서도 잘 지도해달라고 부탁했다. 아이에게 미운털이 박히지나 않을까 싶어 집에서도 잘 지도하겠다고 말하며 굽신거렸다. 전화를 끊는 순간에도 아이는 제 동생과 다투며 소리를 지르고 있었다. 소리 지르는 모습을 보니 나도 함께 소리를 지르고 싶은 마음이 굴뚝같았다. 아이가 문제아가 되어버린 것 같아 마음이 무거웠다. 단점만 많아진 아이가 미워졌다. 있는 그대로 바라보고 존중하라고? 개나 줘버려. 소리 지르는 아이를 데려와 다시 연설을 시작했다.

지금 돌이켜보면 아이가 얼마나 고달팠을까 싶다. 하지만 당시에는 아이를 있는 그대로 인정하는 일보다 다른 사람들에게 받는 평가가 더 우선이었다. 나의 훈육법은 아이에게 아무 도움이 되질 않았다. 더욱 화가 나고 짜증이 나서 견딜 수가 없었다. 수십 번을 말해도 제자리걸음인 아이는 나를 지치게 만들었다.

"너는 왜! 이렇게까지 말하는데도 전혀 변화가 없는 거야!"

아이를 다그쳤다. 내 눈에는 아이의 모든 것이 문제로 보였고, 고쳐야 할 단점으로 보였다. 아이를 오로지 문제 덩어리로 바라보고 있었다. 내 입에선 아이가 하지 말아야 할 것들이 무엇인지 반복 재생되고 있었다. 놀이터, 유치원, 키즈카페 등 또래 친구들과 부딪히는 상황이 생기면 몇 번이나 다짐을 받았다.

"창현아, 밖에 나가서 소리를 지르면 친구들이 싫어해. 장난감을 뺏거나 친구의 물건을 뺏는 것도 싫어해. 같이 놀고 싶지 않을 거야. 갖고 싶으면 물어보고 친구가 빌려줄 때까지 기다릴 줄 알아야 해."

"응. 알았어요."

주의 사항을 몇 번이나 다짐받고 집을 나섰다. 아이는 변화가 없었다. 아이를 키우는 방법이 잘못된 것은 아닐까? 많은 아이들이 이렇다지만 우리 애는 너무 심하잖아? 곰곰이 아이에게 했던 행동들을 돌이켜보았다. 아이의 입장이라면 어떤 마음이 들었을까? 엄마의 잔소리를 넘기고 어서 내가 하고 싶은 것들을 하러 가고 싶었을 것 같다. 아이를 위한다고 생각했던 내 훈육은 아이 입장에서는 듣기 싫은 잔소리였다. 서로의 에너지를 갉아먹고 파먹는 상처의 시간일 뿐, 아무런 의미가 없었다. 아이를 문제적 존재로 바라보고, 그 문제를 고쳐보겠다고 덤벼든 행동은 아이의 문제를 더욱 고착시켰다. 엄마인 나에게 받는 스트레스로 아이는 날이 갈수록 소리 질렀고, 짜증을 냈다. 도대체 어디서 꼬여버렸을까? 아이와 나는 어떤 매듭부터 풀어가야 할지 고민이 되었다.

어린 시절의 나를 떠올렸다. 나는 학교에서 귀가하면 꼬박꼬박 숙제를 하는 편이었다. 하루는 색종이를 오려서 무언가 만들고 있었는데 재미가 있었다. 한창 만들기를 하던 중에 숙제가 생각났다. 만들기가 끝나가고 있어 마무리해놓고 숙제를 하기로 마음먹었다. 그때, 엄마가 방에 들어와 숙제를 했는지 확인하셨다. 나는 만들기를 마무리하고서 숙제를 할 것이라고 말씀드렸다. 엄마는 숙제를 하지도 않고 혼날까 봐 핑계를 댄다고 했다. 마치 내가 거짓말을 하는 것처럼 몰아세웠다. 엄마의 말은 상처가 되었다. 그날 나는 처음으로 숙제를 하지 않았다. 숙제를 하고 싶은 마음이 눈곱만큼도 생기지 않았다. 내 마음을 몰라준 엄마에 대한 반항 심리였을까?

엄마는 나를 내세우기를 참 좋아하셨다. 나는 부끄러움이 많은 성격이라 사람들 앞에 나서는 게 싫었다. 그래서 몸을 뒤로 빼며 하기 싫다고 거부하면 엄마는 냉담하게 반응했다.

"애가 부끄러움이 많아서 어디다 쓰냐. 그게 뭐가 부끄럽다고 그러냐."

한심하다는 듯 돌아오는 엄마의 반응은 나를 한없이 작게 만들었다. 부끄러웠던 마음은 자존감까지 갉아먹었다. 엄마의 눈에 나는 별일도 아닌데 부끄러워하고 예민하게 구는 까

칠한 아이였을 것이다. 이런 상황에 닥칠 때마다 내 마음을 알아주고 이해해주지 않는 엄마에게 상처 입었다.

상처 입은 마음은 반감으로 이어졌고, 결국 내 마음도 비뚤어졌다. 만약 엄마가 숙제를 할 것이라는 내 말을 믿어주셨더라면 나는 만들기를 마무리하고 숙제를 했을 것이다. 부끄러워하는 내 기질을 인정하고 이해해주었더라면 용기를 내 엄마의 바람대로 한번 사람들 앞에 나서봤을지도 모른다. 나를 믿어주는 엄마에게 보답하고 싶고 잘하고 싶은 것이 아이니까.

생각이 이쯤 미치자 내 아이가 그동안 나에게 얼마나 상처 입고 반항하고 싶었을까 하는 생각이 들었다. 아이가 소리를 지르면 소리 지르지 말라고 했다. 짜증을 내면 부드럽게 이야기하라고 했다. 아이의 마음을 알려는 노력이 먼저였어야 했다. 나는 잘못된 행위 자체를 없애야 한다고만 생각했다. 아이가 어떤 속상한 마음이 들어 소리를 지르며 감정을 표현했는지, 어떤 답답한 마음이 있어 짜증을 내며 감정을 표현했는지 먼저 알려고 노력해야 했다. 어쩌면 아이는 소리를 지름으로써 "엄마, 내 마음을 좀 알아줘, 이해해줘"라고 도움을 청했을 수도 있다. 아이가 아프고 난 후 나타나는 변화를 전부 병이라는 관점으로 해석했다. 마음을 알아주고 이해해주려고 노력하지 않았다. 병에서 비롯된 문제를 치료해야 한다고 생각했다. 알아주려는 노력도 하지 않았지만 어떻게 알아줘야 할지도 막막했다.

아이는 스스로 배우는 것이지 부모가 아무리 주입해도 배울 수 없고, 그것은 곧 부모의 고통이라는 글을 읽은 적이 있다. 나는 아이와 씨름한다고 생각했지 즐거운 적이 없었다. 문제에 집중하고 어떻게 고쳐야 할지, 도대체 왜 저런 행동을 하는지 한숨을 푹푹 내쉴 때마다 마음 한곳이 고통으로 꿈틀거렸다. 육아가 도무지 즐겁지 않았다. 아픈 아이를 키우면 다 그런가 보다 했다. 아이가 병이 있고 없고를 떠나서 우리가 함께하는 시간이 행복해지기 위해서라도 변화해야겠다는 생각이 들었다. 아이가 나를 사랑해주는 때도 지금뿐인데, 서로 힘들게 보내다 시간을 허비할 것만 같았다.

나는 아이를 현재로도 완벽하다고 생각해본 적이 없었다. 뇌전증이라는 병을 앓게 된 이후로 아이의 미숙한 부분만 돋보기를 쓴 것처럼 확대되어 보였다. 당연히 있는 그대로 받아들일 수가 없었다. 아이는 내가 원하는 틀 속에 끼워 맞춰지려 안간힘을 써야 했다. 문제는 끼워 맞춘다고 끼워 맞춰지지 않는다는 점이다. 아이도 힘들고 나도 지치는 아무 쓸모없는 짓이었다. 나는 아이를 현재로도 완벽하다고 바라보기로 마음먹었다. 마음속으로 수십 번 되뇌었다.

'창현이는 현재로 충분하다. 현재로도 완벽하다.'

'부족한 부분이 있는 만큼 잘하는 것도 많다.'

'잘하는 것을 더 격려하고 아껴주면 된다.'

아이를 있는 그대로 존중하자는 여러 종류의 말을 벽에 붙여놓고 읽고 또 읽었다. 설사 눈에 보이지 않더라도 장점이 많이 있다고 거듭 생각했다. 하나둘씩 아이가 잘하는 것이 눈에 보였다. 아이는 책을 참 좋아한다. 수시로 책을 읽어달라 하고, 자기 전 책을 꼭 읽은 뒤 즐거운 마음으로 잠에 든다. 남의 장난감을 뺏기도 하지만 자기 장난감을 양보하기도 잘한다. 가지고 싶을 때 어떻게 해야 하는지 알려주니 부탁하고 기다리려고 노력했다. 아이는 자신이 잘못한 것을 알았다. 아이가 아프다는 전제를 내려놓고 존재 자체로 바라보니 그동안 몰랐던 장점이 많았다. 희망이 싹트기 시작했다.

내가 할 일은 아이의 부족한 면을 채워주는 것도 있겠지만 아이가 잘하는 것을 더 아껴주고 격려하는 것이었다. 과거의 어린 나는 엄마가 내 마음을 알아주기만 했더라도 용기를 내어 엄마의 바람에 도전해볼 생각이 있었다. 엄마의 믿음에 보답하고 싶었으니까. 내 아이도 자신감이 충만해지면 부족한 것에도 용기를 낼 수 있으리라는 믿음이 생겼다. 설사 용기를 내지 못한다고 하더라도 괜찮다. 잘하는 것을 계속 격려하고 이끌어준다면 그것이 더 큰 장점으로 발전할 테니까.

이렇게 마음을 달리 먹고 아이를 바라보니, 단지 시각만 달라졌을 뿐인데 아이와 함께하는 시간이 고통스럽지만은 않았다. 아이도 두루두루 좋아지기 시작했지만 무엇보다 내 마음이 전과 달리 편안해졌다. 아이의 병에 집중하면 신기하게도 아플 일이 늘어났다. 비록 아이가 아프지만 병까지 아이의 일부로 바라보고 이해하니 아플 일이 줄어들고 나도 크게 동요하지 않게 되었다.

지난밤에도 아이는 밤새 경련을 했다. 한 번, 두 번, 세 번, 네 번……. 차차 횟수가 잦아들기는 했지만 눈부신 아침 햇살이 어둠을 밀어내고서야 아이의 경련도 멈췄다. 밤새 고생했을 텐데도 아이는 아침이 되자 잠에서 깼다.

"어엄마……."

아이의 혀가 둔해져 있다. 눈꺼풀은 느릿느릿 움직이고, 눈동자는 허공에 머물러 있다. 나는 긴장이 풀려버린 몸을 겨우 일으켜 아이를 안았다.

"우리 창현이, 잘 잤어? 좋은 꿈 꾸고?"

밤새 무슨 일이 있었는지 모르는 아이. 아무 일도 없었다는 듯 아이에게 볼을 부볐다.

"어엄……마, 나…… 이……가 아파."

밤새 온 힘을 다해 이를 악물고 갈았으니 아프지 않을 수가 없었다.

“이가 아프구나. 자, 아 해봐. 엄마가 호~ 해줄게.”

찡그리던 아이가 희미한 웃음을 짓는다.

“미……안해. 나…… 때문이야.”

나는 와락 아이를 껴안았다. 나를 안은 아이의 팔이 힘없이 툭 떨어진다. 나는 속으로 가만히 말한다.

‘감사합니다. 창현이를 보내주셔서 감사합니다. 행복이 무엇인지 깨닫게 해주셔셔 감사합니다.’

아이가 어떤 상태이든 현재로도 완벽하다 생각하고 감사하면 기적이 찾아온다. 좋은 기운이 찾아든다. 요동치던 마음에 평온과 행복이 자리 잡는다.

아파도 할 수 있다

아이가 아프고 나서 아이가 지닌 잠재력과 가능성에 대해 마음을 접었다. 생각하면 가슴 아팠다. 아이의 몸은 비틀거렸다. 열 걸음 가면 한 번 넘어지기 일쑤였다. 팔다리는 온통 멍과 상처투성이였다. 입술과 턱은 피가 마를 날이 없었다. 딱지가 앉을 무렵이 다음 상처의 예고편이랄까. 감정 면에서는 또 어떤가. 아이는 순간적으로 올라오는 자신의 감정을 통제하기 힘들어했다. 또래와 함께 놀다가 자신이 필요한 장난감이면 친구가 가지고 놀고 있어도 무조건 가져와야 했다. 장난감이든 자전거든 어떤 물건이든 관계치 않았다. 때로는 먹고 있는 과자를 뺏으려 하기도 했다. 서른 조각짜리 퍼즐을 순식간에 맞추던 실력은 열 조각 맞추는 데도 한참 걸렸다.

아이는 더 이상 예전의 아이가 아님을 받아들여야 했는데, 나는 애써 또래보다 성장 속도가 느린 아이로 받아들였다. 문제는 아이가 가진 모든 가능성까지 배제했다는 점이다. 퍼즐을 맞출 때에 엄마가 도움을 주는 것도 싫어하는 아이였는데 열 조각짜리를 맞추면서도 도움을 청했다. 한 조각을 가지고 "엄마 이건 어디에 두어야 해?" 하고는 엉뚱한 곳에 욱여넣었다. "이리저리 돌려보고 맞지 않으면 다른 곳에 넣어볼까?"라고 이야기해도 아이는 끝내 힘으로 욱여넣고는 해냈다는 듯이 씩 미소를 보였다. 자포자기하는 마음이 들었다.

'후, 이런 아이에게 내가 뭘 기대하겠어. 그냥 건강하게만 자라길 바라자.'

아이는 낯선 사람에 대한 경계심이 없었다. 낯선 사람에게 다가가서 무작정 대화를 했다. 상대방이 당황해하는 낯빛을 보여도 상관하지 않고 신나게 떠들어댔다.

"우린 할머니 집에 갈 거예요. 아줌마는 어디 가요?"

어떤 아이와 아빠가 시소를 타고 있으면 아빠를 밀어내면서 자기가 앉고는 전혀 미안한 기색도 없이 "아저씨, 밀어주세요" 한다. 다른 아이가 비눗방울이나 관심 가는 장난감을 가지고 있으면 난리가 났다. 그냥 뺏는다. 아무리 설명하고 설득해도 기어코 뺏는다.

만약 자신이 원하는 장난감을 가지지 못하거나 도로 원래 주인에게 돌려주면 난리가 났다. 자신도 타고 싶고 갖고 싶었는데 너무한다고 생떼를 썼다. 그때마다 나는 당황스러워하는 상대에게 굽신거리며 사과해야 했다. 괜찮다고 하는 사람도 있지만 당황스러워하며 급히 자리를 뜨는 경우도 많았다. 아이는 내가 굽신거리건 말건 또 자기 할 일만 했다.

아이의 팔을 잡고 눈을 맞추면서 이야기했다.

"낯선 사람에게 함부로 다가가면 위험해. 낯선 사람이 너를 데리고 무서운 곳으로 갈지도 몰라. 창현이가 장난감을 갖고 싶어도 먼저 같이 놀아도 괜찮은지 물어봐야 해. 무작정 가져오는 것은 옳지 않아. 친구도 창현이가 뺏어서 화가 많이 날 거야. 엄마는 창현이가 마음대로 뺏어서 너무 속상해."

아이는 그저 팔을 비틀며 몸을 꼬고 어서 벗어나고 싶어 안달했다.

'그래, 너에게 무슨 말을 하겠니. 네가 약만 먹지 않았어도, 병에 들지 않았다면 이러지 않았을 텐데.'

그렇게 생각하며 한 고비를 또 넘겼다. 아니, 체념했다.

유치원에서 근처 공원으로 나들이를 다녀온 적이 있다. 그날 오후, 선생님이 연락을 해왔다.

"창현이가 공원 호수에서 낚시하는 아저씨랑 실랑이를 했어요. 창현이가 아저씨의 뜰채를 갖고 싶어 했거든요. 아저씨가 처음은 웃으며 창현이에게 빌려줬어요. 창현이는 도무지 돌려줄 생각이 없었어요. 창현이를 달래보고 설득했지만 계속 고집을 피웠어요. 실랑이가 길어져 할 수 없이 안아서 데려왔어요. 많이 속상해했는데 창현이 마음을 챙겨주세요."

안 봐도 훤히 보였다. 선생님께 연신 죄송하다고 말하고 난 후 전화를 끊었다. 아이를 불러 물었다.

"창현아, 오늘 공원 나들이 어땠어? 재미있었어?"

"낚시하고 싶은데 아저씨가 이렇게 뜨는 거 뺏어 갔어. 포비처럼 멋지게 물고기를 잡고 싶었는데."

휴, 무슨 말을 하면 좋을까. 그저 낚시를 하고 싶어서 했던 행동인데……. 다음에는 아저씨한테 물어보고 허락하면 해보자고 약속했다. 낯선 사람에게 함부로 다가가면 위험하다고 알려주었다.

'그래, 열 번이고, 스무 번이고, 백 번이고 알아들을 때까지 말해주자. 언젠가 아이가 실천하는 날이 올 거야.'

그러던 어느 날 우연히 한 친구의 이야기를 듣게 되었다.

"우리 애가 참 사회성이 밝아서 낯선 사람에게도 스스럼이 없어. 상대 엄마는 당황스러워하는 얼굴인데 신경 쓰지 않고 이야기해. 이거 뭐예요? 왜 그런 거예요? 장점인 것 같으면서도 걱정될 때가 있어."

나는 순간 멍해졌다. 우리 애와 같은 상황이었다. 그런데 친구는 아이의 그런 면을 일단 장점으로 생각했다. 사회성이 좋아 이야기하기를 좋아한다고 말이다. 심지어 아이가 자신이 갖고 싶은 물건을 다른 사람에게서 빼앗기도 해서 걱정이 된다고 했지만, 빼앗기는 상대방 입장에서 잘 생각해보라고 계속 잘 말해주면 언젠가 아이가 변하리라 믿는다고도 했다. 우리 아이와 완전히 같은 행동을 보이는데도 친구는 나와 전혀 다른 관점에서 아이를 바라보고 있었다. 작은 충격을 받았다. 나는 우리 아이가 약을 먹어서 그렇다고 생각했다. 아이의 행동에 집중하기보다 눈앞에 펼쳐진 상황만 바라봤다. 우리 아이가 왜 그런 행동을 하는지 생각하지 않았다. 당연히 '병 때문에, 약 때문에'라고 생각했다. 병과 약에 가려진 내 눈은 아이의 본질을 보지 못했다.

아이는 적극적이고 사회성이 뛰어날 뿐인데 내 눈에는 그게 엄청난 단점으로 보였다. 내가 계속 아이를 만류하고 지적하기만 한다면 어떻게 될까? 아이의 장점은 '가능성'이었다. 내가 어떻게 노력하느냐에 따라 아이가 가능성을 발현해 긍정적으로 변화될 수도 있고, 단점으로 고착될 수도 있었다. 우리 아이의 적은 낯선 사람이 아니었다. 엄마인 내가 바로 아이의 적이었다. 아이가 그동안 얼마나 괴로웠을까? 엄마의 지적과 만류에 아이는 '나는 늘 남에게 폐를 끼치는 사람'으로 여기지는 않았을까? 엄마에게 보여주고 싶어 꽃을 뜯으면 엄마는 꽃이 아프다고 말한다. 비눗방울이 너무 예뻐 한번 불어 보고 싶었을 뿐인데 엄마는 달려와 어서 주인에게 돌려주라고 재촉하며 상대 엄마에게 꾸벅 사과한다. 이런 엄마를 보며 아이의 내면은 어떤 생각으로 가득 찼을까?

'나는 그냥 아줌마가 어떤 생각을 하는지 궁금했다. 단지 아저씨에게 내 이야기를 들려주고 싶었다. 그런데 엄마는 왜 자꾸 재촉하지? 왜 내 마음을 알아주지 않지? 왜 남들에게 사과하며 나만 나무라지?'

아이의 마음은 이렇게 상처받지 않았을까? 엄마에게 꽃을 보여줄 줄 아는 고운 마음의 아이, 호기심이 많아 무엇이든 해보고 싶은 의욕적인 아이, 타인과도 부담 없이 대화를 즐길 준비가 되어 있는 아이, 그게 우리 아이였다.

사람이 인생을 살아가면서 꼭 필요한 덕목을 꼽으라면 동심, 호기심, 열정, 적극성, 사교성이 아닐까. 만약 그렇다면 세상에! 우리 아이는 이미 중요한 덕목을 장착하고 있었다. 엄마인 나는 이 아이템을 어떻게 적재적소에 쓰는지 알려주는 방향키가 돼야 했다. 뒤늦게라도 깨달아 천만다행이었다. 아이의 문제라 생각했던 면이 알고 보니 너무도 큰 가능성이라는 사실에 행복하고 기쁘기 그지없었다. 지금의 나는 이제 입버릇처럼 말한다.

"창현이의 장점을 내가 놓치게 될까 봐 걱정이야."

놓칠 뻔한 장점을 발견한 기쁨은 목욕탕에서 넘치는 물을 보고 "유레카!"라고 외쳤던 아르키메데스의 그것과 같았다. 더 이상 아이의 장점을 문제로 바라보지 않기 위해 의식적으로 노력했다.

물론 그 장점 때문에 자주 어려운 상황에 처하기도 했다. 어쨌든 타인들은 아이의 행동을 장점으로 보기보다 불편해할 수밖에 없으니 말이다. 그래서 나는 이제 아이에게 사과하라고 재촉하고 굽신거리는 대신 사람들에게 설명한다. 호기심이 왕성한 아이의 성향에 대해. 다만 아직 미숙해서 생긴 상황이니 양해해달라고 말이다. 아이에게도 무작정 다그치는 대신 어떤 이유로 그런 행동을 했는지 묻는다. 신기하게도 아이는 항상 이유가 있다. 이유를 들어주고 공감해주기 위해 애썼다. 아이의 마음을 알아준 다음에 주의해야 할 점들을 알려주었다. 잘못한 행동은 아니지만 타인에게는 폐가 될 수 있으니 조심했으면 좋겠다고 말했다. 그리고 믿었다. 언젠가는 아이가 상황을 잘 구분해서 장점을 사용할 날이 오리라고.

아이의 유치원에서는 가톨릭 수녀님들이 모래놀이 치료를 한다. 집단으로 하다 보니 놀이로 그칠 때가 많지만 전문 상담을 하시는 수녀님들이라 아이들의 마음을 잘 다독여주신다. 우연히 부모 교육을 들었다. 나는 따로 남아서 수녀님과 상담을 했다. 진솔하게 아이가 겪고 있는 상황과 힘들어하는 점을 말했다. 수녀님도 모래놀이에서 특히 빛나는 우리 아이를 잘 기억하고 계셨다. 아마도 왕성한 호기심과 의욕이 모래놀이에서 절정을 이루었으리라. 수녀님은 그럼에도 불구하고 아이만의 특별한 가능성을 많이 봤다고 하셨다. 가능성을 잘 발달시켜주면 또래에게 없는 장점을 가진 아이가 되리라 믿는다셨다. 그것을 도와주는 사람이 엄마이며, 엄마가 많이 배우고 놓치지 않아야 한다고도 하셨다. 내 믿음을 꿰뚫어 보시는 듯한 수녀님 말씀에 나는 정말 "유레카!"를 외치고 싶은 심정이었다. 종교적인 신앙은 없었지만 속으로 "하나님 감사합니다"라고 얼마나 외쳐댔는지 모른다. 가능성이 많은 아이를 우리 아이로 보내주셨음에 감사했다. 아이의 가능성을 놓치지 않도록 깨닫게 되고, 주변의 도움을 얻게 된 점에 감사했다. 수녀님 말씀이 기억에 남는다.

"사람은 이미 태어났을 때 소우주입니다. 창조주께서 태어나면서 스스로 삶을 살아갈 수 있도록 모든 시스템을 설계해 놓으셨어요. 엄마는 가르치는 사람이 아닙니다. 아이가 시스템을 잘 활용할 수 있도록 돕기만 하면 됩니다. 엄마는 시스템을 하나씩 터치할 뿐입니다. 나머지는 아이의 몫입니다."

나는 아이의 완벽한 시스템이 잘 작동되도록 도울 뿐이다. 아이는 좀 더 특별한 시스템을 가지고 있지만 관계치 않는다. 특별한 시스템을 가진 만큼 더 많은 가능성이 있다고 믿어 의심치 않으니까. 아이들의 시스템을 믿자. 우리는 한 번씩 버튼을 눌러주고 기다리자. 시스템은 알아서 잘 돌아갈 테니.

'뇌전증'이라는 희망의 주홍글씨

아이의 진단서를 떼어보면 진단명과 진단 코드가 기록되어 있다.

'G40.90 상세 불명의 간질(창현이는 약물 난치성 간질을 앓고 있음)'

아이가 다니는 병원 기록에는 이 진단명과 진단 코드가 늘 함께 붙어 다닌다. 아이가 뇌전증 진단을 받고 나서 이름 하나가 더 생긴 듯하다. 낙인이 생겼다고나 할까. 몸 어디에도 '뇌전증'이라는 낙인은 없다. 병원에 입원해 있을 때조차 경련 없이 지낼 때는 아무도 아이의 병을 눈치채지 못했다. 아이의 몸 어딘가에 숨겨져 있는 낙인. 아이를 보호해주고 이해해주는 공간에서는 낙인이 겉으로 드러난다 해도 보살핌을 받을 수 있다. 내가 걱정되는 건 앞으로의 일이었다.

아이는 점차 성장해 학교를 다닐 것이다. 그때까지 완치되지 않는다면? 어느 날 학교에서 갑자기 발작을 일으키면 수많은 사람이 아이의 낙인과 마주하게 될 것이다. 상황이 마무리되고 난 뒤에 아이가 발작하는 모습을 목격한 사람들은 예전처럼 아이와 잘 지낼 수 있을까? 요즘은 아무 이유 없이도 한순간에 친구들 사이에서 따돌림을 받기도 한다는데 아이가 무사히 학교생활을 할 수 있을까? 아이가 발작을 해서 가까이하기 싫은 친구로 바뀐다면 어떻게 하지? 보여주고 싶지 않은 병을 많은 사람에게 보여주고 나면 마음에 큰 상처를 입게 되지 않을까? 온갖 상상을 하면서 뇌전증이라는 낙인을 몸서리치게 싫어했다.

서울대학병원에 입원했을 때의 일이다. 옆 침대에는 우리 아이보다 한 살 더 많은 여자아이가 있었다. 애교가 많은 사랑스러운 아이였다. 또래보다 발달이 느려 말을 잘 못했고, 배변 훈련도 잘되지 않아 기저귀를 하고 있었다. 그 여자아이도 뇌전증을 앓고 있었다.

아이 둘이 사이좋게 지내게 되면서 아이 엄마와 자연스럽게 대화를 나누었다. 여자아이의 엄마는 초등학교 선생님이었다. 학교 선생님이란 소리에 평소 궁금했던 것들을 물었다.

"뇌전증을 앓는 아이들이 학교에도 있나요?"

"한 학년에 두세 명 정도는 있어요. 한 번도 담임을 해본 적은 없어요. 우연히 경련하는 것을 딱 한 번 본 적이 있는데 무서웠어요. 매 학기 초마다 제발 우리 반은 아니길 바랐어요. 병에 대한 지식도 없고 발작하면 어떻게 하나 무서워서 자신이 없었어요. 그런데 내 딸이 뇌전증이라니, 너무 암담해요. 곧 학교에 진학하게 될 텐데 걱정이죠. 저 역시 애들을 맡기 부담스러워했는데 다른 선생님도 그럴까 싶어서 걱정이에요. 더군다나 우리 딸은 여섯 살인데 말도 제대로 못하고, 기저귀도 떼지 못하고, 발달도 느려서 제대로 학교생활을 할 수 있을지도 모르겠어요."

실제 학교에서 근무하는 교사이자 엄마인 그이는 고뇌로 가득 찬 마음을 쏟아냈다. 궁금한 것을 물어보려다 도리어 앞이 캄캄해졌다. 앞으로 펼쳐질 아이의 미래가 안개로 가득했다.

'뇌전증'이라는 낙인과 함께 더 큰 세계에 발을 들여야 하는 아이. 선생님은 우리 아이를 대할 때마다 늘 부담을 안고 있을 것이다. 담당 의사는 많이 걱정스럽다면 굳이 알리지 않아도 된다고 했지만 그건 어디까지나 약을 먹고 잘 조절이 되는 아이에 해당했다. 우리 아이는 언제 경련을 할지 몰랐다. 만약 사실을 숨긴다면 아이가 위험할 때 즉각 처치받지 못할 수도 있었다. 가끔 아이가 이해되지 않는 행동을 하기도 하는데 병에서 오는 일부임을 모르는 사람 입장에서는 아이의 성품을 오해할 수도 있었다. 밝히는 것도 숨기는 것도 어느 하나 마음이 편치가 않았다.

유치원을 결정하는 데에도 많은 고비가 있었다. 아이의 병에 대한 설명을 듣고 난처한 표정을 짓는 경우가 많아 돌아서야 했다. 정말 숨기고 보내야 하나 갈등이 생기기도 했다. 하지만 아이를 바르게 이해하기 위해서라도 병을 숨겨서는 안 될 것 같았다. 벌써부터 병 때문에 좌절을 겪어야 한다고 생각하니 마음이 찢어질 듯했고, 이 병이 앞으로 아이 인생을 얼마나 발목 잡을까 생각하면 머리가 지끈거렸다. 아이의 병이 꼭 나 때문에 생긴 듯해서 마음을 걸레 짜듯이 쥐어짰다.

그때, 나에게 용기를 주신 분이 있다. 부모로서 어떻게 살아가야 하는지 알려주신 나의 오랜 멘토였다. 초등학교 선생님이신 그분께 조언을 구했다.

선생님은 내 고통에 진심으로 공감해주셨는데, 마지막에 해주신 이야기가 내 생각을 전환시켰다.

"나는 그런 아이를 맡아본 적은 없어 절박한 마음을 자세히 알지는 못하지만 얼마나 마음이 아픈가요? 하지만 걱정과는 달리 아이를 감싸줄 유치원이 꼭 있을 거예요. 설사 없다 하더라도 너무 걱정하지 마세요. 엄마가 대신 해주면 됩니다. 엄마로서 앞으로 학교에 진학하는 것도 많이 걱정되겠지요.

학교에 아이를 이해해주고 안아줄 선생님이 꼭 있을 거예요. 학교가 맞지 않는다면 대안학교에 진학하는 방법도 있어요. 어느 학교든 학교가 맞지 않는다면 꼭 그 학교를 고집하지 않아도 충분히 잘 살 수 있어요. 엄마가 함께할 수 있어요. 홈스쿨링으로도 충분히 잘 사는 아이들이 많습니다."

나는 아이가 꼭 유치원에 가야 한다고 생각했다. 학교에 반드시 진학해야 한다고 생각했다. 그래서 걱정이 많았다. 하지만 그 선생님의 설명을 들으니 무릎이 탁 쳐졌다. 왜 꼭 가야 하지? 남들이 다 가니까? 가야 하는 나이니까? 물론 아이들은 각각의 발달 시기에 맞춰 해야 할 과업이 있다. 유아기와 아동기에는 유치원과 학교에서 또래 관계, 규칙과 사회라는 것을 배운다. 그러한 배움을 통해 미래를 준비한다. 다만 아이의 상황을 고려한 과업이 되어야 한다. 우리 아이가 만약 당장 진학이 어렵다고 판단되면 유보할 수도 있다. 집에서 가르치는 방법도 있다. 에디슨과 아인슈타인과 같은 천재도 학교에서는 부적응아였고 학습 부진아였다잖은가. 그들의 부모는 학교에 적응하지 못하는 아이를 탓하지 않고 과감히 학교를 나왔다. 단지 학교와 아이가 맞지 않는다고 판단했다. 판단은 적중했고, 가르침은 위대한 인물을 탄생시켰다. 빌 게이츠도 스티브 잡스도 대학 공부가 아무런 도움을 주지 못한다 생각하고 중퇴했다. 아이가 진학할 만한 곳이 있으면 진학을 하면

아이의 미래, 두려울 것이 없다.
불안하지도 않다.
우리는 부딪혀가기로 했다.

된다. 진학을 하고 나서 우려했던 문제가 생긴다면 더 나은 곳으로 옮기거나 다른 방향을 모색하면 된다. 왜 아직 닥치지도 않은 일로 고민했을까?

마음을 가볍게 먹고 입학할 수 있다고 연락 온 마지막 유치원을 찾아갔다. 원장 선생님은 우리 아이의 병에 대해서 당황하지 않으셨고, 어떻게 대처하면 될지 알려주기만 하면 된다고 했다. 아이를 유치원에 보내면서 이 유치원을 졸업하리라는 마음을 버렸다. 어떤 상황이 벌어지면, 그때 가서 가장 지혜로운 선택을 하게 되리라 믿었다.

두려울 것이 없다. 불안하지도 않다. 선생님께 아이의 상태에 대해 낱낱이 기록한 편지를 전했다. 아이의 변화에 대해서 자주 상담했고, 함께 방법을 고민하기도 했다. 물론 그 후로 나는 아이가 아파서 결석하면 적당히 둘러대며 숨길 때도 있었지만 그때그때마다 솔직해지려 최대한 노력했고, 지금도 선생님과 나와 아이가 부딪혀가는 상황이다.

우려했던 것처럼 아이는 유치원에서 종종 경련을 했다. 유치원에서 온 연락을 받고 아이를 데려왔다. 선생님은 덤덤하게 잘 대처해주셨다. 아이를 돌보는 데 부담이 된다거나 힘이 든다고 하지 않을까 생각했지만 아무 일도 일어나지 않았다. 오히려 아이의 고통을 함께 걱정해주셨다. 감정이 잘 조절되지 않는 아이의 특성도 잘 관리되고 있다. 유치원에서 소리를 지르거나 친구의 물건을 종종 뺏어 친구들에게 원망을 사기도 한다. 선생님은 아이의 입장을 친구들에게 설명하고 오해하지 않도록 애써주신다. 만약 내가 우리 아이의 상태를 숨기고 입학시켰더라면 선생님은 우리 아이를 이해하지도, 다른 친구들을 설득하지도 못했을 것이다. 어차피 뇌전증이라는 낙인에서 자유롭기를 바라는 것은 희망이자 욕심이다. 그 안에서 어떻게 잘 헤쳐나갈지 그때그때 지혜롭게 판단하면 된다.

영화 〈주홍글씨〉의 주인공 헤스터 프린은 간음죄라는 불명예를 지니고 있지만 당당하게 살아간다. 몸에는 간음(adultery)을 뜻하는 'A'라는 낙인이 새겨져 있다. 헤스터는 낙인 앞에서도 작아지지 않았다. 오히려 불쌍한 사람들을 도우려 했고, 당당하게 딸을 키워냈다. 헤스터의 선행에 감동한 이웃들은 능력 있는(able), 천사(angel)의 의미로 헤스터의 낙인 A 자를 받아들였다. 간음이라는 부정적인 의미의 낙인 앞에서 당당하지 못했더라면 헤스터는 죽은 삶을 살거나 죽었을 것이다. 낙인을 담담하게 받아들이고 자신만의 방법으로 지혜롭게 헤쳐나가니 긍정적인 상징으로 바뀌었다. 헤스터와 대조되는 인물이자 그녀와 간음을 했던 목사 딤즈데일은 간음 사실을 밝히지 못했다. 7년의 시간을 죄의식 속에서 고통스럽게 살다가 죽기 전에 모든 사실을 밝히고 평온한 최후를 맞는다. 헤스터도 딤즈데일처럼 고통스럽게 죽을 수 있었지만 그녀는 피하고 숨기를 거부했다.

세상에 어떤 사람이 일체의 낙인도 없이 온전한 존재일 수 있을까? 누구나 숨기고 싶은 사실이 있지만 겉으로 드러내지 않아 없는 듯 보일 뿐이다. 헤스터가 처형대 앞에서도 갓 난 딸을 안고 당당한 엄마였듯이 나도 당당한 엄마다. 아이의 뇌전증이 두렵거나 불안하지 않다. 헤스터가 그랬듯 당당하고 지혜로운 삶을 살아가면 뇌전증 환자라는 우리의 낙인도 희망의 주홍글씨가 되리라고 믿는다. 희망의 주홍글씨는 나와 아이가 당당하게 살아가는 인생의 이정표가 될 테고 채찍이 될 것이다. 딤즈데일의 삶처럼 아이와 부모가 병이라는 낙인에 고통받는 삶을 살 것인가, 헤스터 프린의 삶처럼 병이라는 고통을 이겨내고 희망의 주홍글씨로 바꾸는 주체적인 삶을 살 것인가? 선택은 온전히 자기 자신의 몫이다.

그래서
고맙다, 아들

엄마는 아이의 거울

거울을 가만히 들여다보았다. 흐트러진 머릿결, 다크서클이 짙게 드리운 퀭한 눈, 살아오면서 큰 콤플렉스였던 뭉툭한 데다 비염까지 있는 코, 유난히 두툼한 아랫입술, 평범한 귀, 옅게 패인 팔자주름과 푸석푸석한 얼굴 피부. 거울에 비친 내 얼굴이다.

평소에 거울을 썩 좋아하지 않았다. 거울에 비친 내 모습이 마음에 들지 않을 때가 많았기 때문이다. 내면이든 외면이든 나 자신을 진심으로 사랑해본 적이 없는 것 같다. 가끔 길을 가다가 유리나 작은 거울에 내 모습이 비칠 때가 있다. 잠시 멈추어 머릿결을 이리저리 바꿔봐도 마음에 들지 않는다.

두 아이와 양치질을 하다가 거울에 비친 아이들의 모습을 가만히 바라보았다. 둘째 아이 효린이. 쫑쫑 양갈래로 묶은 머리, 뭉툭해도 귀여운 콧날, 쌍까풀이 없어도 크고 맑은 눈망울, 아이가 좋아하는 딸기로 물들인 듯한 발그레한 볼, 작고 앙증맞은 입술. 어느 부위 하나 사랑스럽지 않은 데가 없는 예쁜 딸이다. 첫째 창현이. 짧게 잘라 경쾌해 보이는 스포츠머리, 짙은 눈썹과 쌍까풀이 진하게 든 매력적인 눈, 뭉툭하고 힘 있는 코, 맑은 선홍빛의 도톰한 입술, 좁쌀 여드름이 오돌토돌 솟은 통통한 볼살, 크고 잘생긴 귀. 어디 하나 모자란 곳이 없는 멋진 아들이다.

거울에 비친 아이들의 모습을 바라보는 엄마는 부끄러운 줄 모르고 날날이 탐색하며 탄복한다. 어쩜 이렇게 멋진 아이들을 낳았냐며 연신 감탄을 해댄다. 이제까지 살면서 이 아이들을 낳은 것이 최대의 업적이라며 뿌듯해한다. 그러다가 다시 내 얼굴을 보았다. 아이들의 눈에 나는 어떤 모습일까? 어떤 엄마로 비칠까? 내 생각처럼 피곤에 찌든 한 마리의 곰일까? 아이들을 바라보며 느끼는 행복처럼 아이들도 엄마를 바라보며 행복을 느꼈으면 좋겠다.

만약 아이들이 엄마를 볼 때마다 불행감을 느낀다면? 아! 생각만 해도 무척 괴롭다. 단지 상상이면 좋겠지만 상상이 아니다. 아이들은 늘 자신의 눈에 비친 엄마의 얼굴에서 삶을 인식했으리라. 우울하다. 슬프다. 화가 난다. 원망스럽다. 내

면에서 소리치는 갖가지 부정적인 생각이 모여 만든 결정체가 바로 거울에 비친 내 얼굴이다.

순수한 아이는 평가하지 않는다. 옳고 그름을 판단하지 않는다. 그냥 받아들인다. 눈 주변에 퍼진 피곤한 다크서클을 닮으려 한다. 입 주변에 온갖 시름을 담은 옅은 팔자주름을 닮으려 한다. 위로 치켜뜬 성난 눈썹을 닮으려 한다. 불교 용어인 업식을 물려주는 꼴이다. 삶에 지친 피곤을, 온갖 시름을, 분노하는 얼굴을 조금씩 물려주고 있었다. 아니 이미 닮았다. 하얗고 투명한 꽃잎에 내 마음대로 낙서를 하는 꼴이었다.

일이 잘되지 않을 때 나는 습관처럼 "아이 씨!"라는 말을 자주 했다. 육아를 하면서도 일이 잘 안 될 때는 나도 모르게 "아이 씨!"라고 했다.

어느 날, 큰아이가 퍼즐 놀이를 하다가 잘되지 않자 "아이 씨!"라고 내뱉었다. 얼마나 깜짝 놀랐던지. 둘째도 어떤 일에 집중하다가 일이 잘 풀리지 않았는지 "아이 씨!" 하며 한숨을 내쉬었다. 아이들은 '엄마'라는 거울을 보면서 새로운 표현을 학습하고 있었다.

머릿속에서 상황이 정리되자 입에서 또 "아이 씨!"라는 말이 튀어나왔다. 아이들은 내 겉모습만 보는 것이 아니었다. 나를 통해서 삶을 살아가는 방식을 학습했다. 나의 사소한 행동 하나하나를 아이는 닮아야 할 것들로 인식했다. 걸러지지 않은 채 그대로 아이들의 오감에 새겨졌다.

아이들은 내 생각보다 행동이나 말을 먼저 배웠다. 가끔 일이 바쁘면 양치질을 하면서 이 일 저 일을 하는데, 아이들도 칫솔을 물고 화장실에서 나왔다. 칫솔을 문 입에서는 물이 줄줄 새어 나왔다. 아이들은 한 손으로는 양치질을 하고 다른 한 손으로 장난감 자동차를 밀고 다닌다.

"양치질을 할 때는 화장실에서 하는 거야. 다 헹구고 나와서 놀아야지."

문득 칫솔을 물고 돌아다니는 내 모습이 떠올랐다. 입에서 흐르는 치약물을 막기 위해 입술을 꽉 물고 두 가지 일을 했던 내 모습이 떠올랐다. 양치질은 돌아다니면서 하는 것이라고 온몸으로 알려줘놓고 아이더러 잘못됐다고 말하고 있었다.

나라는 거울이 와장창 깨지는 소리가 들렸다. 아이들은 거울을 더 이상 믿지 않는다. 보이는 모습과 말이 달랐기 때문이다. 거울은 스스로가 너무 부끄러워 산산이 부서졌다. 거울이라는 것은 정말 무서운 것이구나! 불쑥 입 밖으로 나오려는 잔소리를 삼켰다. 양심이 있으면 조용히 하라는 울림이 내면에서 들려왔다. 나라는 거울은 아이들에게 좋은 모습으로만 비치길 바라면서 정작 비쳐주는 모습은 반대였다.

때로 아이들이 내 훈계에 억울해하며 분통을 터뜨리는 것도 이상한 일이 아니었다. "군자란 말보다 앞서 행동을 하고, 그

다음에 그에 따라 말을 한다"(《논어》, 〈위정〉 편)고 했던가. 나는 말보다 앞서 행동을 했다. 행동에 따라 말해야 했지만 귀감이 되지 못하는 행동이었다 보니 반대되는 말을 할 수밖에 없었다. 아이들은 나를 그대로 따라했을 뿐이었다. 아이의 행동을 고치겠다고 잔소리를 하기 전에 내 행동 먼저 고쳐야 했다. 내가 고치면 아이도 변화되리라는 믿음이 생겼다.

다시 한 번 거울 앞에 섰다. 우선 겉모습에 당당해지기로 했다. 다크서클이 드리우고 충혈된 눈에는 피곤을 이겨낸 승리가 있다. 뭉툭한 콧날은 뾰족한 콧날보다 정감 있다. 두툼한 입술은 일명 안젤리나 졸리 입술이라고 불릴 만큼 매력적이다. 오밀조밀 잘 자리 잡은 전체적인 얼굴은 조화롭다. 낯에는 하루하루를 치열하게 살아낸 자신감이 흘러넘친다. 나는 의도적으로 긍정적이고 자신감에 찬 얼굴이라며 내 겉모습을 칭찬했다. 무표정한 얼굴은 금세 미소를 띠게 되었다. 눈에는 힘이 생겼다. 얼굴에는 생기가 피어올랐다. 방금 전까지 거울 속에 있던 삶에 찌든 엄마는 어디 가고 자신감으로 무장한 생기 있는 엄마가 서 있다.

바로 그 모습을 아이들에게 비추었다. 아이들은 생기 있고 활력 있는 엄마의 모습을 보며 따라 웃는다. 마치 '엄마, 이제야 우리 엄마 같아'라고 이야기하듯 웃는 얼굴로 답한다.

아이에게 비치는 모습은 겉모습뿐 아니라 내면까지다. 오히려 사소한 행동 하나하나를 따라하며 내면을 더 닮아가는 듯하다. 작은 행동을 하더라도 먼저 잠깐의 고민을 하기 시작했다. 아이들과 함께 화장실에서 양치질을 했다. 예전에는 계속 칫솔을 물어뜯는 아이에게 잔소리를 하며 거칠게 칫솔을 뺏어 들고 강제로 아이의 입을 벌려 이를 모조리 닦았다. 이제는 그러고 싶은 마음을 꾹 눌러가며 칫솔을 물어뜯지 말고 구석구석 닦아보라고 조곤조곤 말한다. 아이는 거울에 비친 자신의 모습과 내 모습을 번갈아 보면서 칫솔을 물어뜯는다. 나는 조용히 내 이를 닦는다. 일부러 입을 크게 벌려 구석구석 닦는다. 아이는 흘깃 눈치를 보더니 작은 손으로 칫솔을 움직이려고 애를 쓴다. 아이의 머릿속에 드디어 칫솔은 무는 게 아니라 닦는 도구라는 개념이 조금씩 솟아난다. 입에 침이 마르도록 잔소리했을 때는 들은 척도 않고 양치질이 싫다는 것을 온몸으로 부르짖었다. 그런데 조용히 입을 다물고 행동으로 보여주자 아이가 조금씩 변화했다. 큰 책임감이 느껴졌다.

나는 아이들에게 거울이다. 티끌까지 비치는 선명한 거울. 아이는 나를 보며 자신을 다듬어간다. 모난 부분을 다듬기도 하고, 둥근 부분에 예리한 모를 만들기도 한다. 아이가 고쳤으면 하고 바랐던 모습은 내 모습이었다. 아이들은 내가 마음

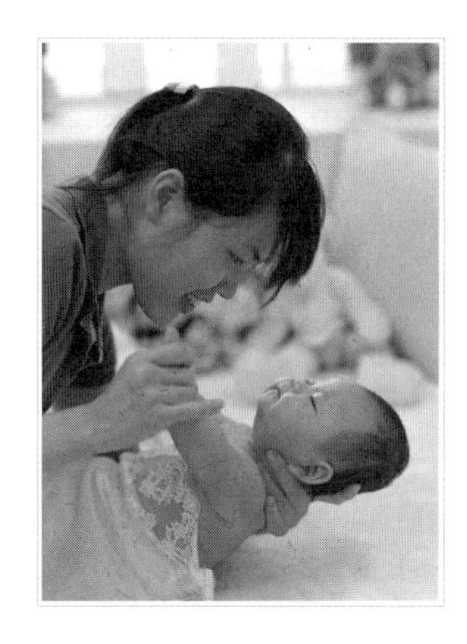

아이들의 눈에 나는 어떤 모습일까?
내가 아이들을 바라보며 행복을 느끼듯
아이들도 그랬으면 좋겠다.

에 들지 않는 내 모습, 잘못됐다고 생각했던 내 행동을 더 빨리 따라하고 닮아갔다. 좋은 면도 많은데 나쁜 면을 더 잘 따라하니 한없이 속상했다. 하지만 생각하기 나름 아닌가. 내가 먼저 마음에 들지 않았던 면을 고치면 된다. 고쳐서 보여주고 또 보여주면 아이들도 어느덧 닮아 있었다.

한창 아이가 많이 아파 입퇴원을 반복할 때는 늘 한숨을 쉬었다. 병이 차도가 없으니 힘들고 지쳤다. 평소에 한숨을 숨 쉬듯이 달고 살았다. 곁에 있던 아이도 덩달아 한숨을 쉬기 시작했다. 한숨은 전염되어 작은아이, 남편 할 것 없이 모두의 것이 되었다. 온 가족이 한숨을 쉬어대니 어느 날 우리 집에 보이지 않는 싱크홀이 하나둘씩 생겨났다. 발 디딜 곳이 없었다.

이대로 가다간 집 전체가 꺼지겠다 싶었다. 한숨을 참기 시작했다. 온몸은 천근만근, 얼굴은 피곤에 찌들어 한숨이 절로 튀어나오려 했지만 자신감 있고 생기 있는 얼굴을 되찾기 위해 거울을 보고 또 보았다. 내가 활력을 찾는 순간 꺼졌던 땅이 솟아오르고, 가족들은 웃기 시작했다. 안개로 자욱했던 집 안이 온화한 햇살로 가득해졌다. 확실히 알았다. 부모라면 모두 아이의 거울이다. 아이가 그토록 닮고 싶어 하고 사랑하는 거울이다. 그러므로 쉽게 얼룩이 지는 거울을 수시로 닦아주고 광을 내야겠다. 그 거울 앞에 누구보다 빛나는 내 아이가 서 있을 테니 말이다.

견뎌주어 고맙다

나는 고등학생 시절 자원봉사 동아리에 가입해 정기적으로 장애인 복지 시설에서 봉사 활동을 했다. 두세 평 남짓한 공간 한쪽 귀퉁이에는 변기가 딸려 있었다. 불결하고 볼품없는 방에는 장애인이 한두 명씩 생활하고 있었다. 서랍을 열면 영화에 등장할 법한 바퀴벌레 떼들이 나오기도 했다.

매달 그곳을 찾아가 청소를 했다. 퀴퀴한 냄새가 나는 이불을 밟아 빨았다. 빗자루로 서랍 속 바퀴벌레들을 쓸어 내렸다. 쓸고 닦아낸 방이 깨끗해지면 누구 하나 표정이 밝지 않은 사람이 없었다. 특히, 자주 말동무가 되어드린 할머니와의 만남은 즐거웠다.

하루는 할머니가 바깥공기를 무척 쐬고 싶어 하셨다. 밖으로 나가 걸을 수 없던 할머니를 들쳐 업고 동네를 한 바퀴 돌았다. 할머니의 소망이 너무 가슴 아파 무리를 해서라도 공기를 쐬어드렸다. 고된 하루를 마치고 먹는 밥은 꿀맛이었다. 낚시의 손맛처럼 누군가를 돕는 데서 오는 손맛에 중독됐다.

대학 입시 준비로 고등학교 3학년 때는 동아리는 물론 자원봉사 활동을 쉬어야 했다. 중독됐을 때나 나타나는 손떨림이 시작됐다. 손맛이 그리워 '땡땡이'를 치고 몰래 자원봉사 활동을 따라갔다. 교탁 위에 양해를 구하는 편지 한 통을 남겨놓고 유유히 나갔다. 무엇 때문에 한 번도 해보지 않았던 일탈을 했을까.

내가 중독된 손맛은 '감사'의 마음이었다. 내가 누군가에게 도움이 된다는 사실이 즐겁고 감사했다. 어려운 형편의 사람들을 보면서 행복하게 자라온 나의 모든 것에 감사했다. 귀하게 키워주신 부모님께 감사했다. 내가 사는 삶이 불만스럽고 불평스러울 때가 많았다. 부족하다고 느낀 적도 많았다. 자원봉사 활동을 다녀오면 얼마나 복에 겨운 생각인지 알게 되었다. 감사하는 마음을 느끼는 순간순간이 쾌락이었고 기쁨이었다. 힘들고 고통스러워도 자원봉사 활동을 하며 만난 사람들을 거울 삼아 용기를 가지고 꿈을 꿀 수 있었다. 순수했다. 진정 삶을 위한 삶을 살았다.

사회복지사가 되어 현실에 나와보니 내가 생각했던 그런 세상이 아니었다. 늘 예산에 쫓기며 대상자와 씨름해야 했다. 대상자는 많이 받고 싶어 한다. 사회복지사는 냉정하게 배분해야 한다. 냉정한 태도는 온갖 상스러운 욕을 재촉한다. 내가 중독됐던 손맛은 기억도 나지 않았다. 사소한 것에도 감사했던 마음은 온데간데없었다. 아침에 눈떠서 밤하늘 아래 고개를 떨군 채 퇴근했다. 현실이라는 냉혹함 앞에 로봇이 되고 있었다.

결혼을 해서 아이를 키웠다. 아이를 키우면서 조금은 순수해지는 듯했다. 아이에게 그림책을 읽어주며 표독스럽게 바뀌어버린 내 마음을 다독였다. 아이의 순수함을 바라보며 내 눈속의 티끌을 씻어냈다. 아주 맑은 정화수 속에 퐁당 담긴 느낌이었다. 삶이 즐거워질 것 같다고 느낄 즈음 아이가 아프기 시작했고, 축 늘어져 시들어가는 아이를 어떻게 되살려야 할지 막막하기만 했다. 절박했다. 엄마로서 할 수 있는 것은 무엇이든 해야 한다는 강박의 늪에 빠졌다. 그 늪에 아이도 함께 빠졌다.

자원봉사 활동을 하던 그 시절엔 누군가를 도울 수 있다는 것에 감사했고, 주어진 환경에 깊이 감사했다. 순수하게 감사한 마음을 품고 의미 있는 삶을 살던 고교생은 어디로 갔을까? 냉혹한 현실에 비친 내 모습은 흰 우유에 떨어진 잉크 방울이었다. 잉크 방울은 순백의 세상을 금세 혼탁하게 만들었다. 변해버린 내 모습은 마주하기 불편했다. 누군가를 돕는 것에 감사하고 행복을 느꼈는데 내 아이를 돕는 것은 왜 이리 고통스럽기만 한지, 나에게도 맑고 순수한 영혼이 있었는데 왜 이렇게 혼탁해졌는지, 어지러운 질문들로 머릿속은 엉망진창이었다.

나는 아픈 아이를 간호할 수 있는 환경에 감사할 수는 없을까? 우리 아이보다 더 큰 심신의 장애를 겪고 있어 도움이 필요한 사람들도 있지 않은가. 머리로는 이해했지만 마음은 전혀 다른 방향으로 흘러가고 있었다.

장애인을 바라볼 때는 몸이나 마음의 병을 그 사람의 한 부분으로 바라보았다. 분리해서 생각하지도, 나쁘게 바라보지도 않았다. 그들의 행동 하나하나가 자연스럽게 이해됐다. 홀로 힘든 시간을 보내고 있는 장애인들이 안타까웠고, 도움이 되고 싶었다. 나 역시 큰 가르침을 받았으며 많은 것을 배우기도 했다. 반면 우리 아이를 바라볼 때는 병까지 아이의 일부로 생각하지 못했다. 아이의 병은 어서 떼어내어야 할 거머리라 생각했다. 언젠가 사라질 병이라는 믿음이 독이 되었다. 현실은 더 나빠지고 있었다.

대학 때, 알코올중독자들과 함께 외부 활동을 진행하는 봉사 활동을 제법 오랫동안 했었다. 알코올중독자들의 가슴 아픈 삶을 몰랐을 때는 '조절해서 잘 마시면 될 술을 왜 이 지경이 될 때까지 마셨을까' 하며 공감하지 못했다. 술에 빠질 수밖에 없었던 처절한 삶을 알고 나서는 알코올중독자를 바라보는 눈이 달라졌다. 단지 고통을 이겨내는 방법에 문제가 있었을 뿐 새로운 삶을 위해 치료받는 멋진 사람들이었다.

타인을 바라보는 이성적이고도 따뜻한 이해심이 내 아이에게만큼은 적용되지 않았다. 타인의 불행한 삶은 전체적으로 바라보며 이해했기에 열린 마음으로 도울 수 있었다. 타인을 보며 내 삶을 바로잡을 수도 있었다. 하지만 내 아이는 우선 타인이 아니었다. 나의 일부였고, 내 삶과 아주 깊이 겹쳐 있었다. 우리가 처한 불행이 통째로 이해되지 않았다. 왜 하필 나와 아이에게 이런 일이 일어났느냐고 불평하고 불만을 쏟아냈다. 나는 한 발짝 떨어져 타인의 삶을 바라볼 때와는 달리 불쑥 두세 걸음 걸어 들어가 우리의 삶을 휘저었다. 나을 수 있다고, 오늘 밤 자고 일어나면 기적처럼 나을 것이라고. 잠에서 깨고 나면 꿈 한번 제대로 꿨다고 너스레를 떨면서 평범한 일상으로 돌아가기를 바랐다.

일어나보면 현실은 늘 제자리걸음이었다. 하루하루가 힘들 수밖에 없었다. 언젠가 고통에서 벗어나기 위해 '감사 일기'를 써보라는 글을 한 책에서 읽은 적이 있다. 비뚤어진 내 마음은 저자의 이름을 보며 냉소를 지었다.

모름지기 감사란 일이 술술 잘 풀릴 때 드는 마음이라고 생각했다. 자원봉사 활동을 할 때 감사할 수 있었던 까닭은 내 삶이 편안했기 때문이다. 나는 내가 만났던 사람들과 같은 고통을 겪지 않았다. 한 발짝 물러서 바라보는 타인의 삶은 내 삶을 더욱 빛나게 했다. 편안한 내 삶을 유지하면서 어딘가에 기여할 수 있어 더 큰 감사를 느꼈다. 하지만 아픈 아이를 키우면서 감사할 일이 뭐가 있지? 병을 주셔서 감사하다? 아픈 아이를 주셔서 감사하다? 고통을 주셔서 감사하다? 내 인생에 더 이상 감사할 일이 없게 느껴졌다. 그저 하루하루가 겪어내기 힘든 숨 막히는 시간의 연속이었다. 책을 덮고 씩씩거렸다. 호흡이 진정되자 한없이 불쌍하고 초라한 내가 책상에 앉아 있었다. 고교 시절 자원봉사를 하며 순수하게 감사하고 꿈을 꿀 수 있었던 건 삶의 이면을 몰랐기에 가능했던 순수였던 것이다.

나를 감사할 거리가 없는 사람이라고 생각하니 삶의 의미를 찾지 못해 숨이 막혀왔다. 나는 왜 살고 있을까? 감사할 거리도, 삶의 의미도 없는 삶이라니 왜 살고 있지? 이런 삶, 죽음보다 못한 것 아닐까. 이런 식으로 죽음을 진지하게 상상하기 시작했다. 삶보다 죽음이 더 빛날지 모른다고 생각했다.

아이와 내가 사라지고 나면 남은 사람들이 잠깐 고통스럽겠지만 다시 살아갈 수 있다고 생각했다. 우리의 부재가 어쩌면 남은 가족에게는 더 좋을지도 모르겠단 생각이 들었다. 그래서 정말 용기를 내보려고도 했다. 이런 생각은 오랫동안 진지하게 유지됐다. 그러다 다시 걱정이 됐다.

'가만, 죽으려고 했는데 어정쩡하게 살아남으면 어쩌지? 그건 죽는 것보다 고통스러운 삶인데?'

결국 나는 다시 살아가기로 했다. 어정쩡하게 살아남을 바에야 다시 제대로 사는 게 낫다 싶었다. 내 삶을 하나하나 짚어보았다.

아이가 아픈 것은 더 이상 어떻게 바꿀 수 없는 현실이었다. 냉정하게 받아들여야 했다. 나는 엄마로서 최선을 다해 아이를 도와야 했다. 물론 서글프기도 했다. 이렇게 내 삶에 기쁨은 없고 고통만 있는 건가 싶었다. 낚시꾼이 느끼는 짜릿한 손맛처럼 나에게 주어진 삶을 살아가게 하는 짜릿한 손맛은 없을까? 과거에 자원봉사 활동을 하면서 느꼈던 삶의 기쁨과 짜릿한 손맛을 되찾기 위해서 나는 다시 감사할 일들을 찾았다. 그것이 진정한 삶을 살기 위한 길이었다.

그렇게 생각하고 나자 갑자기 감사할 일 하나가 머리를 스쳐 지나갔다. 죽음을 선택하지 않은 나 자신. 고통 속에서도 이성을 되찾은 나 자신에게 감사한 마음이 들었다. 만약 정말 죽음을 선택했더라면, 설령 어정쩡하게 살아남아 있었대도 이 글을 쓰고 있지 못했을 것이다. 살아 있어서 내게 글쓰는 삶이 찾아왔다. 다시 살아가기를 선택한 나 자신에게 감사했다.

감사할 일이 또 뭐가 있을까? 그래, 우리 아이들! 큰아이는 고통스러운 경련과 쓰디쓴 약을 견뎌내며 느리지만 분명히 성장하고 있었다. 다음은 둘째. 아픈 오빠 덕분에 늘 두 번째였고, 어린 나이에 엄마와 분리되는 경험을 해야 했다. 어린 아이가 이겨내기에 힘든 일일 텐데도 잘 자라주고 있었다. 곁에 두고도 깨닫지 못했던 몹시 감사한 두 존재였다.

이렇게 한 사람 한 사람씩 감사한 사람을 늘려나갔다. 계속해서 감사한 사람들이 이어졌다. 그들이 내게 보내주는 응원과 사랑, 한없이 감사하고 기쁜 일이었다. 어둡고 희망이 없는 듯했던 내 삶에도 감사할 일이 너무나 많았다. 감사한 마음은 화수분 같아서 한번 감사하게 되자 감사하고 또 감사하게 됐다.

아이가 경련을 하고 있는데도 감사한 마음이 솟았다. 경련을 마치면 이만하길 다행이라며 감사하다는 마음을 품었다. 하루하루 잘 이겨내주는 아이에게 감사했다. 내일 가뿐하게 일어날 아이를 상상하며 미리 감사하는 마음을 품었다. 나는 그 마음을 기록하기 시작했다.

우리 가족은 아이가 아플 때면 병원으로, 시댁으로, 친정으로 뿔뿔이 흩어져야 했는데 지금 이 순간 함께할 수 있는 자체에 감사했다. 물론 감사하는 마음을 품었대서 아이의 상태가 더 좋아지지는 않았다. 그래도 아이를 받아들이는 내 마음만은 깃털처럼 가벼워졌다. 지금까지 겪었던 고통을 100이라는 숫자로 환산한다면, 이제 내 고통은 10, 20의 수준으로 줄어들었다. 감사를 실천하는 내 마음이 아이에게도 분명 좋은 기운으로 전해졌으리라 믿는다. 이만한 변화를 이루기까지 참으로 오랜 시간이 걸렸다.

감사는 아이를 받아들이는 힘을 주었다. 짜릿한 손맛을 느낄 수 있는 기회를 돌려주었다. 아이가 아프면 행복은커녕 온 집안이 불행으로 가득 차오른다. 그러나 언제까지나 불행에 빠져 있을 수 없는 노릇 아닌가. 그러므로 감사하기로 했다. 견디고 있는 나에게 감사하고, 견뎌주는 아이에게 감사하자. 힘을 주는 모든 사람에게 감사하자. 다가오는 모든 좋은 기운에 감사하자. 감사하다 보면 좋은 기운이 차오르고 불행하지만은 않다는 것을 온몸으로 느끼게 될 것이다.

걱정,
그 아무 쓸데없는 마음

G40.90 상세 불명의 난치성 간질.

의사도 이 병의 원인을 모른다. 병이 어떻게 진행될지 예측도 하지 못한다. 정확한 치료법도 없다. 말 그대로 상세 불명이라 안갯속을 더듬더듬하며 이것저것 시도해볼 뿐이다. 아이의 병을 받아들이자 나는 차라리 어디 수술이라도 할 수 있는 병이라면 얼마나 좋을까 싶었다. 물론 뇌수술을 할 수도 있지만, 뇌를 수술한다는 것이 말처럼 쉬운 결정은 아니다.

경련을 하는 아이들의 뇌수술은 간단하게 말하자면 뇌를 절개하여 경련을 유발하는 부위를 찾아내 그 부위를 다시 절개하는 것이다. 뇌를 절개하는 수술은 무조건 두 번 해야 한다. 뇌의 한 부위를 절개하면 그 부위의 기능을 포기할 각오를 해야 한다. 절개 부위와 경련을 일으키는 부위가 정확하게 일치하면 치료될 수 있다. 문제는 경련을 낳는 부위가 변하기도 하고 정확한 부위를 찾기 어렵다는 점이다. 그래서 대부분 수술 후에 경련이 재발하곤 한다.

서울의 한 대학병원에 입원해 있을 때 우리 아이가 입원한 병동에는 하얀 그물망을 머리에 쓴 아이들이 많았다. 수술 결과가 어떠한지 궁금했지만 아이 엄마에게 혹여 상처가 될까 물어볼 수 없었다. 그러던 중 우연히 몇몇 엄마와 대화할 기회가 생겼다. 조심스럽게 수술 결과가 어떤지 물었다. 엄마들은 먼저 한숨을 푹 쉬었다.

"어제 수술을 마치고 나왔는데 오늘 바로 경련을 했어요. 어떻게 해야 할지 모르겠어요."

옆에 앉은 다른 엄마도 거들었다.

"수술하고 한 달 정도는 괜찮더니 재발했어요. 2차 수술을 앞두고 있는데 내가 뭐 하는 건가 싶고. 이 길이 맞나 싶은데도 혹시나 하는 희망 때문에……."

"웬만하면 수술하지 마세요. 경련도 잘 안 잡히고 되돌릴 수도 없고……."

의사들은 좋아질 확률을 염두에 두고 최후 수단으로 수술을 선택한다. 결과는 너무 절망적이다. 수술 자체만으로도 부모와 아이에게 큰 선택이자 고통이었을 텐데 어쩌면 이렇게 결과까지 고통스러운지. 함께 이야기 나누는 엄마와 아이의 고통이 고스란히 전해져 나도 모르게 소름이 돋았다.

뇌전증을 앓는 아이는 보통 약물을 한 가지에서 세 가지 이내로 복용하면서 경기를 조절하는데, 세 가지 이상의 약물을 복용하게 되면 치료하기 어렵다 하여 약물 난치성 간질로 분류한다. 우리 아이가 바로 약물 난치성 간질에 해당한다. 지금은 여섯 가지나 되는 약물을 복용한다. 처음엔 약물 부작용이 두려워 약을 최대한 먹이지 않으려고 발버둥쳤다. 점점 더 발작 횟수가 늘고 더 이상 버틸 수 없게 되자 우리는 약을 받아들였다. 어느새 돌아보니 여섯 가지나 되는 약을 복용하고 있었다.

약물 부작용은 확실히 있다. 아이는 약물을 복용하면서 감정이 점차 날카로워졌다. 전과 달리 또래 아이들의 장난감을 거리낌 없이 뺏기도 하고, 겁도 없이 높은 곳에 올라가려고 한다. 우리 아이처럼 항경련제를 복용하는 아이 중 상당수가 주의력결핍 과잉행동장애(ADHD)로 진행되기도 한다고 들었다.

희망적인 메시지는 거의 없었다. 의사도 괜한 희망은 자신에게 부담으로 작용하기 때문에 웬만해서 긍정적인 얘기를 하지 않는다. 그래서 어쩌다 위로해주고 격려해주는 의사의 말 한마디는 사막에서 만난 오아시스처럼 큰 위로가 된다. 아이와 병을 치료해가는 과정은 짙은 안갯속에서 더듬더듬 걸어가는 것과 같다. 주변에선 누군가 계속 소리친다.

"조심해, 주변에 지뢰가 있으니 한시도 마음을 놓아선 안 돼!"

가지 말라는 말보다 더 두려워진다. 몸은 뻣뻣하게 굳고 심장은 쿵쾅쿵쾅 방망이질한다. 어떤 치료법도 없다. 아이의 병이 호전될지 악화될지도 모른 채 시간이 이끄는 대로 끌려가야 할 뿐이다.

힘겹게 아이의 병을 인정하고 받아들였지만 그것이 전부가 아니었다. 치료 과정이 몹시 잔혹했다. 세상에 내가 아직 모르는 병이 많겠지만, 어째서 이런 병이 있는지 납득하기가 어려웠다. 아이를 돌보면서도 마음이 수시로 무너졌다. 발작하는 아이를 보면 가끔은 혹시 장애가 생기지는 않을지, 약물로 인해 ADHD를 겪지 않을지 불안해졌다. 내가 만든 공포와 두려움 때문에 주저앉기를 반복했다. 참 쓸데없는 걱정이었다. 아직 오지도 않은 상황 때문에 공포와 불안에 휘둘리며 시간과 에너지를 허비하고 있었다.

이렇게 나약한 나는 아이를 제대로 돕지 못했다. 내가 치료해줄 수는 없어도 분명 아이에게 도움이 되는 부분을 찾을 수 있을 텐데 손을 놔버리고는 마음만 동요하고 있었다. 엄마가 불안해하고 초조해하면 아이는 온몸으로 엄마의 감정을 전해 받는다는 글을 읽은 적이 있다. 말하자면 마음을 굳건히 하는 것만으로도 아이에게 도움이 되는 것이다. 그런데 도움은커녕 불안과 두려움, 공포심을 아이에게 전해주고 있었다니!

내가 공포스럽고 불안한 이유는 믿음이 없었기 때문이다. 영화 〈곡성〉에서 한 가지 기억에 남는 것은 믿음을 잃고 의심하기 시작할 때 악마가 힘을 얻는다는 것이다. 내 마음속에도 불안과 두려움이라는 에너지를 받아 나를 조종하는 악마가 살고 있었다. 악마를 몰아내기로 마음먹었다. 그냥 믿기로 했다. 다 잘될 거라고. 응당 닥쳐올 고난과 고통은 그때 가서 생각하기로 했다.

그렇게 마음을 먹고 나는 책에 매달리기도 하고 글쓰기에도 매달리며 불안과 두려움을 몰아내기 위해 애썼다. 조금씩 변화가 찾아왔다. 여유와 웃음을 되찾았다. 오늘 새벽에도 아이가 한 시간 간격으로 발작하는 통에 잠시 눈만 감았다가 아침을 맞았다. 그런데 아이가 발병하고 3년이 다 돼가는 현재, 나의 마음가짐은 전혀 달라졌다. 지금의 나는 가만히 아이를 쓰다듬는다. 괜찮을 거라고 말해준다. 잘 자고 일어나준 아이에게 고맙다고 말한다. 평소와 다름없이 아침을 준비하고 맛

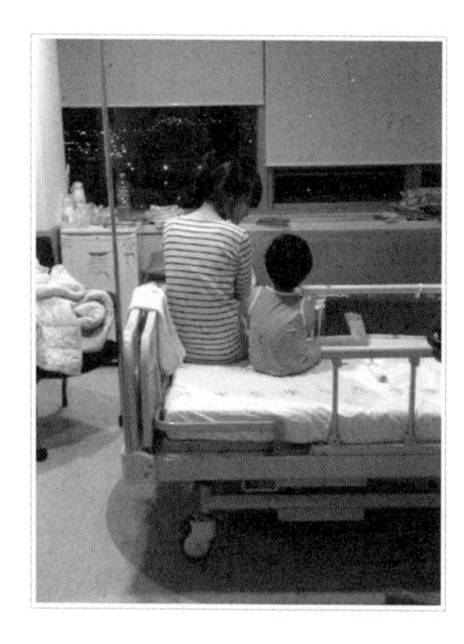

아이가 아파도 더는 전전긍긍하지 않는다.
그저 마음가짐만 달리했는데도 그렇다.

있는 식사를 한다. 물론 끝없이 고민하며 남편과 얘기한다.

"응급처방약이 듣지 않는데 응급실에 갈 준비를 해둘까?"

"좀 더 지켜봤다가. 내일이 어차피 외래 진료 받는 날이니까 교수님 진료를 받는 게 어때? 응급실에 가면 해주는 처치에 비해서 창현이에게 너무 힘든 시간인 것 같아."

"응 그게 좋을 것 같아. 창현이가 최대한 괴롭지 않은 방향으로 생각해보자."

예전에는 대화를 하는 도중에도 한숨 소리가 끊이지 않았다. 마음을 재정비하고 나서는 아이에게 가장 좋은 방향이 무엇인지 합리적으로 선택하기 위해 남편과 함께 고민을 나눈다. 앞으로 일어날 여러 상황에 대해서도 고민하고 나름의 매뉴얼을 같이 만들기도 한다. 응급 상황이 생기면 매뉴얼대로 행동하고 나머지 일상은 평범하게 묵묵히 살아간다.

더는 전전긍긍하지 않는다. 그저 마음가짐만 달리했을 뿐인데도 그렇다. 아이가 경련을 겪을 때면 그 아픔을 오롯이 바라보고 끌어 안아준다. 더 이상 아이의 상황에 감정을 투사하는 어리석음을 범하지는 않는다. 언제 어디서 사고가 날지 두려워 밖으로 나가지 못하는 사람처럼 불안해하던 마음은 훨훨 날려버렸다. 아이가 아픈데도 더는 불안해하지 않는 내가 누군가에게는 무척 냉정해 보일지도 모른다. 이해한다. 아이의 상황을 누구보다 온몸으로 걱정했던 사람이 나였으니 말이다. 문제는 걱정한다고 해서 결과가 좋아지지 않았다는 사실이다.

2년이라는 시간 동안 걱정으로 시간을 보내고 불안과 공포에 떨며 치료에 임했지만 아이의 상태는 전혀 나아지지 않았다. 아무 도움도 되지 않는 걱정이라면 과감히 그만둬야 했다. 차라리 아이의 고통을 감싸주고 조금이나마 고통이 덜해지길 바라며 안아주는 편이 나았다. 아이는 얼마나 고통스러울까? 그렇게 고통스러운데 엄마마저 걱정에 짓눌려 의기소침해 있다면 아이는 이중으로 고통스러울 터였다.

티베트에는 이런 속담이 있다고 한다.

"걱정해서 걱정이 없어지면 걱정이 없겠네."

그만큼 걱정은 아무 쓸모가 없다는 것이다. 한 걸음 물러서서 냉철하게 그 상황을 바라보는 힘, 나 자신을 굳건히 해서 걱정거리가 있어도 휩쓸리지 않고 헤쳐나갈 수 있는 힘. 그 힘을 걱정이라는 녀석이 야금야금 갉아먹는 것이다. 걱정, 불안, 공포, 두려움. 막상 아이가 아프면 그 모든 감정을 느끼곤 한다. 그렇지만 내려놓아야 한다. 밝은 미래를 원한다면 과감히 차버려야 한다. 그 시간에 아이가 좀 더 좋아지리라 희망을 품고, 아이를 따뜻하게 안아주는 편이 훨씬 나은 결과를 가져온다.

설리번 선생님이 헬렌 켈러를 위대한 인물로 성장시켰듯, 에디슨의 어머니와 아인슈타인의 어머니가 그들을 훌륭하게 키워냈듯이 다른 아이들과 다른 우리 아이의 병은 아무런 걸림돌이 되지 않는다. 아이도 그런 희망의 빛이 어디엔가 꼭 있다고 믿는다. 내가 그렇게 믿고 노력하고 있으니까.

아이를 키우는 부모라면 모두 할 수 있다. 한 치도 의심하지 말자. 믿고 헤쳐나가면 얼마든지 우리 힘으로 바꿀 수 있다. 바꿀 수 있다는 믿음으로 노력한다면 우리는 주어진 현실에서 또 하나의 희망의 빛을 만나 전진하게 될 것이다.

타인의 순수한 도움

"도대체 경련이 어떤 식으로 일어나는 거예요? 이렇게 멀쩡한데."

사람들은 가끔 아이의 경련이 어떤 양상으로 나타나는지 궁금해한다. 그러면 내 마음 깊은 곳에서 반감이 고개를 든다. 아이의 경련 양상을 알면 우리를 도와줄 수 있나요? 의사도 뇌파를 비디오로 촬영해 아이의 경련 상태를 체크하지만 치료에 난항을 겪고 있는데요? 걱정스러워하는 눈빛은 보너스인가요?

그래 솔직히 고백해야겠다. 나는 그런 질문을 받으면 기분이 상했다. 겉으로 멀쩡해 보이는데 왜 이런 병이 걸렸어요? 경련을 어떻게 하지요? 그 모든 한마디 한마디가 큰 가시가 되어 내 가슴을 후벼 팠다. 겉보기에 건강하고 문제가 없는데, 사실은 큰 병치레를 하고 있는 아이를 보는 어미의 마음이 오죽하겠는가. 아이가 경련을 할 때면 엄마로서 아무것도 해줄 수가 없다. 빳빳하게 굳은 아이가 다시 정상으로 돌아올 때까지 편안하게 눕히고 바라볼 수밖에 없다. 수없이 지켜봤는데도 경련을 하는 아이를 바라봐야 하는 상황에 적응된 적이 한 번도 없다. 경련이 멈추면 아이는 다시 잠에 든다. 아이를 안아주고 토닥여준 뒤 기록을 한다.

'○월 ○일 ○시 ○분, 경련 시간은 30초, 동공의 방향은 중앙에서 오른쪽 위로, 팔다리 강직과 떨림.'

아이의 병을 기록한 달력을 보면 한숨이 나곤 한다. 이번 달에는 몇 번이나 경련을 했는지 세어보는 것이 내가 달력을 보는 법이었다. 한여름이 오는지 크리스마스가 오는지, 휴일인지 평일인지는 내 눈에 전혀 들어오지 않았다. 내 눈에는 오로지 아이의 경련 기록만이 보인다. 이번 달에도 편안한 날이 별로 없었구나 싶으면 마음이 축 가라앉는다. 사람들은 정말 이런 절절한 이야기를 듣고 싶어서 물어보는 걸까? 단순히 호기심일까? 아니면 걱정일까? 궁금한 마음을 숨기지 못하는 사람들의 질문은 늘 내 마음을 출렁이게 했다.

한번은 아이가 쉴 새 없이 경련을 해 입원을 했다. 의사는 입원해서 경련 양상도 지켜보고 경과에 따라 약을 써보자고 했다. 6인실 좁은 침대에서 아이와 둘이 지내는 하루는 지독히도 느리게 흘렀다. 아이와 산책도 하고, 책도 읽어주고, 그림도 그렸다. 무엇보다 집에서 볼 수 없었던 TV 애니메이션을 보게 된 아이는 정말 '나이롱환자' 같은 병원 생활을 했다. 어느 날, 병원의 청소 담당 아주머니가 안타까워하시며 말씀하셨다.

"아유, 이 애는 어디가 아파서 이래 입원했는교? 잘생겼구만 안됐네. 어서 나가야지 병원에서. 병원 있으면 안 좋아."

아이가 뇌전증으로 치료받고 있어 입원했다고 말씀드렸더니 갑자기 아주머니는 언성을 높이셨다.

"그건 병도 아닌데 입원했는교!"

전혀 예상하지 못한 반응에 당황했다. 아주머니는 속사포로 계속 말씀하셨다.

"아유, 그건 나이 들면 없어지요! 경기는 병원에서 치료하는 게 아닌 기라! 병도 아인데! 집에 가소!"

그러고는 병실을 나가셨다. 어떤 대꾸를 할 겨를도 없이 쏟아진 속사포에 '방금 무슨 일이 일어난 거지?' 하며 정신을 차리려는데 다시 문이 열렸다. 깜박 두고 간 청소 도구를 가지고 가시며 또 한마디 던지셨다.

"내 말 들으소. 시간 지나면 없어지는 기라. 병원 있을 것도 아니구만!"

또다시 한마디 대답할 겨를도 없이 아주머니가 사라지고 나는 멍하게 앉아 있었다.

문득 아버지께서 강조하셨던 말씀이 생각나면서 무척 속이 상했다. 아버지는 어릴 적부터 남에게 피해 주는 행동이지 않을까 고민하고 행동하라고 강조하셨다. 사소한 행동을 할 때도 타인에 대한 배려를 담길 바라셨다. 아버지의 감사한 교훈은 한 가지 아쉬움이 있었다. 지나치게 강조한 나머지 내가 타인을 의식하며 살게 되었다는 것이다. 나는 어떤 행동을 하든 먼저 고민했다.

'이렇게 하면 사람들이 싫어하지 않을까?'

결혼하기 전에도 타인을 많이 의식했는데 아이가 아프고 나니 그런 면이 몇 배로 불어났다. 상대방은 별생각 없이 한 말에 나는 하루에도 몇 번을 곱씹어가며 우울해했고 상처받았다. 아픈 아이를 둔 것은 내 의지가 아닌데, 이 현실이 가혹하단 생각에서 벗어나기가 힘들었다. 혹여 밖에서도 경련을 할까 싶어 불안했다. '멀쩡해 보이는데 왜 아프냐?' 묻는 질문과 '시간 지나면 없어지는데 유난스럽다'고 하는 말에 마음이 찢어지는 듯 아파왔다.

시부모님도 아이의 병을 깊이 이해하기 어려워했다. 한번씩 언제 낫느냐고 질문하시거나 약을 먹는데도 왜 그러냐고 질문하시곤 했다. 그 말을 들은 날은 남편에게 온갖 짜증을 냈다. 알 수 없는 이유로 짜증을 내는 나 때문에 남편은 많이 당황했을 것이다. 짜증이 쌓이고 쌓이면 남편에게 버럭 화를 내면서 불만을 토로했다.

"그러지 않아도 힘들어 죽겠는데 너무 속상해. 모든 사람이 날 힘들게 해."

"다들 걱정되니까 그러는 거지 왜 그렇게 예민하게 굴어?"

"내가 예민하다고? 정말 그렇게 생각하는 거야?"

"제발 그만 좀 해! 당신만 힘든 거 아니잖아!"

원래 우리 부부는 감정이 상하면 입을 다무는 편이라 언성을 높인 적이 별로 없었다. 그러나 아이가 아프고부터 주위 사람들에게 스트레스를 받으면서 서로 짜증을 낼 때가 늘었고, 언성을 높이기도 했다. 우리 부부가 서로에게 주고받은 상처와 거기에서 생기는 스트레스는 고스란히 아이들에게 돌아갔다.

친구들과의 관계에서도 아이 문제로 서로 조심스러워지는 때가 있었다. 남편 친구 중 하나가 서울에서 릴렉스 마사지업에 종사했다. 친구는 뒤늦게 우리 사연을 듣고 도움이 될지 모르겠지만 아이에게 마사지를 해주고 싶다고 했다. 우리는 이미 많은 것을 시도했다가 지친 상태였고, 남편은 무엇보다 내가 그다지 내켜하지 않을 듯해 친구의 제안을 계속 나에게 숨기며 거절해왔다고 했다.

어느 날 추석을 맞아 친구가 고향에 내려왔다. 갑자기 밤에 우리 집을 찾아온 친구는 자신이 하는 일의 성격을 설명하고는 아이 일이 안타까워 돕고 싶다고 말했다. 아이와 친해지기 위해 공놀이를 해주다가 경계를 풀었을 때쯤 예의 그 릴렉스 마사지를 시작했다. 아이는 생각 외로 마사지받는 것을 편안해했다. 마사지가 끝나고 유난히 편안하게 잠들었다. 이것저것 염려되는 상황을 무릅쓰고 우리 아이만을 생각해 멀리에서 찾아와준 친구분이 고마워지기 시작했다. 릴렉스 마사지가 정말 도움이 되는지 안 되는지는 중요하지 않았다. 누군가가 이렇게 진심을 다해 우리를 도우려 한다는 마음에 깊은 감동을 받았다. 남편은 그의 진심을 오해해 적당히 둘러대며 거절했던 것을 미안해했다. 나 또한 남편이 갑작스레 친구와 릴렉스 마사지 이야기를 꺼냈을 때 의심의 마음을 버리지 못했던 것이 미안했다. 사이비겠지. 또 우리 집에 와서 이상한 걸 아이에게 하려나 보다 하며 삐딱한 시선으로 친구의 진심을 의심했다. 선한 기운이 찾아오려 할 때 믿어주고 열렬히 환영해도 모자랄 판에 말이다.

타인을 의식하는 성격, 그들이 무심코 던진 말을 가슴에 담아두던 나는 좋은 사람의 좋은 의도도 의심하고 거부하려 했던 것이다. 그래서 나는 자세를 바꾸기 시작했다. 멀쩡해 보이는데 어디가 아프냐고 묻는 이에겐 우리 아이는 마음이 아프다고 했다. 도대체 무엇 때문에 아프냐고 묻는 이에겐 누구보다 내가 그것을 알고 싶은 사람이라고 했다. 시어머니의 재촉에도 좀 더 유연한 자세를 취했다.

"왜 빨리 안 낫니. 대체 언제까지 아프다니. 스무 살까지? 그렇게 오래까지?"

"어머니, 병원에 가면 침대에 누워서만 지내야 하는 아이들도 있어요. 중환자실에서 의식이 깨어나지 않는 아이들도 있구요. 스스로 밥도 먹을 수 없어서 코 줄을 끼워 주사기로 겨우 미음만 먹는 아이도 있어요. 그 아이들에 비하면 창현이는 괜찮아요."

"그야 그렇지만……."

"이만하길 다행이라 생각하고 좋아질 거라 믿어요. 저는 지금 이대로도 감사하게 생각해요."

시어머님도, 궁금증을 못 이겨 아이의 병에 대해 물어보던 사람들도 나의 답을 듣고 침묵했다. 그들의 눈빛은 떨리고 있었다. 내 마음속에 일던 동요는 그들에게 옮겨 간 듯했다. 마음이 뻥 뚫리면서 어디선가 기분 좋은 종소리가 들려왔다.

이제 나는 아이의 병을 두고 '이렇게 하면 낫는다, 저렇게 하면 낫는다' 왈가왈부하는 사람들의 의견을 존중한다. 그중에는 내가 실천해보고 싶은 것도 있고 아닌 것도 있다. 귀담

아이가 아파 무거운 마음의 짐을 진 이들의 손을 붙잡고 말해주고 싶다.
우리, 함께 가벼워져요!

아 듣게 되는 정보에는 알려주어 고맙다고 말한다. 그렇지 않은 의견에도 고맙다고 말하며 대화를 서둘러 마무리한다. 비뚜름하게 들으면 전처럼 모두 마음의 상처로 남을 말들이었지만 진심으로 귀 기울여 듣고 나니 그들 입장에서는 최선의 방법을 알려준 것임을 알게 됐다. 우리 아이를 그만큼 귀하게 여겨주고 걱정해준다는 자체가 보였다.

돌이켜보면 나도 우리 아이들보다 어린 아이를 키우는 친구나 지인 들을 보면 돕고 싶은 마음이 든다. 내가 아는 긴한 방법이 있으면 알려주고 싶어진다. 친구나 지인 들이 첫 어린이집을 고르는 법, 유치원 고르는 법, 이유식 만드는 법, 책 읽어주는 법 등을 물어올 때는 기꺼이 내가 아는 정보를 알려준다. 잘되길 바라는 마음에 다 알려주고 싶다는 생각이 든다. 우리 아이 병에 대해 질문하고 나름의 치료법을 일러주었던 이들도 같은 마음이었을 것이다.

순수하게 받아들이고 자신과 타인도 이해할 때에야 비로소 자유롭고 행복한 삶이 펼쳐진다. 조금씩 마음의 평온을 찾아가는 나를 경험할 때 얼마나 뿌듯하고 행복한지 모른다. 마음이 그렇게 가벼울 수가 없다. 왜 이제껏 그토록 무겁게 살았을까. 아이가 아파 무거운 마음의 짐을 진 이들의 손을 붙잡고 말해주고 싶다.

우리, 함께 가벼워져요!

마음은 열어두되 머리는 냉철하게

나는 내가 가는 길이 정답이라고 생각할 때가 많았다. 항상 나는 옳은 생각과 바른 행동을 한다고 생각했던 것 같다. 결혼 초기에 이런 내 생각 때문에 남편과 부딪힐 때가 많았다.

남편은 아침에 출근 시간이 임박해도 느긋한 편이다. 내가 보기엔 준비하기에도 빠듯한 시간인데 화장실에 들어가 스마트폰을 보며 여유를 즐긴다. SNS를 하기도 하고, 뉴스를 보기도 하고, 게임을 하면서 자신만의 시간을 화장실에서 소비한다. 이해가 되지 않았다. 업무 시작 전에 회사에 도착해 여유를 즐기는 게 나을 텐데, 왜 저렇게까지 여유를 부릴까? 화장실 문을 두드리며 몇 시인지 분 단위로 계속 알려주었다. 하지만 남편은 언제나 괜찮다며 느긋하게 준비하다가 급히 뛰어나갔고, 나는 남편의 뒤통수에 대고 혀를 끌끌 찼다.

육아에서도 내 생각은 변함없었다. 엄마인 나는 옳은 사람, 아이는 미숙한 존재로 여겼다. 언제나 나는 아이에게 가르쳐야 한다고 생각했다. 아이는 아직 한 손에 물컵을 들고 있을 뿐인데, 내 머릿속에서는 물이 곧 쏟아지리라는 경고등이 켜졌다. 아니나 다를까. 물을 마실 땐 물을 먼저 마시고 다른 일을 하라고 이르기도 전에 아이 손에 들려 있던 물컵은 이미 책 위에 엎어졌다. 책은 물에 흥건히 젖어들기 시작했다.

"그러게, 엄마가 조심하라고 했잖아. 물컵을 들고 있으면 물부터 마셔야지. 책을 보고 싶으면 물컵을 올려놓은 다음에 보고! 물을 다 엎질러버렸잖니!"

내 입에서는 속사포 잔소리와 욱하는 분노가 함께 뒤섞여 아이의 머리 위로 쏟아졌다.

스마트폰을 쓰기 시작하고 얼마 되지 않았을 무렵, 친정 엄마는 가끔씩 이러저러한 사용법을 물어보셨다. 여러 번 설명했는데도 자신만의 방법을 고집하실 때면 짜증을 감추지 못했다. 엄마의 방식이 아니라 내가 하는 방식대로 해야 한다고 설명드렸다. 우리 두 사람은 쓸데없는 고집으로 신경전을 벌였다. 가만, 찬찬히 살펴보니 엄마가 말한 방법으로도 가능했다. 엄마가 이것저것 눌러보시다가 터득한 방법이었다. 나는 애초에 한 가지 방법을 미리 알고 있었으니 다른 방법이 있을 거라고는 생각하지 않았다. 서로의 말을 이해하지 못한 채 자신의 방법이 맞는다고 주장하며 옥신각신했던 것이다. 두 가지 방법이 다 맞는다고 확인된 순간엔 정적이 흘렀다.

'아! 그런 방법도 있었구나. 미안해요. 내가 몰랐어요.'

이렇게 인정하면 끝날 일이었지만 정적만 흐를 뿐이었다.

아이가 아파서 수없이 병원에 다니면서 나는 아이의 병에 대해서만큼은 누구보다 전문가라고 생각했다. 어떨 땐 의사 머리 위에 있기도 했다. 의사가 약에 아이가 보이는 반응성이나 약에 대한 견해를 제시할 때 과감히 의견을 내고 다음 계획에 참여하기도 했다. 주제넘는 일이라고 생각해본 적이 없었다. 왜? 나는 다 알고 있으니까. 내가 옳으니까. 내 의견에 반하는 다른 의견에 귀를 기울이지 않았다. 아이에게 '트리렙탈'이라는 약을 쓸 때, 친정 엄마는 자신이 들어본 적 있는 '카르바마제핀'이라는 약을 쓸 수는 없냐고 물었다. 의사는 카르바마제핀의 부작용을 보완해 만든 것이 트리렙탈이라고 했다. 나는 엄마에게 의사가 한 말을 이야기하며 아는 척을 늘어놓아 더 이상 카르바마제핀 이야기는 하지 않기로 했다. 그런데 의사가 바뀌니 말도 바뀌었다. 트리렙탈이 카르바마제핀의 부작용을 보완해 만든 것은 맞지만 조금 달라서 트리렙탈이 듣지 않는 아이가 카르바마제핀으로 조절되는 경우도 있다고 했다. 아이는 카르바마제핀을 추가했다.

내가 옳다고 자부하고 있었다. 아이와 24시간 함께 있으니 누구보다 아이를 잘 안다고 생각했다. 병원에서 간호하는 것은 오로지 내 몫이었다. 의사 다음으로 아이와 관련된 의료 지식은 내가 제일 잘 안다고 생각했다. 남편에게 자주 하던 말이 "거 봐, 내 말이 맞지?"였다. 하지만 아이를 키울수록, 세월이 갈수록 아닐 때가 많았다. 틀렸을 때 찾아오는 민망한 순간은 자주 생겼다. 내가 정답이라고 생각했던 것은 보기 좋게 빗나갈 때가 많았다.

《논어》에 "아는 것을 안다고 하고 모르는 것을 모른다고 하는 것, 이것이 아는 것이다"라는 말이 나온다.

나는 모르는 것을 마치 잘 아는 척 그럴싸하게 늘어놓았다. 모르는 것이 무엇인지도 몰랐던 사람이다. 모르는 것을 알려고 노력하는 사람이 아니라 덮어놓고 아는 척했다. 내 옆에 있던 사람들이 얼마나 기가 찼을까? 아픈 아이를 키우느라 힘들 테니 말씨름까지는 하지 말자며 다들 한마디씩 꿀꺽 삼키지는 않았을까?

물론 나는 아이가 발병하고 초기에 정말 많은 이야기에 휩쓸려 다녔다. 이 병에 대해 내가 아는 지식이 너무 없었다. 아이에게 귀신이 씌어서 그렇다고 하면 굿을 했다. 천도재를 지내고 조상 묘 이장까지 했다. 아이는 개명을 하기도 했다. 닭을 배에 둘러싸는 의식까지 했다. 바늘로 아이의 작은 손을 수십 번 찔러대며 경련 잡는 사람을 찾아다녔다. 값비싼 한의원에도 돈을 갖다 주었다. 부끄럽지만 이것이 나였다. 나는 아이를 위해서라면 못 할 일이 없었다.

어느 순간 몹시 지쳐버렸다. 더는 휘둘리지 말아야겠다는 생각에 귀를 꽁꽁 싸맸다. 예전부터 내가 가장 옳다고 생각하고 살았는데 잠시 흔들렸던 것이 잘못이라 여기며 외골수가 되기로 마음먹었다. 역시 내가 생각했던 것이 맞았다고 생각했다. 어떤 말에도 흔들리지 않고 아이의 병에 집중해서 소신대로 치료해나가는 것을 목표로 전진했다.

마음은 개방적으로 열되 최종 선택은 소신 있게 했어야 했는데 마음을 꽁꽁 닫고 내 마음속만 들여다보며 외골수가 되려 했다. 다른 사람들이 점차 간섭하지 않았다. 나는 점점 아집에 빠져갔다.

한 번씩 주변 가족들이 이런 것도 해보라고 하면 이제 그런 것 소용없다며 제발 그런 말 좀 하지 말라고 거부했다. 가족들은 입을 닫았고, 나는 점점 외로워졌다. 아무도 간섭하지 않기를 그토록 원했는데, 막상 그렇게 되자 외로웠다. 홀로 간호하니 고독하고 고달팠다. 소신대로 힘차게 노를 젓던 나는 그새 방향을 잃은 채 떠돌아다니는 뗏목이 되었다.

당연한 말이겠지만 나는 잘못된 선택을 한 것이다. 나는 여러 가지 대안 중에 아이에게 가장 적합한 방법을 선택해야 했다. 대안은 많은 사람의 의견에서 나올 수 있었다. 그중 적절한 것을 선택해 아이에게 적용해볼 수 있었지만 나는 모든 판단과 선택을 내 소신대로만 했다. 결과적으로 혼자서 모든 짐을 머리에 받치고 있는 꼴이 되었다.

사람들이 여러 가지 방법을 말해주는 마음은 우리 아이의 쾌유를 비는 기도와도 같았다. 그들의 마음과 기도가 모여 나올 법한 가장 좋은 방법을 신중하게 선택해 아이와 함께 꾸준히 실천해나가는 자세가 필요했다. 그것이야말로 진짜 소신임을 미처 몰랐다.

중요한 사실을 깨닫고 나니 사람들의 의견이 귀찮은 호기심이 아니라 소중한 대안으로 들려왔다. 아이에게 맞을 것 같으면 목록에 추가했다. 아이에게 맞지 않을 듯한 방법도 제시해주고 걱정해준 데에 감사를 표했다. 남편과 나는 함께 선택했고 함께 감사해했다.

현재 우리 아이가 앞두고 있는 마지막 방법은 '케톤 생성 식이요법'(뇌전증 환자에게 당 성분을 완전히 소진시키고 지방이 많이 함유된 음식을 약 2년간 복용시키는 치료법)이다. 이 방법을 두고 가족들과 많은 이야기를 나누었고, 의사와도 의견을 나누었다. 무엇보다 가족들의 의견을 소중하게 들었다. 케톤 생성 식이요법을 하게 되면 아이는 식생활이 자유롭지 못해 일상에 지장이 많이 생길 터였기에 필요한 도움에 대해 가족들에게 협조를 청했다. 예를 들면 식이요법을 시작하면 둘째 아이도 제대로 먹지 못하게 될 가능성이 컸다.

또한 이 치료법을 시작하면 아이는 유치원을 다니기 어려울 듯했다. 아이가 사회에서 고립되는 것 같아 마음이 아팠다. 물론 나도 아이와 24시간 씨름을 하게 될 생각을 하니 앞날이 깜깜했다. 남편과 우리 가족에게 어떤 변화가 닥쳐올지 많은 대화를 나눈 결과 우리는 결국 아이를 유치원에 보내기로 합의했다. 점심식사 전에 데려와 집에서 점심을 먹이면 가능할 것 같았다. 오전 활동을 마치고 돌아오면 아무런 문제가 없었다. 아이가 케톤 생성 식이요법을 하게 되면 내 식사도 문제였다. 아이는 늘 배고픈 상태가 되기 때문에 함부로 먹을 수가 없었다. 그에 대해서도 남편과 진지하게 고민했다. 함께 머리를 맞대고 고민하면서 좋은 의견이 많이 나왔다.

만약 계속 나만 옳다며 고집하고 혼자서 모든 것을 결정했다면 어땠을까? 괴로운 시간이 계속되었을 것이다. 아무리 고민해도 답이 나오지 않는 현실에 또 절망하고 좌절했을 것이다. 마음이 평온해졌다고 했지만 다시 현실을 비관하며 낙담

했을지 모른다. 케톤 생성 식이요법을 시도해보기로 결정하는 것부터, 이후 과정이 어떻게 전개될지 함께 논의하니 생각보다 그리 어렵지 않게 여겨졌다. 결코 만만하지 않겠지만 힘들지만은 않으리라는 자신감이 생겼다. 결정은 남편과 내 몫이었다. 결정된 것을 소신껏 실행해나가는 것은 아이와 나였다.

아이와 내가 지치지 않도록 다들 배려해주었다. 이러저러한 기분 좋은 아이디어가 쏟아졌다. 사람들의 말에 휘둘릴 것 같았지만 오히려 한 발 물러서서 수용할 건 수용하고, 불필요한 건 과감하게 버렸다. 순간적인 기분에 동요되지 않고 안정적으로 고민하고 계획을 세웠다.

아이가 아프면서 쏟아진 주변의 수많은 조언과 위로. 때로는 귀를 떼어내고 싶을 정도로 쏟아지던 말. 그 모든 말은 전부 걱정이고 위로였다. 걱정과 위로로 받아들이니 더는 괴롭지 않았다. 오히려 우리에게 무관심한 것보다 감사하다고 느끼게 됐다.

아이와 우리 가족은 정해진 길을 가면서 도움이 될 만한 아이템을 장착하고 꿋꿋하게 걸어갈 뿐이다. 주변의 걱정과 위로는 응원이 되고, 휴식이 되고, 용기가 된다. 내 판단만 옳다는 생각에서 벗어나면 귀찮게만 느껴졌던 주변의 말들이 도움의 손길이 된다. 모를 때는 모른다고 말하고 도움을 청하

자. 내가 틀릴 수도 있다는 사실을 항상 명심하고 마음은 열어두자. 대신 판단은 늘 냉철하게 하자. 진정한 소신을 지키며 아이를 키우자. 아이의 건강을 지키기 위해서라도 정신 똑바로 차리지 않으면 안 되는 우리는 '엄마'라는 별종이니까.

한계를 짓지 않는 삶

많은 사람이 시작하기도 전에 할 수 있는 일과 할 수 없는 일을 구분해버리는 경향이 있다. 할 수 없는 일로 구분해버리면 그것은 시도도 해볼 용기가 나지 않는다. 이제 그 일은 두려움과 걱정의 대상이다. 할 수 없다는 근거는 어디에서 비롯될까? 과연 그 일을 할 수 없다고 근거를 제시할 경험을 해봤을까?

나도 할 수 있는 일과 할 수 없는 일을 구분 짓는 면에서 둘째가라면 서러울 정도의 사람이었다. 새로운 도전거리가 생기면 일단 할 수 있는지 없는지를 먼저 판단했을 정도다.

아이가 뇌전증 진단을 받던 날 나는 여러 가지 생각을 했다. 가장 먼저 했던 생각이 과연 내가 아이를 키울 수 있을까

였다. 엄마로서 부끄러운 말이지만 당시에는 무척 진지하게 이 고민을 했다. 내가 감당할 수 없겠다는 생각이 지배적이었다. 아이를 간호하고 키우기에는 내 역량이 부족하다 여겼다. 딱히 대안도 없는데 나는 아이를 키울 수 없겠다 싶어 걱정이 태산 같았다. 앞으로 어떻게 해야 할지 막막하고 두려웠다.

우리 아이는 겉보기엔 아무 문제가 없지만 언제 발작할지 모른다. 아이가 또래 아이들처럼 보통의 삶을 사는 데에는 많은 차질이 생긴다. 엄마인 나도 보통의 엄마와는 다르게 살아야 할 듯했다. 생각할수록 두렵고 걱정되기만 했다. 애써 걱정을 내려놓으면 우울함과 슬픔이 밀려왔다. 잘 우는 사람도 아니었는데 수도꼭지를 틀어놓은 듯 눈물이 쏟아져 내리곤 했다. 마치 아이를 키울 수 없는 여자가 사는 집 문 앞에 누군가 아이가 있는 바구니를 내려놓고 간 기분이었다. 쪽지에는 아이를 잘 부탁한다는 메시지가 있고, 아이는 아무것도 모른 채 방긋방긋 웃고 있는 그런 상황 말이다.

나는 마치 우리 아이의 친엄마가 따로 있다는 듯, 누군가에게 "이 봐요, 나는 이 아이를 키울 수 없어요. 아이를 다시 데려가세요"라고 소리치고 싶은 심정이었다. 받아들이기까지 한참이 걸렸는데 막상 받아들여도 변하는 것은 아무것도 없었다. 내 마음은 여전히 아이를 잘 키울 자신이 없다고 소리쳤다.

나는 대학 때 진로를 고민하다가 정신보건 사회복지사에

매력을 느껴 3학년 말 뒤늦게 실습에 뛰어들었다. 정신보건 사회복지사는 의료기관이나 정신보건센터, 복귀 시설에서 환자의 치료, 재활과 사회 복귀를 돕기 위해 사정, 진단, 상담, 프로그램 개발, 기획, 실시, 평가, 지원, 교육 등의 업무를 수행하는 사람이다. 알코올상담센터에서 자원봉사 활동을 오래 하면서 알코올 의존 문제가 있는 사람들과 상담할 기회가 자주 있었다. 자연스럽게 정신보건 사회복지사를 접했다. 나는 이왕 실습을 하게 된 이상 혹독한 곳에서 배우고 싶어서 힘들기로 유명한 부산 소재의 병원에 실습을 신청했다.

부산에 있는 작은삼촌 댁에서 생활하며, 30분 정도 소요되는 지하철 코스로 출퇴근했다. 늦어도 아침 8시까지는 도착해야 했기에 7시에는 집을 나섰다. 첫날부터 과제가 어마어마했다. 혹독하다고 해서 각오를 했지만 첫날부터 과제가 그렇게 많으리라고 생각하지 못했다. 파김치가 돼 귀가하면 저녁 7시였다. 씻고 컴퓨터에 앉으면 8시였다. 8시부터 과제를 시작했다. 두꺼운 신경정신의학 책부터 시작해서 주어진 과제를 했다. 엉덩이를 붙이고 앉아 타이핑을 시작했다. 프린터에서는 과제물이 쏟아져 나왔다. 잠자리에 드는 시간은 새벽 4시. 수면 시간은 하루 평균 두 시간 30분 정도였다. 이렇게 한 달을 보냈다. 과제를 마치고 병원으로 가서 실습하는 동안 병든 닭처럼 꾸벅이기 일쑤였다. 실습 중에 눈물 쏙 빠지도록 혼이 난 적도 많았다. 나는 굳이 하지 않아도 되는 고생을 사서 하고 있었다.

내가 이렇게 고생하는 이유가 무엇인지 고민했다. 온갖 상스러운 욕과 멸시를 받으며, 과제에 대한 칭찬 한마디 못 받고 온갖 구박을 받으면서도 이 자리에 있는 이유가 무엇인지 생각했다. 좋았다. 병원에서 사회로 발돋움하고 싶어 하는 아픈 사람들을 만나는 그 자체가 참 좋았다. 그들이 병에서 회복해 사회로 나가 다시 살아갈 수 있다는 상상을 하면 지금 힘든 실습쯤이야 견딜 수 있다고 생각했다.

내가 실습 기관으로 이 병원을 택했을 때, 주변에서는 만류했다. 굳이 그렇게 고생하는 곳 아니라도 실습 기관은 많은데 꼭 힘든 곳에 갈 필요가 있냐고. 우리 집 근처에도 실습 기관은 있고, 학교 근처에도 많았다. 대체 집까지 떠나 고생하면서 그곳에서 실습하는 의미가 있냐고. 물론 집에서 다니며 편하게 실습하면 좋겠다는 생각을 하기도 했다. 다만 도전해보고 싶었다. 나의 가능성을 확인해보고 싶었다, 한계에 도전해보고 싶었다. 얼마나 혹독한지 견뎌보고 싶었다. 많은 이의 만류를 뒤로하고 선택했다. 욕 한번 하지 않고 모범생처럼 살아왔지만 실습은 욕이 나올 정도로 힘들었다. 내 생애 눈물은 그때 반 이상 다 흘렸다. 엄마가 보고 싶어 당장 집으로 돌아갈까 수없이 생각했다. 실제로 포기한 사람도 생겼다. 과제는 줄어들 기미도 없이 시간이 지날수록 오히려 늘어났다. 한숨도 자지 못하는 날이 속출했다. 실습이 없는 주말의 반나절은 과제를 뒤로하고 일단 잠부터 잤을 정도로 수면 부족 상태에 시달렸다. 내가 상담받아야 하는 것 아닌가 하는 생각이 들 정도였다. 실습 마지막 날, 성적은 아무래도 좋았다. 한 달간의 기간을 마친 자체가 좋은 성적이고 기쁨이었다. 혹독한 과정을 이겨낸 사람으로 이마에 훈장 하나가 꽝 찍혔다. 걱정스러운 시선은 부러운 시선으로 바뀌었다. 견디지 않은 자여, 아무 말도 마라, 나의 기쁨에 대해. 그때의 당당함을 아직도 잊지 못한다.

당시를 회상하며 나 자신과 대화했다.

"아이와 마주한 현실도 터널로 생각하면 안 될까? 많이 힘든 것 안다. 육체적 고통보다 마음의 고통이 더 크다는 것도 안다. 그렇지만 받아들여야 한다는 것을 알잖아. 터널의 길이가 실습 때보다 더 길어지리라는 것도 안다. 하지만 빠져나올 거야. 이미 경험해봤잖아. 빠져나와서 또 다른 터널로 들어서야 할지는 모르지만 일단 지금 마주한 터널에 발을 디딘 이상 한 걸음 한 걸음 나아가야 하지 않을까? 나에게는 한계를 뛰어넘는 능력이 있어. 나를 너무 과소평가 하지 말자. 신은 자신이 가장 아끼는 천사를 엄마에게 내어준대. 가장 아끼는 아이를 보내주었다는 것은 신이 내 능력을 알아봤기 때문 아닐까? 아, 저 엄마라면 창현이를 보내줘도 되겠다고 해서 보내준 거야. 나는 할 수 있어. 한계를 뛰어넘는 경험을 해봤고, 무엇보다도 창현이의 엄마니까."

할 수 없다고 생각했던 마음을 내려놓았다. 할 수 있다고 나 자신을 믿었다. 오로지 아이를 지켜주겠다는 굳은 신념만 가졌다. 며칠 밤을 새도 이겨냈던 나 자신이 아니던가! 지금은 아이도 있고, 남편도 있고, 도와줄 가족도 많다. 최소한 혼자만의 외로운 싸움은 아니다. 혼자서도 이겨냈는데 아군이 이렇게 많다면 이겨내지 못할 이유가 없었다.

시작해보지도 않고 두려움에 할 수 없다고 단정 짓는 것은 훗날 후회만 남길 뿐이다. 한계라는 녀석은 긴 터널이다. 터널 앞에 서서 까마득한 어둠을 마주하고 서 있으면 감히 그 속으로 들어갈 엄두가 나질 않는다. 칠흑같이 깜깜한 어둠은 공포스럽다. 한 치 앞도 내다볼 수 없고, 어떤 미래가 펼쳐질지 몰라 두렵다. 나 자신이 한없이 작고 초라하게 느껴진다.

하지만 끝이 없는 터널은 없다. 어둠을 견디고 나아가면 아름다운 햇살을 마주하게 된다. 터널을 빠져나와 눈부시게 당당해진 자신을 발견하게 된다. 터널을 지나면서 힘에 부칠 땐, 갓길에 마련된 쉼터에서 잠시 쉬어도 괜찮다. 몸을 조금 뉘여도 괜찮다. 갈 길이 구만리인데 악착같이 끝을 향해 달려만 간다면 되돌아가지도 못하고 나아가지도 못하는 지점에서 주저앉아버리게 될 것이다. 천천히 하자. 할 수 있다는 믿음만 가지고 천천히 전진한다면 언젠가 터널을 빠져나와 아름다운 햇살을 맛보게 될 것이다.

우리 가족도 이 터널을 슬기롭게 빠져나오리라 믿는다. 치료는 의사가 하고, 엄마와 아이는 서로 의지해 어둠 속에서 한 발 한 발 내딛으면 된다. 무수한 발자국을 남기며 지나온 터널은 우리를 더욱 단단하게 만든다. 느려도 괜찮고, 넘어져도 괜찮다. 한 걸음 한 걸음이 소중하다. 나와 아이는 아직 터널의 중간도 지나지 못했다. 의사는 터널이 끝나지 않으리라고 말한다. 아이의 치료가 어렵고 더디다. 그럼에도 불구하고 괜찮다. 아이와 나, 우리 가족은 믿는다. 터널 끝에는 햇살이 따스한 기운으로 우리를 목 빠지게 기다리고 있으리라는 것을.

나는 아픈 아이를 기를 능력이 없다고 생각했지만 나름의 방식으로 잘 살아가고 있다. 일단 도전해보고 이야기하자. 도전해봐야 할 수 있는지 없는지 알지, 해보지도 않았는데 어떻게 알 수 있겠는가.

•

신은 자신이 가장 아끼는 천사를
엄마에게 내어준대.

지금 이 순간을 마지막처럼

응급실에서 스무 살 남자 대학생을 만난 적이 있다. 응급실에 나란히 있다 보니 학생의 엄마와 대화를 하게 되었다. 이야기를 나누기 전에는 덩치도 크고 키도 190센티미터가량이나 되는 학생이 소아과에 입원한 것이 의아했다.

학생의 엄마는 아이가 스무 살 대학생이지만 우리나라 나이로는 열여덟, 그러니까 아직 청소년이라 소아청소년과에서 치료 중이라고 했다. 학생은 우리 아이와 같은 '뇌전증'을 앓고 있었다.

"우리 애는 초등학교 저학년 때부터 경련을 시작했어요. 고등학교 다닐 무렵부터 한 3년 정도 약만 먹고 경련 없이 잘 지냈어요. 대학에 진학해서 술을 먹더니 재발해버렸는데 약이 안 듣네요."

그 엄마의 낯빛은 어두웠고 목소리는 떨렸다. 직장에 나가야 하는 형편이라 학생을 돌봐줄 간병인을 백방으로 알아보는 중이었다.

"휴학을 해야 할지, 앞으로 어떻게 해야 할지 모르겠어요."

10년 넘게 병을 앓고 있지만 그 가족은 아직도 뇌전증이 이해되지 않는다고 했다. 학생을 물끄러미 바라봤다. 소아청소년 구역 응급실에는 아이들이 누우면 딱 맞는 소아용 침대밖에 없었다. 학생은 좁은 침대에서 몸을 구겨 새우잠을 자고 있었다. 잠든 동안 몇 번의 경련이 찾아왔다. 의료진은 수시로 들락거리며 응급주사를 놓고 상태를 확인했다.

학생의 모습이 우리 아이의 미래인 것 같아 계속 마음이 쓰였다. 허공을 쳐다보는 멍한 눈동자, 경련이 찾아오면 스스로 제어하지 못하는 모습. 경련을 하는 중에 소변을 보기도 하고, 두통을 호소하기도 했다. 학생의 모습은 우리 아이가 경련을 마쳤을 때의 모습과 같았다. 늘 보던 모습인데 성인이나 마찬가지인 학생의 모습에 심장이 오그라들었다. 우리 아이가 완치되지 않는다면 지금 이 학생 엄마의 모습이 곧 나의 미래일 터였다. 마치 타임머신을 타고 미래에 온 것처럼 누워 있는 학생은 우리 아이가 성장한 모습인 것만 같았다. 주변을 서성댔다. 불안하고 걱정되고 두려웠다. 성인이 된 아이의 미래가 너무 공포스러웠다. 지금은 안아주고 보호해줄 수 있는 어린아이지만 성인이 되면 보호해줄 수도 없는데, 아이는 언제까지 내 품에 있을 수도 없는데 어쩌나. 직장은 다닐 수 있을까? 친구는 만날 수 있을까? 고립되어 살아야 하나? 두려운 생각이 마음속에 번졌다. 오래된 이불에 번져 있는 누런 얼룩처럼 내 마음이 얼룩져갔다.

행복한 미래를 꿈꾸어도 삶이 고달픈데 앞으로 펼쳐질 미래는 불행할 듯했다. 차라리 지금이 행복한 순간일지 모른다는 생각에 서글퍼졌다. 또다시 왜 우리 가족이 이런 고통을 견뎌야 하나 세상이 원망스러웠다. 암담한 미래의 산증인인 그 학생이 원망스러웠다. 치료 방법을 찾지 못하는 이 병원이 미웠다. 도대체 이런 병이 왜 있냐며 이를 악물었다. 지금 이 순간부터 미래까지 단 한 가지도 암담하지 않은 것이 없었다. 병원에서 미래를 걱정하는 나도 아이에게 닥쳐올 미래도 그 어떤 것도 희망이 없었다.

머릿속에서는 내 상상력을 총동원해 만들어진 암담한 미래 영화 한편이 상영되고 있었다. 심장이 쿵쾅거렸고, 눈시울이 뜨거워졌다. 미래는 피할 수 없고, 나와 아이는 암울한 미래를 바꿀 수도 없는 처지였다.

그날 나는 삶의 이유를 잠시 잃었다. 응급실 침대에서 고통스러워하는 환자들이 모두 삶의 이유를 잃은 듯했다. 저렇게 고통스러운데 사는 게 무슨 의미가 있을까? 지쳐 잠든 아이를 바라보며 한숨을 푹 쉬었다. 간호사가 아이의 팔을 잡고 이리저리 주삿바늘을 꽂으며 혈관 찾기에 혈안이 되어 있을 때, 아이는 있는 힘을 다해 몸서리쳤다. 아이의 손등 발등은 온통 찔러댄 바늘 자국투성이였고, 간호사들은 가는 혈관이 다 터져 진땀을 뺐다. 나는 고통스러워하는 아이 위에 올라타서 팔다리를 잡았다. 안아주고 달래주고 싶었다. 하지만 어서 끝내는 것이 아이가 덜 고통스러운 길이었다. 마음이 아픈 만큼 더 꽉 잡을 수밖에 없었다.

어느 날엔가, 친정 부모님이 함께 병원에 간 적이 있다. 부모님은 고통스러워하는 손자의 모습을 차마 보지 못하시고 눈물을 보이셨다. 병 때문에 아이가 감내해야 하는 일은 너무 가혹했다. 아이의 생각이, 마음이 어떨지 짐작이 되지 않았다.

우리 아이는 이 상황을 어떻게 생각하고 있을까?

그래도 살고 싶을까?

그래도 지금 이 순간이 좋을까?

미래가 어떻든 하루하루 살아내면서 암담한 미래를 만나고 싶을까?

옆 침대의, 우리 아이의 미래일지도 모르는 저 학생은 자신의 삶을 어떻게 바라보고 있을까?

암담하게만 여겨지는 미래는 지금 이 순간까지도 고통스럽게 했다. 미래가 현재를 잠식하고 있었다.

이런 내 태도는 삶 자체를 갉아먹는 해충이었다. 슬프고 고통스럽고 암담한 것, 물론 맞는다! 그런데 언제까지 해충이 내 시간을 갉아먹도록 방관해야 할까. 아이의 시간을 갉아먹는 해충을 언제쯤 박멸할 생각인가? 해충은 병도, 경련도, 쓴 약도 아니었다. 내 마음이었다. 고통스럽게만 여기는 내 마음, 어두운 미래만 상상하고 걱정하는 내 마음이 곧 해충이었다. 미래는 어떻게 펼쳐질지 아무도 모르는 일이다. 경련으로 고통스러워하는 그 학생의 미래도 어떻게 펼쳐질지 아무도 알 수 없었다. 우리 아이의 미래도 어떻게 펼쳐질지 누구도 알지 못한다. 미래가 밝지만은 않겠지만, 이렇게 어둡게만 보는 나에게 좋은 미래가 펼쳐질 가능성이 얼마나 높아지겠는가.

나는 아이가 병원에서 나처럼 늘 고통스럽다고만 생각했다. 아이는 48시간 동안 머리에 본드로 전극을 붙여 비디오 뇌파 검사를 받았다. 수십 개의 전극과 전선이 무거워 가만히 있어도 아이의 머리가 젖혀졌다. 잦은 움직임 때문에 수시로 본드로 재접착을 했다. 보기만 해도 힘겨워 보이는 검사였다.

우리 아이는 하루에도 수십 번 깔깔거린다. 링거를 꽂으며 그렇게 고통스러워하다가도 금세 잊고 히죽거린다.

그러나 이런 내 불안과 달리 아이는 텔레비전을 보며 까르르 웃었다. 함박웃음이 얼굴을 떠나지 않았다.

"엄마, 재밌어, 재밌어. 진짜 재밌어."

쓸데없는 걱정이었다. 아이는 이렇게 잘 이겨내주고 있는데…… 힘들어도 이렇게 잘 버텨주는데, 내가 아무 소용 없는 걱정을 하고 있었다. 내 생각 때문에 아이의 미래도 어둡게 펼쳐질 것만 같아 정신을 차리기 시작했다. 우리 아이에게도 희망이 있으리라고 믿기 시작했다. 악한 병의 기운이 아이에게 뻗쳐온다면 나라도 아이에게 좋은 기운을 전해줘야 한다는 책임감이 생겼다.

미래를 희망적이고 긍정적으로 생각하기 위해서는 현재 상황을 받아들여야 했다. 지금 이 순간에 기쁜 것을 찾아야 한다. 나에게 주어진 기쁨은 무엇일까? 무엇이 나를 행복하게 할까? 아이와 숨 쉴 수 있는 시간이 나를 행복하게 했다. 나 혼자 삶의 의미를 운운할 뿐 우리 아이는 하루에도 수십 번 깔깔거린다. 무에 그리 깔깔거릴 일이 있을까 싶지만 아이는 링거를 꽂으며 그렇게 고통스러워하다가도 금세 잊고 히죽거린다. 불과 한 시간 전에 경련을 많이 해서 축 늘어져 있었는데 깨어나면 놀아달라며 깔깔거린다. 아이와 깔깔거릴 수 있는 시간이 기쁨 아니면 무엇이겠는가. 조금 아프면 어때? 아픈 것은 의사가 치료하고 나는 아이와 남는 시간을 즐겁게 살면 되지.

만약 내가 내일 죽는다 해도 나는 아이와 놀이동산에 가서 깔깔거릴 것이다. 아니면 아이가 좋아하는 바닷가에 가서 실컷 모래성을 쌓고 튜브를 탈 것이다. 것도 아니면 그동안 먹지 말라고 했던 아이스크림을 실컷 먹을 것이다. 같이 재미있는 만화를 보며 깔깔거리고 뒹굴 것이다.

나는 이제 아이와 함께 있는 시간 자체가 즐겁다. 서로 아웅다웅하면서 옥신각신할 수 있어서 즐겁다. 아이가 곁에 있어주는 것만으로 감사하다. 바라는 것이 사라진다. 잔소리했던 모든 것이 참 보잘것없게 느껴진다. 오늘을 어떻게 하면 더 즐겁게 보낼까 고민할 뿐이다.

미래라는 해충에게 더 이상 내어줄 시간은 없다. 야금야금 갉아먹는 지금 이 순간이 모여 어둡고 암담한 미래가 된다. 걱정하는 마음은 내려놓고 지금 이 순간을 내일 죽는다 해도 후회가 되지 않을 만큼 아이와 행복하게 보내는 것, 그것이 아픈 아이에게 내가 해줄 수 있는 최고의 치료법이 아닐까.

04

엄마라는 훌륭한 스펙

아픈 아이는
나의 고액 과외 선생님

가끔 의문이 들곤 한다. 나는 무슨 생각으로 엄마가 되었을까? 결혼하면 당연히 아이를 갖는다고 생각했다. 철없게도 아이를 갖기 위해 어떤 준비를 해야 하는지 조금도 고민하지 않았다. 좀 더 신혼을 즐기다가 아이를 갖고 싶은 마음뿐이었다. 남편보다 여섯 살 아래인 나는 아이를 마냥 미룰 수도 없겠다는 생각이 들었다.

'그래, 아이 낳고 좀 키워놓고 즐기면 되지.'

주변에서도 임신과 출산을 부추겼다. 결혼하기 전에는 어서 결혼하라고 부추기더니, 이젠 아이는 빨리 낳을수록 좋다고 부추겼다. 아이를 낳고 기르는 것이 어떤 일인지 알려주는 사람은 아무도 없었다. 막연히 잘되겠지 싶었다. 다들 낳는 아기를 너무 유별스럽게 생각한다며 마음을 가볍게 먹었다. 아이는 열 달 동안 무럭무럭 자라주었고, 출산도 비교적 쉽게 했다.

출산과 육아 관련해서 나의 첫 난관은 모유 수유였다. 2.7킬로그램으로 태어난 아이는 배고파하다가 젖만 물리면 잠들기 일쑤였다. 참 지독하게도 모유가 나오지 않았다. 계속 물리다 보면 양이 늘어난다는데 나는 고통스럽기만 할 뿐 진전이 없었다. 모유하는 과정이 얼마나 고통스러운지 참 많이도 울었다. 퉁퉁 부은 눈으로 아이를 보면서, 찐득한 땀을 견디면서 꾸역꾸역 모유 수유를 견뎠다. 그러나 수유는 결국 한 달을 넘기지 못했다. 빈혈까지 찾아와 돌지 않는 빈 젖을 포기해야 했다. 엄마가 줄 수 있는 최고의 선물이 모유 수유라고 말하는 방송과 책은 나를 얼마나 좌절시켰는지 모른다. 물론 모유 수유가 엄마가 줄 수 있는 최고의 선물은 맞는다. 모유 속에 들어 있는 양질의 영양분과 면역을 소젖이 어떻게 따라올 수 있을까. 다만 모유를 주고 싶어도 줄 수 없는 산모가 매정한 어머니로 묘사될 때마다 심정이 괴로웠다.

한번은 시댁 큰어머님이 말씀하셨다.

"우리 며느리는 애 셋을 다 모유 먹여서 키웠다. 젖이 남아돌아서 처치 곤란이었어. 하면 다 나오지, 왜 안 나오노. 해봐

라. 나온다."

지금이라면 웃어넘길 여유가 있겠지만, 당시에는 큰 상처가 되었다. 옆에 있던 남편이 어쩔 줄 몰라 하다가 집에 돌아와서 사과를 할 정도였다. 누구보다도 모유를 먹이고 싶은 마음은 굴뚝같았다. 더욱이 분유 수유는 모유 수유보다 훨씬 번거로웠다. 보온병 두 개에, 층층이 분유 가루를 담을 용기에, 서너 개의 젖병을 싸 짐 가방을 들고 다닐라치면 모유 수유를 누구보다 절실하게 하고 싶었다. 그렇게 어렵사리 수유기를 견뎠다.

아이가 밥을 잘 먹기 시작하자 한결 수월해졌다. 가벼워진 짐 가방을 들고 다니면 날아다니듯 가볍고 즐거웠다. 아이와의 외출도 훨씬 자유로워졌다. 아이가 좋아하는 캐릭터가 나오는 뮤지컬이나 영화를 함께 보기도 했다. 옹알이를 하던 아이는 한두 마디 또박또박 던지기 시작했다. 밤에 잠 못 자고, 수유 기간에 그렇게 고생하고, 바리바리 머슴처럼 짐을 싸 들고 다니며, 다시는 애를 안 낳겠다던 게 엊그제인데, 즐거웠다. 아이의 그 옹알이 한마디에 모든 시름과 괴로움은 과거가 되었다.

육아가 즐거워지기 시작하니 둘째를 가져야겠다는 생각이 들었다. 이왕 하고 있는 육아, 힘들 때 바짝 힘든 게 낫지 않을까 싶었다. 이런 내 마음을 눈치라도 챈 듯, 주변 사람들도 슬슬 둘째 이야기를 하기 시작했다. 귀가 팔랑거렸다.

18개월 차이 나는 연년생 둘째 아이를 배 속에 품었다. 입덧을 시작하며 다시 원점으로 돌아갔다. 달라진 것이 있다면 첫째 때보다는 여유가 생겼다는 것. 까짓것 분유 먹여도 잘 크더라 싶어 크게 스트레스 받지 않았다. 역시 한 달 수유를 하고 나니 몸이 적신호를 보냈다. 둘째도 분유를 먹고 무럭무럭 자랐다. 첫째는 이유식도 정성껏 해주었는데 둘째는 잘 먹지 않았다. 대신 때가 되니 밥을 먹었다. 아주 잘 먹었다. 책에서는 6개월이 되면 이유식을 먹는다고 했지만, 아이들마다 차이가 있다는 사실을 그때야 알았다. 매사에 아이들을 책과 연결 지으려 했던 생각이 참 어리석었구나 싶었다.

어른들은 아이를 책 보고 키운다고 혀를 끌끌 찼다. 하지만 나로선 주변에서 함께 키워주며 알려주는 이가 없었기에 달리 방법이 없었다. 어떻게 해야 할지 발을 동동 구르는 상황은 수시로 생기는데 그때마다 육아 전문가가 튀어나와 가르쳐주는 일은 없었다. 하루 종일 두 아이를 보는 일이 지쳐갈 때쯤, 첫아이가 어린이집을 다니기 시작했다. 몇 달 뒤면 둘째 아이도 어린이집에 다닐 참이었다.

일이 너무 잘 풀리면 무언가 불길한 일이 찾아오는 법인가. 건강했던 큰애가 뇌전증 진단을 받았다. 그때부터 나는 절망의 늪에 빠진 사람이었다. 엄마가 아니었다. 아니 어쩌면 아이가 아프기 전부터 나는 엄마라는 탈을 쓴 여자에 불과했을지도 모른다. 동물도 제 새끼를 먼저 챙기는데, 자신의 몸이 말라가도 새끼의 주린 배를 먼저 걱정하고 젖을 내어주는데, 나는 동물보다 못한 여자였다. 즐거운 일만 하고 싶어 힘들 때는 불평만 했다. 가슴 깊이 분노했다.

'내가 그동안 어떻게 참고 견뎠는데! 참고 견딘 결과가 고작 이거야!'

분노의 불길은 좀체 잡힐 줄 몰랐다. 불길은 잠잠해지는 듯하다가도 타올라 엄마의 탈을 쓴 여자가 돼 절망하고 분노했다. 아픈 아이를 대체 어떻게 하겠는가. 돌보는 수밖에 없었다. 그냥 돌볼 뿐이었다. 시간이 지나가길 바랄 뿐이다. 시간은 더디게 흘렀다. 나는 하루에도 여러 개의 가면을 썼다. 슬펐다가 기뻤다가, 우울했다가 즐거웠다가, 착했다가 나빴다가 종잡을 수 없었다. 결국 스스로에게 물어야 했다.

'나는 도대체 왜 엄마가 됐지? 무슨 생각으로 엄마가 됐지? 도대체 내가 상상한 미래는 무엇이지?'

내가 생각한 것은 잠시 엄마의 탈을 쓰고 연기하는 여자일 뿐, 엄마가 아니었다. 평일에는 각자 직장과 어린이집을 잘 다녀오고 주말에는 가족끼리 나들이를 즐기는 행복한 상상을 했다. 아이를 키우면서도 나는 나로서 살아갈 수 있으리라 생각했다. 그런 평범한 가족의 모습만이 내 삶의 일부이리라 생각했다. 큰 욕심은 아니라고 생각했기에 그렇게 살지 못하는 현실을 받아들이기 어려웠다. 꼭 그렇게 되지 못할 수도 있다는 것을 알지 못했다.

가족의 생계를 책임지기 위해 일하는 엄마들도 있지 않은가. 누군가는 새벽부터 밤늦도록 그릇을 닦기도 하고, 누군가는 하루 종일 서서 상품을 판매하기도 한다. 오로지 자식들을 먹이고 입히고 공부시키겠다는 일념으로 말이다. 아픈 아이를 어린이집에 밀어 넣고 일하러 가는 엄마도 수없이 많다. 심지어 자신이 아파서 아이를 돌볼 여유가 없는 사람도 있다.

내 모습을 돌아봤다. 나는 아이가 아프기 시작하면서 내 삶을 송두리째 빼앗겼다고 생각했다. 아이가 아프지만 않았어도 또다시 내 삶을 살 수 있으리라 생각했다. 내 바람처럼 아이가 아프지 않았다면 나는 어떤 삶을 살았을까? 두 아이를 어린이집에 보냈을 것이다. 아이를 보내놓고 일자리를 구해 일을 시작했을 것이다. 육아에서 해방되어 사람도 만나고 일을 하면서 무미건조한 삶을 살았을 것이다. 엄마의 본질이 무엇인지 고민하지 않았을 것이다.

아이가 아프고, 그러한 현실을 받아들이고, 병을 극복해내는 과정, 이 모든 상황은 엄마이기에 참아야 하는 여정이었다. 아이를 간호하면서 비로소 나는 엄마의 본질이 무엇인지 들여다보기 시작했다. 아이를 마음으로 바라볼 수 있게 되었다. 아이의 감정을 바라보고 토닥이는 엄마가 되었다. 아픈 큰애로 인해 상처받았을 둘째 아이에게 따뜻한 가슴을 내어주는 엄마가 되었다. 큰아이는 아프다는 이유로 자주 안아주었지만 둘째 아이는 정말 눈 밖에 있었다.

아이들의 각기 다른 상처를 어루만져줄 수 있는 엄마가 되고 있다. 나를 힘들게 하는 아이들이 어서 자라서 자유로워질 날만을 기다리던 나는 이제 아이들과 함께할 수 있어 행복하다. 아이들이 잠든 시간 찾아오는 꿀맛 같은 자유를 감사하며 즐길 줄 안다. 아이들이, 철없던 엄마를 이만큼 성장시켜준 것이다.

2016년에 큰 인기를 끌었던 드라마 〈태양의 후예〉에서 남자 주인공의 대사가 크게 유행했었다.

"그 어려운 것을 내가 또 해냅니다."

그 어려운 것을 또 해내는 사람이 바로 엄마이다. 보통의 여자라면 18킬로그램이나 나가는 아이를 들쳐 업고 KTX와 지하철, 택시를 번갈아 타면서 왕복 일곱 시간이 걸리는 병원을 하루 만에 다녀올 수 있을까? 병원에서 기다리는 동안 울고 보채는 아이를 안고 다독여가며 한 손에는 짐 가방을 들고

서 웃을 수 있을까? 온몸에 땀이 비 오듯 흘러내리는데 아이에게 웃으면서 괜찮다고 토닥여줄 수 있을까? 그 어려운 일을 엄마라는 여자는 해낸다.

육아는 결코 장밋빛이 아니다. 광고 속 아름다운 장면을 상상한다면 당장 그 상상을 접어야 한다. '미치고 팔짝 뛸 노릇'일 때가 80퍼센트이고, 사랑스러워 죽겠을 때가 20퍼센트이다. 한마디로 고된 노동이다. 좀체 이유를 알 수 없는 상황이 하루에도 수십 번 수백 번 나타난다. 내가 다중인격자는 아닐까 싶은 순간이 무시로 찾아온다. 우는 아이 달래며 밥 먹이고, 발로는 걸레질을 하는 멀티플레이어가 된다. 따뜻한 밥은 아이들 몫이다. 엄만 뜨뜻미지근한 밥이라도 먹을 수 있으면 다행이다. 우리 아이처럼 병이라는 시련을 겪을 수도 있다. 육아로 고생한다고 해서 누군가 인정해주는 것도 아니다. 집안일은 해도 해도 표가 나지 않아 욕먹을 때도 있다.

그럼에도 불구하고 아이를 키우는 이유, 엄마가 되는 이유는 엄마라는 사람으로 다시 태어나기 때문 아닐까. 욕망에 둘러싸여 동물로 살았던 내가 생각을 깊이 하는 사람이 되었다. '사람'이라는 존재에 '엄마'라는 또 다른 존재를 추가해 한층 더 성숙해졌다. 엄마가 되어 분명히 무척 고되지만 성숙한 사람이 되고 있다는 사실은 굉장히 기쁜 일이다. 거창한 철학 이론이 없어도 엄마들은 육아를 몸으로 실천하며 한 사람의 철학자가 되어간다. 아이는 우리를 성장시키는 고액 과외 선생인 셈이다. 이제껏 그 누구도 이렇게까지 직접 사람이 되는 방법을 가르쳐주지 않았는데 아이는 몸소 자신을 희생해 엄마를 성장시키고 있다.

사람이 성숙해지는 길은 여러 가지가 있겠지만 그중 엄마의 길을 택해봄 직도 하다. 성숙한 사람이 되고 있는 나 자신만큼 훌륭한 훈장이나 스펙은 없다. 엄마라는 길을 택한 데에 자부심을 느낀다. 누구보다 성숙한 사람이 되고 있음에 자부심을 갖고 오늘도 아이에게 배우고, 또 배우고 있다.

자신을 먼저 사랑해야 할 때

아이들 덕분에 성숙한 사람이 돼가는 기쁨도 있지만, 아이가 아프면서 포기한 것도 많다. 우선 직장인이 되는 것을 포기했다. 아이 둘을 어린이집에 보내고 마침내 나도 직장에 다닐 수 있으리라 생각했지만 접어야 했다. 심신이 건강했던 아이에게 갑자기 닥쳐온 병은 마치 쓰나미처럼 우리 가정을 휩쓸었다. 아무 대책도 없이 순식간에 집안이 폐허가 되었다. 앙상하게 남은 기둥만 부여잡고 우리 가족은 겨우 살아남았다.

직장인의 길을 포기하는 건 몹시 뼈아픈 일이었다. 남들처럼 수천만 원을 들여 대학 공부를 마쳤고 사회복지사라는 어엿한 직업을 얻었기에 포기하겠다는 생각이 들지 않았다. 물거품이 될 줄은 몰랐다. 지금도 때로 아이 둘을 뒤치닥거리하며 내가 대학 공부를 왜 했는지 의문이 들 때가 있다. 차라리 그 학업비로 육아에 도움이 되는 방법을 배웠더라면 지금 덜 힘들지도 모른다는 엉뚱한 생각도 했다.

우리 아이가 겪는 병의 특징 중 하나는 날마다 아픈 건 아니라는 점이다. 아플 때는 보름씩 입원하다가도 괜찮은 날도 많았다. 아이의 컨디션이 좋을 때면 다른 마음이 슬그머니 고개를 들었다.

'이대로 괜찮을까?'

'애 다 키워놓고 뭐 하고 살래?'

'애만 보다 이렇게 인생이 끝나는 걸까?'

이런 상념을 떨치려 에어로빅 학원에 등록했다. 불어난 몸과 축 처지는 하루에 생기를 불어넣고 싶었다. 한 달 가까이 신이 나서 다녔다. 수업을 따라가기도 어려울 만큼 몸치인 내가 신이 난 건 아이에게 벗어나 사람들을 만나고 웃을 시간이 생겼다는 즐거움 때문이었다. 몸이 조금씩 흥겨워질 즈음 아이는 다시 응급실로 향했다. 퇴원한 뒤에도 간호가 필요했다. 에어로빅은 잊고 아이를 돌보며 시간을 보내고 나니 어느덧 계절이 바뀌어 있었다. 다시 돌아갈 엄두가 나지 않았다.

포기하는 것이 점차 늘었다. 그러다 보니 무엇에도 도전하고 싶지가 않아졌다. 집에서 아이와 옥신각신하며 하루하루를 보냈다. 기약 없이 집에서만 생활하자니 마음이 힘들었고, 아이 원망도 많이 했다. 좋은 엄마가 되기 위한 노력보다 지금 하고 있는 것만으로도 벅차다고 생각했다. 아이가 이런 내 마음의 태도를 느끼지 못했을 리 없다.

나는 쇼핑으로 도피했다. 육아 용품을 구매하는 것이 유일한 낙이 되어, 인터넷으로 검색하고 결제하기를 반복했다. 육아 용품 구매는 좋은 도피처였다. 나를 위한 물건을 구입하는 것이 아니니 말이다. 아이에게 책을 읽어주면서도 다른 한 손으로는 스마트폰으로 육아 용품을 검색하고 있었다. 결제 버튼을 누르면 한순간 쾌락을 느꼈다. 택배 기사님이 오면 그렇게 반갑고 설렐 수가 없었다. 사들이는 물건 중 반은 불필요했다.

어느 날 가만히 포장도 뜯기지 않은 물건들을 바라보았다. 물건들이 내게 말을 거는 듯했다.

"너희 집에 와서 우리가 하는 일이 없어. 우리를 꼭 샀어야 했니?"

나는 아쉬운 마음을 뒤로하고 과감히 중고로 팔거나 필요한 사람들에게 나누어 주었다. 더 이상 스마트폰으로 육아 용품을 검색하지 않았다. 그러고 나자 시간이 거북이처럼 흘러갔다. 한 시간이 10년처럼 느껴졌다. 해야 할 일을 했지만, 마음이 속수무책으로 방황했다.

'나 이제 뭐 하지?'

결혼 전 직장생활을 할 때 나는 얼마나 열정적이었나. 그런 사람은 어디 가고 이렇게 무기력한 사람만 남았나. 이 불쌍한 여자는 앞으로의 인생을 어찌 살려 하나. 내 삶이, 나라는 사람이 아무 의미도 없는 듯해 한없이 가라앉았다. 한참을 늪에서 허우적거리며 하루하루를 육아와 간호, 집안일을 쳐내며 살았다. 어두컴컴한 정글 속에서 볼품없는 연장 하나를 쥐고 덤불을 걷어내는 기분이었다.

어느 날 남편이 내게 책 한 권을 쥐어주었다. 회사 선배가 추천하며 빌려준 책인데 재미도 있고, 의미도 있는 베스트셀러라고 했다. 정신이 번쩍 차려졌다.

'가만, 내가 책을 언제 읽고 안 읽었지?'

육아 잡지며 그림책은 열심히 읽긴 했다. 그런 것 말고 나를 위한 책을 언제 읽었는지 기억이 나지 않았다. 평소 같았으면 아이들이 낮잠을 잘 때 나도 함께 잠들었을 텐데, 남편이 준 책을 펼쳐보았다.

이지성 작가의 《꿈꾸는 다락방》(국일미디어, 2007)이었다. 보잘것없는 다락방에서 꿈을 실현한 작가의 삶과 인생론은 내 심장을 뜨겁게 했다. 순식간에 책을 읽어버렸다. 두근거리는 마음으로 책을 덮었다. 내게도 꿈이 있나 생각해봤다. 꿈은 어린 시절에나 꾸는 것이라 생각했다. 다 큰 어른이 꿈꾼다고 하면 망상에 젖은 이상주의자 정도로 보인다고 생각했다. 내가 하찮게 생각했던 꿈은 장차 꽃을 피우고 열매를 맺는 가장 근본이 되는 씨앗이었다. 나는 씨앗을 마음속에 품을 줄 몰랐다.

'나도 꿈이란 놈을 꾸어볼까?'

마음에 씨앗을 심고 가꾸고 싶어졌다. 꽃을 피우고 열매를 맺고 싶다는 열망이 끓어오르기 시작했다.

그때부터 다시 책을 읽었다. 꿈을 가져보고 싶지만 어떤 꿈을 꾸어야 할지 막막했다. 꿈은 이루어진다는 말이 쉽게 회자되지만 나의 현실을 마주하면 자신이 없어졌다. 나는 어려운 상황에서도 꿈을 꾸고, 열매를 맺은 다른 사람들의 이야기가 궁금해졌다. 사람들은 어떤 꿈을 꾸고 어떤 결과를 맺었는지 궁금해졌다. 책들은 내게 숱한 사람들이 고통받고 있지만 좌절하지 않고 성공한 사람이 많다고 알려주었다. 고통 속에서 살아가면서도 오로지 꿈을 꾸고, 할 수 있다는 믿음으로 이겨낸 사람들의 이야기는 내게 많은 힘을 주었다. 내가 지금 당장 꿀 수 있는 꿈이 무엇이 있을까? 재잘거리며 놀고 있는 아이를 바라봤다. 정성을 다해 아이를 잘 키우는 것이 지금 이 순간 내가 이룰 수 있는 꿈이라는 생각이 들었다. 누군가는 웃을지도 모른다. 자가 애는 당연히 잘 키워야지, 그게 무슨 꿈이냐고 비웃을지도 모르겠다. 하지만 나는 아이를 어떻게 키운다는 목표도, 방향도 없는 상태였다. 나는 구체적으로 고민하기 시작했다.

'잘 키우고 싶다. 더 이상 하루하루 의식주만 제공하는 지친 엄마이고 싶지 않다.'

'어떻게 하면 아이를 잘 키울 수 있을까?'

우선 육아서를 닥치는 대로 읽었다. 그동안 내가 했던 육아는 육아가 아니었다. 아이를 배려하지도 않았고, 진심으로 사랑할 줄 모르는 엄마였다. 육아서를 읽기 전에는 읽기만 하면 아이를 잘 키울 수 있는 노하우와 열정이 샘솟을 줄 알았는데, 책 속에는 엄마를 질책하는 내용이 많이 있어 자책감이 들었다. 나는 정말 나쁜 엄마였구나 싶었다. 깊은 후회가 밀려와 견딜 수가 없었다. 더군다나 많은 육아서가 아픈 자녀를 키우는 엄마를 이해하고 배려하지 않았다. 속이 상했다. 글을 쓴 저자가 우리 집에 와서 한번 우리 아이를 키워보면 이렇게 말할 수 없으리란 생각이 들어, 미움이 솟기도 했다. 이래 가지고 아이를 잘 키울 수나 있을지 모르겠다며 읽고 있던 책을 거칠게 덮었다.

그러고는 눈을 감았다. 내가 왜 이렇게 분노할까? 꿈을 꾸겠다고 덤빈 것까진 좋았는데, 이제야 내 삶에 희망의 빛이 보였는데, 나는 또 왜 좌절하고 있을까? 고요하게 마음을 가라앉히고 자신에게 물었다. 너는 이대로 변화하고 싶지 않은 거니? 내 마음은 꿈꾸는 삶이 좋다고 말했다. 다만 위로를 먼저 얻고 싶었다. 간절히 꿈꾸고 밝은 미래를 얻고 싶었다. 하지만 내 마음엔 아직 상처가 많았다. 이 상처를 아무도 위로해주고 치유해주지 않았다는 생각이 들었다. 누군가 내 마음을 바라봐주고, 안아주었으면 싶었다.

'나 자신을 채찍질하기 전에 먼저 누군가 내 상처를 안아주면 좋겠어. 그런 다음에 꿈을 위해 노력하고 싶어.'

마치 내 안에서 또 다른 내가 있는 듯 호소하는 울림이 들려왔다. 마음만 앞선 열정이 상처받은 나를 위로해주지도 않은 채 어서 꿈을 향해 노력하라고 재촉만 했던 것이다. 아이를 키우며 내가 받았던 고통, 희생이라 여기며 포기했던 것, 하루하루 지쳐만 가는 생활. 그것들을 먼저 이해해주고 위로해주어야 했는데, 내 마음은 상처받아 울고 있는데 알아채지 못했다.

'너 너무 힘들었구나. 내색하지 못하고 삼켜낸 고통이 마음을 할퀴어 흉터로 남았구나.'

눈시울이 뜨거워졌다. 볼을 타고 흐르는 눈물이 탈 듯이 뜨거웠다. 나는 혼자서 두 눈이 퉁퉁 부어 앞이 잘 보이지 않을 정도로 울었다. 엉엉 모든 것을 쏟아내고 나니 마음이 시원해

나는 다시 새로운 꿈을 꾸었다. 온전한 내가 되길,
나를 진심으로 사랑하길.

졌다. 경련으로 고통스러워하는 아이는 안아주었으면서, 왜 내 마음에는 그렇게도 인색했을까. 어쩌면 내 마음을 감싸주고 소중히 했더라면 아이를 원망하고, 가시돋힌 말을 하지 않았을지도 모른다. 아이를 잘 키우고 싶다는 꿈은 내가 먼저 온전한 존재가 되었을 때 이룰 수 있는 꿈이었다. 내가 비틀거리는데 아이를 어떻게 부축할 수 있을까. 내 마음에 상처가 가득한데 어떻게 아이의 상처를 진정으로 감싸 안을 수 있을까. 아이를 우선으로 생각해야 한다는 믿음은 알고 보니 아이를 위한 길이 아니었다.

나는 다시 새로운 꿈을 꾸었다. 온전한 내가 되길, 나를 진심으로 사랑하길. 나에게 진심으로 사랑한다고 수시로 이야기했다. 잘하고 있다고 응원했다. 내 손으로 내 어깨를 토닥였다. 부끄럽고 쑥스러웠지만 용기를 냈다. 온전한 내가 되는 첫걸음이라 믿었다. 나를 사랑해주었더니 나도 모르는 사이 아이에게 진심으로 사랑을 표현하고 있었다. 아이에게 너그러워지는 나를 발견했다. 그러고서 다시 육아서를 집어 드니 한 문장 한 문장이 질책이 아닌 조언으로 다가왔다.

자기 자신을 사랑하는 사람이 타인도 진심으로 사랑할 수 있다는 말은 엄마와 아이 사이에도 해당됐다. 아픈 아이를 두고 있는 엄마들이 가장 먼저 할 일은 자신을 사랑하는 것이다. 나는 오늘도 잠들기 전 나를 토닥이며 말한다.

"수빈아, 넌 최고로 잘하고 있어. 너를 진심으로 사랑해."

처음에는 무척 쑥스럽고 어색했지만 이제는 그런 말을 할 때면 편안해진다. 누구보다도 나를 사랑하는 마음을 먼저 품어야 한다는 중요한 사실을 먼 길을 돌아서야 깨달았다. 나를 사랑할 때, 아이도 행복하고 가족도 행복하다.

내가 쉽게 내뱉은 한마디

"애가 왜 아프노?"

"애가 왜 계속 경기를 하노?"

여전히 사람들이 나를 가장 아프게 하는 말은 이런 질문이다. 물론 이제는 그분들이 진심으로 궁금하고 걱정이 돼서 물어본다는 것 잘 안다. 하지만 나도 아이가 왜 아픈지 알고 싶은 입장이다 보니, 이런 유의 질문을 받을 때면 마음이 무거워지고 상처를 받기도 한다.

의사들은 아이에게 '상세 불명의 난치성 간질'이라는 빨간 딱지를 붙였다. 원인이 너무 많아 원인이 없고 딱히 알 길도 없다고 한다. 어떤 여자아이는 생리 기간에 경기를 많이 하기도 하고, 어떤 아이는 스트레스를 받으면 하기도 한다. 특별하게 원인이 있는 아이가 있는가 하면 우리 아이는 그런 원인이 없다. 너무 피곤해서 경기를 하나 싶어 충분히 쉬게도 해보았지만 그것과는 무관했다. 한번은 닭 요리를 먹은 날 경기를 해서, 그 뒤 닭이나 오리 요리는 피했지만 딱히 관련이 없었다. 정말 원인을 특정할 수가 없었다.

많은 방법을 강구해보았고 많은 이의 조언을 들었다. 많은 사람이 다양한 사람을 소개해주고 싶어 했다. 용하다는 점쟁이, 바늘로 혈 자리를 찾아 따주는 사람, 귀신을 내쫓아준다는 퇴마사까지 소개받았다. 하나같이 그들은 뭐라도 해봐야 하지 않겠느냐고 했다. 마음은 참 고마운데 결과적으로 돈만 낭비하고 아무런 효과도 보지 못했다.

아픈 아이들의 부모는 '돈' 생각은 하지 않는다. 아이를 조금이라도 살리는 길이라면 빚을 내서라도 뛰어든다. 그런 부모의 마음을 주변 분들이 조금만 더 깊이 헤아려준다면 얼마나 좋을까.

우리 가족이 미신적 방법에 귀를 기울였던 이유는 아이가 아프기 시작한 타이밍 때문이었다. 시할머님의 장례식장에서 이틀을 보낸 뒤 아이가 아팠기에 양가 부모님은 장례가 원인이라 생각했다. 그때 절에서 천도재라는 것을 지내게 되었다. 천도재를 지내는 데도 많은 비용이 들었다. 스님은 천도재뿐 아니라 아이의 몸 안에 있는 귀신들을 빼내준다며 이마에 손을 얹고 기운을 불어넣는 의식을 했다. 스님은 이 의식이 자신의 기를 다 빼앗아 아주 힘든 과정이라는 것을 강조했다. 갈수록 요구하는 돈이 많아졌고, 그 돈 아니면 치료해주지 못하겠다고 했다. 발병한 지 얼마 되지 않아 양가 부모님은 혹시나 기적이 일어나지 않을까 하는 마음에 거절하지 못했다. 대놓고 돈을 요구하는 스님을 보며 부처님을 모시는 삶을 사시는 분이 지나치다는 생각이 들었다. 결국 우리 가족은 오랜 논의 끝에 그만두었는데, 결과적으로 아이는 아이대로 고생했고, 나는 나대로 지쳤으며, 가족 모두는 크게 실망해야 했다.

하루는 아이를 맡았던 어린이집 담임선생님이 전화를 해오셨다.

"제가 어릴 때, 우리 엄마가 경기하는 아이들을 바늘로 낫게 해준 적이 많아요. 멀리 계셔서 이야기하지 못했는데 마침 일이 있어 며칠 저희 집에 머무르게 됐어요. 혹시 생각 있으시면 저희 집에 오셔서 창현이를 저희 엄마한테 보여줬으면 해서요."

우리는 당장에 아이를 데리고 선생님 댁으로 향했다.

"경기하면 언제고 찾아온나. 바늘로 따면 낫는다."

할머니는 아이가 낫길 바라는 마음으로 밤낮 관계없이 아이의 손에 있는 혈 자리를 찾아 바늘로 따주셨다.

"병원에서 먹는 약은 아한테 엄청 독하다이. 조금씩 줄여봐봐. 내가 따줄 테니게."

어리석게도 그 말을 또 한 번 믿었다. 약을 줄여가면서 아이의 경련은 점차 더 늘어났다. 새벽에 늘어진 아이를 들쳐업고 할머니를 찾아갔다. 바늘로 수없이 찔러댔다. 아이는 선생님 댁을 나올 때마다 옷이 흠뻑 젖고 바지에 오줌을 싸기도 했다. 눈물 콧물로 범벅이 돼 발버둥치는 아이를 남편과 둘이서 잡을 때면 내 마음은 새까맣게 타다 못해 순식간에 재가 되었다. 할머니의 말씀대로 했지만 아이는 차도가 없었다. 할머니는 따는 걸로는 안 되겠다며 다른 방법을 알려주셨다.

"우리 큰딸이 어렸을 때 경기를 했는데 그때, 고모부가 해준 방법이 있데이. 우리 아도 뭘 해도 안 되든기 그거 한 번 해갖고 나았다 아이가. 살아 있는 닭 한 마리를 사래이. 배를 갈라서 내장을 꺼내고 나서 닭하고 얼라 배를 딱 붙혀가 한 시간을 놔두면 된다. 우리 아도 그라고 나니 온몸에서 땀을 흘리대. 다 끝나고 나서 닭을 본께네 아 몸에 있던 독을 다 빼먹어서 새까맣게 변하는 거 아이가. 어서 가서 함 해봐라."

나는 도무지 용기가 나지 않았다. 양가 부모님은 지푸라기라도 잡는 심정으로 나를 설득하셨다. 커다란 장닭 한 마리를 사서 시도했지만 차도가 없어 한 마리를 더 잡았다. 아이가 잠들자마자 내장을 쏟아내고 뜨거운 김을 뿜어내는 닭을 아이 배에 얼른 칭칭 감아주었다. 감는 중에 아이는 이상한 느낌에 소스라치게 놀라 버둥거리며 울기 시작했다. 세 사람이 달라붙어 아이의 팔다리, 머리를 붙잡았다. 친정 아버지는 연신 눈물을 훔쳐냈다. 우리 모두 기적을 바라며 고통스러운 과정을 두 번이나 반복했다. 아이의 배에는 뾰족한 닭뼈가 스쳐 상처가 남았다. 아이가 입은 상처는 우리 부부와 부모님 가슴에도 고스란히 깊은 흉터로 남았다.

아이는 전혀 차도를 보이지 않았다.

"야는 안 되겠다. 고마 병원에서 시키는 대로 해라."

마음이 털썩 주저앉았다. 안 되리라 생각했으면서도 기대했던 것이다. 그렇게 많이 속았으면서 또 한 번 기대했던 내 어리석음에 기가 차고 만감이 교차했다. 토끼고기 삶은 곰국, 빨간색 가루(영사), 각종 한약 등 그간 아이가 안 먹어본 게 없었다. 그런 방법으로 아이를 치료해주겠다던 분들이 거짓말했다고는 생각지 않는다. 정말로 토끼고기 삶은 곰국이나 한약 등을 먹고 나은 사람도 더러 있었을지도 모른다. 하지만 뇌전증은 상당히 여러 갈래로 분류되고 아이들의 증상도 매우 다양하다. 자신의 작은 경험만으로 뇌전증을 앓는 아이 모두를 치료할 수 있다고 믿었던 생각이 지금에 와서는 놀랍기만 하다. 아픈 아이를 둔 부모의 절박한 심정, 처절하고 처연한 상황을 한 번이라도 진지하게 생각해주셨다면 얼마나 좋았을까. 우리 가족을 돈벌이의 대상이 아니라 치료의 대상, 고통과 아픔을 겪고 있으니 공감해주어야 할 대상으로 봐주셨다면 얼마나 좋았을까. 무엇보다 우리가 비합리적인 치료법에 좀 더 냉정히 대응했다면 얼마나 좋았을까. 치료할 수 있다고 말하는 그 자신감에 속절없이 기대야 했던 우리는 깊이 좌절했고 많은 상처를 입었고 크게 자책했다.

내가 살면서 가장 가슴 아프게 바라보는 이들은, 아이에게 먹일 것이 없고, 매일 굶어서 점차 의식을 잃어가는 아이를 바라보는 엄마들이다. 유니세프나 세이브더칠드런 같은 공익광고를 보면 앙상한 아이를 안고 슬픈 눈을 하고 있는 엄마의 모습이 종종 나온다. 얼마나 마음이 아프고 절박할지 온몸으로 느껴진다. 굶어 죽어가는 아이를 보는 엄마들에게 조언한답시고 무슨 일이라도 해서 아이를 먹여 살려야지 뭐 하고 있냐고 소리치는 것이나 아무 근거도 없이 자신감 하나만으로 치료할 수 있다고 내세우는 것이나 부모들에게 상처가 되기는 매한가지다.

물론 건강한 아이를 둔 부모도 있을 것이다. 내 아이는 아프지 않아 공감하기 어렵다고 생각하는 이들도 있을 것이다. 그러나 곰곰 생각해보면 세상에 아프지 않은 아이는 없다. 오늘 밝게 웃으며 유치원에 가다 사고를 당하는 아이가 뉴스에 나오기도 한다. 안전할 것만 같은 집 안에서도 조금만 방심하면 아이들이 다친다. 뜨거운 기름이 튀어 데이기도 하고, 깨진 그릇에 손이 다치기도 하고, 뛰어놀다가 넘어져 찰과상이나 골절을 입기도 한다. 아이들은 정말 한순간이라도 눈을 떼면 어떤 일이 일어날지 모른다. 모든 아이가 언제 아픈 아이가 될지 모르는 세상이다. 아픈 아이들을 안타깝게 여겼으면 한다. 내가 쉽게 내뱉는 한마디가 아이와 부모에게 얼마나 상처를 주는지 헤아려주었으면 한다.

나만 해도 아이에게 쉽게 상처를 주곤 한다. 아이가 물을 엎질렀을 때 내 눈에는 물이 쏟아진 것만 들어온다. 앉아서 조심히 물을 마시면 쏟지 않을 수 있다고 아이에게 잔소리를 쏟아낸다. 잠시 후 아이의 입에서 작게 한마디가 흘러나온다.

"엄마가 더워 보여서 갖다 주려고 하다가……."

쿵, 심장이 내려앉는다. 아이는 나를 배려하려다 물을 쏟았다. 잘하려고 한 행동이 좋지 않은 결과가 되어버린 것이다. 하지만 단지 실수였다. 나는 실수를 한 치도 용납하지 않고 아이에게 상처 주는 말을 퍼부었다. 아이가 얼마나 속상했을까. 아이의 상황을 이해하려고 노력하지 않고 생각도 없이 뱉은 말은 주워 담을 수가 없었다. 걸레를 가져와 아이와 바닥을 닦으며 사과를 했다.

"창현아 미안해. 너는 엄마를 챙겨주려다 실수를 한 것뿐인데 엄마가 너무 심하게 말한 것 같아."

아이는 눈물을 닦으며 씨익 웃는다.

"괜찮아, 일부러 그런 것도 아닌데."

아이는 나에게 또 가르침을 준다. 그래, 아이가 일부러 그런 것도 아닌데, 마음을 너그럽게 먹고 조심히 말을 하자. 머리를 끄덕이며 아이를 꼬옥 안아주었다.

힘들면
힘들다고 말해요

가게 카운터 앞에서 계산을 하려고 지갑을 꺼냈다. 지갑의 지퍼가 잘 열리지 않았다. 무언가 걸린 느낌이 들어 살펴보니 꾸깃한 영수증이 지퍼의 발목을 붙잡고 있었다. 조심히 열어 영수증을 밀어 넣고 계산을 했다. 지갑을 가방 속에 도로 넣으려는데 좀처럼 잘 들어가지 않았다. 가방은 그만 좀 밀어 넣으라고 아우성을 쳤다. 지갑이 들어가고도 남을 가방인데 이상한 일이었다. 무슨 일인가 싶어 가방을 들여다보니 꾸깃한 영수증과 잡동사니가 뒤엉켜 있었다. 결제를 마치고 카드를 건넨 직원이 나를 흘끗 쳐다봤다. 정리되지 않은 가방 속을 직원에게 들킨 것 같아 힘으로 밀어 넣고 얼른 가게를 나왔다.

집으로 돌아와 가방을 거꾸로 들어 모든 것을 쏟아냈다. 가방은 그제야 편안해 보였다. 가방 속에는 우선 어제 놀이터에서 아이가 벗어 던진 양말, 꾸깃한 영수증들이 들어 있었다. 지갑은 숨통이 터진다며 아우성이었다. 가지고 다니는 메모지와 볼펜은 귀퉁이가 너덜하고 끝이 닳아 있었다. 정리되지 않은 가방이 꼭 내 모습 같아 마음이 불편해졌다. 지갑 속의 구겨져 있던 영수증은 혹시 낭비한 것 아니냐고 한마디씩 하고 장렬히 전사했어야 했는데, 그날의 영수증은 반성의 기회로 삼고 폐기했어야 했는데 그러지 못했다.

영수증을 볼라치면 용기기 나지 않았다. 왠지 불편했다. 무언가 지출해서 받은 영수증이 너는 낭비를 하고 있다고 쓴소리를 할 것 같아 꾸깃하게 쑤셔 넣고 다녔다. 그러다가 가방이 무거워질 때쯤 꺼내 갈기갈기 찢어 쓰레기통에 던져버렸다. 온몸은 깔끔하게 매만지고 다니면서 정리되지 않은 생활은 타인에게 숨기려고 했던 것, 그것이 바로 진짜 내 모습이었다.

꾸깃해진 영수증을 바로 펴서 내용을 꼼꼼히 읽은 다음에 차곡차곡 정리했다. 가방 속에 뒤죽박죽 섞여 있던 물건들을 정리하고 지갑 속 아무렇게나 꽂혀 있던 신용카드들도 제대로 꽂았다. 그러자 가방은 다시 넉넉한 마음으로 공간을 내어주었다. 구겨져 있던 영수증을 정리했을 뿐인데 가방은 한결 가벼워지고, 내 마음도 돌덩이를 내려놓은 듯 가뿐해졌다. 홀

쭉해진 가방의 지퍼를 막힘없이 슥 닫았다. 아! 가방 지퍼를 닫아본 게 언제였지? 마치 요술 가방처럼 책도 넣고 지갑, 스마트폰, 영수증 등을 마구 넣은 내 가방은 돌이켜보니 그동안 제대로 닫힌 적이 거의 없었다.

꾸역꾸역 온갖 물건을 담고 있던 가방에 순간 감정이 이입됐다. 제대로 들어가지도 않는 온갖 물건을 담고 있던 가방처럼 나 역시 아이와 주변 사람들에 대한 갖가지 원망을 품고 살았다. 결국 가방이 지갑을 토해냈듯 나도 사람들에게 배려 없는 말 한마디, 섣부른 조언을 더 이상 받아들일 수 없다고 말했으면 됐을 텐데 묵묵히 받아 넣고서 앙금을 쌓았다. 나는 의무와 무거운 감정으로 이미 포화 상태인데 사람들은 쉽사리 "엄마가 돼가지고……"라는 말을 했다. 엄마가 돼서 이 정도로 힘들다고 하면 되겠니, 아이는 더 아픈데, 너보다 더 힘든 사람들도 다 견디고 사는데 너는 엄마가 돼서 불평불만만 하다니! 나 역시 스스로를 끝없이 몰아세웠다. 내 가방 속처럼 엉망이 되었다. 억울하고, 속상하고, 섭섭하고, 절망스러운 마음이 뒤죽박죽이 돼 마침내 속마음을 표현하기 시작했다. 후련했다. 아우성치던 생각이 빠져나가니 속이 시원했고, 안도의 한숨이 쉬어졌다.

서울에 있는 대학병원에 외래 진료가 있던 어느 날, 친정 엄마는 바쁜 시간을 쪼개 동행하셨다. 늘 혼자 아이를 데리고 서울을 오가는 딸이 안쓰러웠는지 함께 가시겠다고 했다. 나는 엄마의 바쁜 일상을 알기에 괜찮다고 했지만, 차비도 본인이 내겠다며 한사코 동행하셨다.

외래 진료를 가면 예약을 해도 대기 시간이 길었다. 아이는 임상 시험에 참여하고 있어서 피 검사를 비롯한 각종 검사를 받기 위해 검사 후 대기, 검사 후 대기를 반복했다. 오르락내리락 할 일도 많고, 아이가 졸리다고 보채는 통에 업고 돌아다녀야 했다. 친정 엄마는 내가 힘들까 무거운 손자를 당신이 업으셨고, 업지 않을 때는 짐을 다 들어주셨다. 덕분에 오랜만에 수월하게 외래 진료를 보고 내려왔다. 내려오는 내내 굳은 표정으로 있던 엄마는 집에 도착해서 처음으로 입을 열었다.

"앞으로는 내 기차비는 내가 낼 테니 무조건 같이 가야 한다. 세상에 그 무거운 짐을 들고, 애를 업고, 오르락내리락 하며 어떻게 다녔니!"

겉으로는 호통이었지만 엄마의 말 속엔 걱정이 묻어나 있었다. 물론 외래 진료는 굉장히 힘든 일이다. 한번 다녀오고 나면 이틀은 컨디션이 엉망이 되었다. 나는 다른 사람을 배려한답시고 늘 혼자 다녔지만 정신적, 육체적으로 괜찮은 적이 한 번도 없었다. 엄마는 하루를 함께하시며 미련한 나를 일깨워주셨다.

힘들면 힘들다고 말하며 도움을 청하고 함께 길을 모색했다면 내 마음이 벼랑 끝까지 가지 않았을 것이다. 왜 무조건 내가 다 해야 한다고 생각했을까? 할 수 있는 한 스스로 헤쳐 나가야 하는 것은 맞지만 능력 밖의 상황이 닥쳐오는데도 꾸역꾸역 버틴다면 문제였다. 당연히 내 상황에 기꺼운 마음이 들지 않았다. 불평과 불만, 원망, 꼬리에 꼬리를 무는 부정적인 생각뿐이었다. 지퍼를 닫을 수 없는 상태로 입을 벌린 채 있었던 내 가방처럼 힘듦과 원망을 꾸역꾸역 품고 있었다.

이제 나는 더 이상 그렇게 미련하게 버티지 않는다. 할 수 있는 일과 없는 일을 과감히 구분한다. 내가 할 수 있는 일은 즐거운 마음으로 감싸 안는다. 안을 수 있음에 행복해지고 소중해진다. 할 수 없는 일은 누군가와 함께하면 할 수 있는 것과 어떻게 해도 불가능한 것으로 구분한다. 함께하면 할 수 있는 일을 할 때는 즐거운 마음으로 도와줄 누군가를 찾는다. 분명 그 사람도 자신이 할 수 없는 일이라면 미안한 마음으로 거절할 테니 배려한답시고 꾸역꾸역 혼자 하던 일을 내려놓고 있다.

더 이상 불평불만, 원망 따위는 하지 않는다. 나는 이제 적당한 분량의 꼭 필요한 물건만 담고 있는 가방이 되었다. 나의 크기에 알맞게 살아간다. 주어진 것을 소중하게 여길 줄 알고 감사하게 생각한다. 다음번에는 어떤 새로운 물건을 담을 수 있을지 생각하며 빙그레 미소 지으며 가방의 지퍼를 닫는다.

마음먹기에 달렸다는 말

이상훈의 《1만 시간의 법칙》(위즈덤하우스, 2010)이란 책을 읽은 적이 있다. 하루아침에 성공한 사람도 있겠지만 성공한 사람 대부분은 자신의 분야에서 1만 시간 이상을 꾸준히 투자했다고 한다.

나는 32년이라는 시간을 무척 치열하게 살았다고 생각했다. 열심히 살았다. 다만 그뿐이다. 살아갈수록 무언가를 성취하고 이루는 것 없는 삶이 무미건조했고, 자존감은 갈수록 떨어졌다.

내가 살아온 시간을 계산해보면 하루 24시간×365일×32년이 된다. 28만 320시간을 살았다. 그중 먹고 자는 시간을 제외하고 하루 여섯 시간 기준으로 본다면 7만 80시간이라는 시간이 주어졌다. 마음만 먹는다면 아무리 시간을 허비해도 최소 세 번은 전문가가 되고도 남는 시간이었다. 머리가 똑똑하든 그렇지 않든 1만 시간을 노력한다면 설사 전문가까지 되지는 못하더라도 전문가에 준하는 실력자가 되고도 남았을 텐데 세 번이나 전문가가 될 기회를 놓쳤다니 헉 소리가 났다.

시간의 소중함을 알면 알수록 지금 더 열심히 할 것 같지만 오히려 과거에 대한 미련에 빠지게 된다. 누구는 책을 몇백 권 이상 읽었다, 누구는 파워블로그가 되었다, 누구는 책도 내고 강의하러 다닌다, 누구 애는 한글도 떼고 책도 술술 읽는다 등 끊임없이 비교할 거리가 날아왔다. 자유롭게 무언가를 해볼 수 있는 시간을 허무하게 버렸다는 생각에 기분이 언짢았다. 나도 귀한 시간을 의미 있는 일에 썼다면 좋았을 텐데, 후회만 하고 있었다.

그러다 정신이 번쩍 차려졌다. 이미 지나간 7만 시간만 그리워하고 쫓고 있다가 미래에 다가올 1만 시간까지 허비하면 안 되겠다는 생각이 들어 종이를 들고 하루 일과를 써보았다.

아침 7시에 일어나 아이들 아침을 준비한다. 아침을 먹고 나면 아이 둘을 어린이집 보낼 준비를 한다. 먹이고 씻기고 입혀 데려다주고 나면 집은 전쟁터다. 빨랫감들을 찾아 세탁기에 넣는다. 아이들이 갖고 놀다가 아무렇게나 두고 간 장난감과 책 들이 어지럽게 널브러져 있다. 장난감을 정리하고 나서 청소기를 돌리고 먼지를 닦는다. 설거지 후 다 돌아간 빨래를 넌다. 널려 있던 빨래는 차곡차곡 개어서 서랍장에 넣고 마무리로 청소기를 돌린다. 그렇게 오전 일과가 끝나면 피곤이 밀려와 침대에 누워 잠깐 눈을 붙인다. 일어나면 점심시간이다. 점심을 먹고 나면 큰아이가 돌아올 시간이 된다. 아이는 아파서 또래 아이들과 달리 점심을 먹고 빨리 귀가한다. 아이를 데리고 들어와 낮잠을 재운다. 재우다 보면 나도 한숨 잠에 빠진다. 눈을 번쩍 뜨면 3시가 좀 넘는다. 아이가 자고 있는 동안 간식을 준비한다. 조금 뒤 잠에서 깬 아이에게 간식을 먹이고 책을 몇 권 읽어주거나 같이 블록 놀이를 한다. 곧 둘째 아이를 데리러 갈 시간이 된다. 어린이집이 멀리 있는 둘째는 차로 데리러 갔다 와야 한다. 집에 오면 아이들이 놀이터에서 놀자고 아우성이다. 놀이터에서 한참 놀고 집에 들어온다. 아이들이 놀고 있을 동안 후다닥 저녁을 준비한다. 저녁을 먹이고 조금 놀아주다 씻기고 재우러 들어간다. 재우고 나면 눈이 말똥말똥해진다. 남편을 기다렸다가 돌아오면 야식을 먹으면서, 드물게 주어진 둘만의 시간에 잠시 대화를 나눈다.

"창현이 괜찮아?"

"응."

"오늘 밤은 무사히 넘기겠지?"

"그러길 기도해야지."

각자의 임무로 피곤한 우리의 대화는 것으로 끝. 그게 나의 일과였다.

집안일을 하고 육아를 하는 것도 아주 의미 있고 훌륭한 일이지만 나는 기계처럼 일하고 시간을 때우기 바빴다. 의미를 부여해 마음을 다하는 일이 아니라 그냥 해야 하기에 했다. 오늘 하루를 보내면 내일도 똑같은 날의 반복이었다.

새로운 시도를 해보기는 했다. 나를 안타깝게 여긴 이웃 친구의 추천으로 아파트 단지 내에 있는 에어로빅 학원에 다니면서 운동하기도 했지만 아이가 장기간 입퇴원을 반복하면서 흐지부지되었다. 노인복지관에서 봉사 활동을 한 적도 있다. 과거, 한창 일하던 때에 대한 향수일까? 자꾸 사회복지사로 근무하던 당당한 나와 지금의 내가 비교가 돼 비슷한 일이라도 해보겠단 마음으로 경로 식당에서 봉사 활동을 했다. 복지관을 간 날 학과 동기를 만났다. 대리 직급으로 일하고 있었다. 사회복지사로 일하고 있는 그녀의 삶 자체가 부러웠다. 들킬세라, 부러워하는 마음을 접고 경로 식당으로 향했다. 어르신들이 점심때 드실 식사 준비를 도왔다. 식재료를 다듬고 나르고 옮기고 치우는 일이었다. 집에서는 하기 싫어 꾸역꾸역 하던 일이 그곳에서는 기쁨이었다. 정성껏 준비한 것을 어르신들이 맛있게 드시고 가실 상상을 하니 행복했다. 식사가 시작되고 잠시 후, 밀려드는 식판을 꼼꼼하게 닦으며 마무리했다. 허리 한번 펼 짬이 없었지만 오랜만에 보람차고 행복한 순간이었다.

일주일 후 다시 봉사 활동을 가기로 한 날 새벽, 아이는 거듭 경기를 했다. 강도가 점점 세지는 듯해 응급실을 찾았다. 다시 병원에서 한 달의 반을 보내게 되었다. 봉사 활동도 그렇게 끝이었다. 그 뒤로 머피의 법칙같이 나를 따라다니는 금기가 생겼다.

“아무 일도 시작하지 마라. 창현이가 아프다.”

슬픈 금기였다. 나의 의욕과 열정은 보글보글 끓다 거품 흔적 정도만 남기고 사라졌다. 나는 깊고 잔잔한 마음의 바닷속으로 가라앉았다.

다시 책상을 향해 눈길을 돌렸다. 내가 쓴 일과표를 보니 답답했다. 시작했다 금세 포기하는 자세가 한심했다. 나를 어떻게든 대변해주고 싶었지만 명분이 없었다. 오로지 아이가 아프다는 그 사실 하나뿐이었는데, 정말 그 사실 하나로 작은 일도 꾸준히 하기가 어려웠다.

‘1만 시간을 채우라고? 어림도 없지.’

언제 아이가 아플지 모르고 밤새 아이를 간호하다 아침이 오면 나는 파김치가 된다. 어린이집에서 경기를 한다고 연락이 오면 바로 달려가야 하기 때문에 어디 갈 수도 없고 뭘 할 수도 없다. 이런 명분을 갖다 붙이기 시작했다. 그러다 보니 내가 1만 시간을 한 가지 일로 채울 수 없는 이유가 많아졌다. 결론을 냈다. 나는 원래 포기하지 않는 사람이지만 환경이 그렇게 만들었다고. 이게 다 아이 때문, 바쁜 남편 때문이라고. 허무하게 보내는 시간이 아까워 시작한 일이 또다시 나를 감싸기 위한 핑계 대기와 남 탓으로 끝이 나버렸다. 그렇게 똑같은 사이클이 반복되다 시도도 해보지 못하는 사람이 되어 있었다.

그러던 어느 날, 에어로빅을 권했던 친구를 다시 만났다. 친구는 그 뒤로도 꾸준히 에어로빅 학원을 다닌 듯했다. 사실 친구도 큰아이가 고관절 탈구로 수술을 여러 번 하고, 오랫동안 간호를 해서 나처럼 아픈 아이를 키우는 고통을 누구보다 잘 알고 힘들어했다. 고생도 많이 해서 젊은 나이임에도 고혈압, 갑상선 질환이 있었던 친구는 늘 피곤하고 아파 보였다. 오랜만에 만난 친구는 몰라보게 밝아져 있었다. 도자기 공방도 다니고 각종 자격증을 따러 다니는 등 자신만의 방식으로 삶을 즐겁고 바쁘게 살아가고 있었다. 운동을 해서 그런지 살도 빠지고 건강해진 모습이었다. 힘들지만 유쾌하게 살아가는 친구는 자신감에 가득 차 있었다. 부러웠다. 나도 그때 운동을 그만두지 않았다면 삶이 저렇게 바뀌었을까? 그런데 문득, 친구의 나이가 떠올랐다. 친구는 39세, 나는 32세. 가만, 친구가 에어로빅을 시작한 것이 38세쯤이었는데 나는 친구보다 시작할 수 있는 출발점이 6년이나 앞서 있었다. 기회는 충분했다. 단지 내가 모르고 있었을 뿐. 늦었다고 생각하는 순간이 가장 빠르다는데 나는 그렇게 늦은 나이도 아니었다. 용기가 생겼다. 이제 30대 초반인데 뭐 그렇게 고민만 하고 살았을까? 그때부터 내가 한 일은 '걱정 말고 그냥 시작하자'였다.

우선 다시 학원에 등록했다. 등록 전 잠깐 생각에 잠겼다. 아이가 또 아플지도 모른다. 병원에 입원해서 장기간 쉬게 될지도 모른다. 그럼 그냥 물 흐르듯이 그 환경에 적응하자고 생각했다. 쉬었다가 다시 나가면 되지. 무슨 대회도 아니고 나갈 수 있는 날에 열심히 하면 된다. 중간중간 쉰다 해도 운동 가는 날이 차곡차곡 쌓이면 지금처럼 아예 안 하는 것보다 훨씬 낫다. 마음을 이렇게 먹고 나니 운동을 꾸준히 해야겠다는 부담도 줄었고, 주어진 시간 안에서 열심히 하자고 마음먹게 되었다. 운동을 시작하고 신기한 일이 일어났다. 그달에 아이가 입원을 하지 않았다. 한 번 정도 심하게 아픈 날이 있어 며칠 운동을 쉬었다. 그다음 주부터 다시 시작했는데 아이들이 집에 있는 주말을 빼고 총 12회 가게 되었다. 트레이너는 주 3회 이상 꾸준히만 운동하면 근력과 체력을 키울 수 있다고 걱정하지 않아도 된다고 했다. 어머나! 나는 운동을 시작한 달에 4주간 주 3회 운동을 실제로 달성하게 됐다. 몹시 기뻤고 포기하지 않은 자신이 정말 대견했다.

남편이 내게 해준 말은 나를 더욱 기분 좋게 했다. 내가 운동을 시작하고 나서 활력과 에너지가 넘쳐 옆에 있는 자신도 운동 욕구가 샘솟고 에너지가 전해지는 느낌이라고 했다. 다른 일에도 도전해보고 싶은 생각이 들었다. 취미로만 읽던 책을 아이가 잠든 때, 집안일을 얼른 끝내고 남는 여유 시간에 적극 읽기 시작했다. 책을 읽다 보니 자전거 여행을 하고 싶다는 꿈도 품게 되었다. 자전거 여행은 자연스럽게 운동 목표가 되었다. 몸이 무겁다는 등의 핑계를 대고 싶을 때 운동으로 체력을 키워 멋지게 자전거 여행을 해내는 나 자신을 상상했다.

행복한 일은 꼬리에 꼬리를 물고 나타났다. 남는 시간을 어떻게 활용할까 늘 고민하고 애쓰다 보니 어느덧 내가 하고 싶은 얘기를 매일 꾸준히 글로 쓸 수 있게 되었다. 이제는 흘러가는 시간이 너무 소중하고 아깝다. 뭐라도 하나 더 할 수 없을까 고민하게 된다. 아이가 아파서 입원하게 되더라도 이제 걱정이 없다. 입원하기 직전까지도 나는 1분 1초를 소중하게 쓰다 떠날 테니까. 그리고 입원하고 나서도 내가 할 수 있는 일을 찾기 쉬워졌다. 짬나는 시간에는 책을 읽거나 글을 쓸 준비가 되었다. 한 번씩 팔 벌려 뛰기도 하면서 지금 하고 있는 일들을 유지해나갈 힘이 생겼다.

모든 것은 마음먹기 달렸다는 말이 이렇게까지 진실인 줄은 몰랐다. 부담을 내려놓고 주어진 지금 이 시간에 무엇을 할지 고민하니 할 일이 무궁무진했다. 행복하고 싶다면, 한창 잘나가던 시절이 그립다면 바로 그때가 무언가 해야 할 때다. 늦지 않았다. 지금 이 순간 가장 손쉽게 할 수 있는 일을 잘해야 한다는 부담을 내려놓고 조금씩이라도 꾸준히 한다면 어느덧 한 달이 지나고 1년이 지나는 날이 온다. 중간에 쉬고 싶다는 신호가 온다면 잠시 쉬어도 괜찮다. 다시 시작하면 되니까. 지금 이 시간 내가 할 수 있는 일들에 집중하자. 1분 1초는 지금도 흘러가고 있으니까.

몸의 습관과 마음의 습관

사람은 저마다 각기 다른 습관을 지니고 살아간다. 어떤 습관은 우리를 발전시킨다. 어떤 습관은 우리를 침체시킨다. 나는 육아를 하면서 좋지 않은 습관이 많이 생겨났다. 하루 종일 그토록 피곤해하고 짜증을 냈던 것도 습관 때문이었다.

아이들과 하루 종일 씨름하고 있는 시간은 매우 피곤하다. 집안일은 쉴 새 없이 반복된다. 한 가지 일만 하면 수많은 집안일을 하루 안에 다 해내기란 무리다. 아이에게 책을 읽어주며 손으로는 빨래를 갠다. 아이들에게 밥을 먹이면서 걸레질을 한다. 아이들을 욕조에 넣어두고 화장실 청소를 한다. 둘째 아이를 업고서 큰아이와 놀아주며 눈은 다른 할 일을 쫓는다. 육아와 살림은 한마디로 오감으로 해야 한다. 하루를 정신없이 보내고 나면 아이들은 잠자리에 든다. 분명 아이들과 함께할 때까지는 피곤이 겹쳐 몽롱하고 짜증 나는 시간을 보낸다. 일에 치여 하루를 꾸역꾸역 견딘다.

그런데 신기하게도 아이들이 잠들고 나면 마음은 평온해진다. 두 눈은 말똥말똥 피곤한 사람이 맞는지 신기할 정도로 쌩쌩해진다. 아이들이 잠들고 드디어 찾아온 나만의 시간을 포기할 수 없다. 무엇을 하면 좋을지 기분 좋은 설렘에 빠진다. 야식을 먹을까? 어제 놓친 드라마를 볼까? 고민하면서 냉장고 문을 연다. 간식을 꺼내 물고 노트북을 켜서 지나간 드라마를 본다. 잠시 허상에 빠지며 육아 스트레스를 달랜다. 이 맛에 산다며 드라마에 한껏 몰입한다. 드라마를 보고 나면 11시. 아직 자기엔 너무 아까운 시간이라 이것저것 인터넷으로 아이쇼핑을 한다. 두 눈을 자극하는 신문 기사를 이것저것 클릭해 읽어본다. 두세 줄을 읽으면 뻔한 기사에 실망하며 창을 닫는다. 별로 한 일도 없는데 12시가 훌쩍 지나 있다. 갑자기 잊고 있었던 피곤이 몰려온다. 아쉽고 슬프지만 내일을 위해 잠에 들어야 한다고 달랜다.

자야 한다는 의무감 때문일까? 잠에 쉽사리 들기 어렵다. 이리저리 뒤척이며 말똥해진 두 눈을 억지로 감는다. 감은 두 눈 속 눈동자는 쉴 새 없이 굴러간다. 머릿속에는 온갖 잡다

한 걱정거리가 스쳐 지나간다.

'내일 아침 뭐 먹지? 창현이가 오늘 밤에는 무사히 잠을 자야 할 텐데. 내일은 또 뭐 하고 놀아주나. 어서 자야 하는데 잠이 안 온다. 큰일이다. 드라마나 한 편 더 볼까.'

결국 곁에 둔 스마트폰을 열어 인터넷을 본다. 목적 없이 이것저것 검색하다 육아 카페를 들락거린다. 다들 잠든 시간이라고 생각했는데 육아 카페에는 나처럼 잠이 안 온다며 하소연하는 엄마들의 글이 올라오고 있다.

"엄마가 가장 기쁠 때는 아이가 잠들었을 때다. 엄마가 가장 두려운 때는 아이가 잠에서 깨어날 때다."

어떤 사람이 썼는지 몰라도 얼마나 공감했는지 모른다. 한편으로는 슬펐다. 열 달 동안 아이를 품을 때는 제발 건강하게만 태어나주길 바랐다. 발길질하는 태아에게 책을 읽어주고 태담을 하면서 태어나면 훨씬 잘 놀아주겠다고 얼마나 약속을 해댔던가. 아이가 태어나면 나는 여느 놀이 전문가 못지않은 엄마로 빙의될 줄 알았다. 현실을 마주한 나는 하루하루가 그저 너무 피곤하고 지치는 나날이었다. 혼자만의 시간이 사무치게 그리웠다. 스마트폰을 손에 든 채 나도 모르게 불편한 잠에 빠졌다.

아이가 나를 흔들어 깨운다. 벌써 아침인가! 또 하루가 시작되었다. 전쟁 같은 하루. 10분, 아니 딱 5분만 더 자고 싶다. 일찍 자고 일찍 일어난 모범적인 아이를 뒤로하고 이불 동굴을 찾아 기어 들어간다. 조금만 더, 조금만 더 몸을 비틀고 배배 꼬며 눈꺼풀을 끌어 내린다. 하루의 시작도 끝도 상쾌하고 건설적인 구석이라곤 털끝만큼도 찾을 수 없다.

하루를 버티는 방식은 습관이 되어 나를 괴롭혔다. 바꾸고 싶은 마음이야 굴뚝같지만 엄마에게는 자유가 없어서 불가능하다고 생각했다. 하루하루 육아와 살림만으로 시간이 없는데 언감생심 변화는 꿈도 못 꿀 일이라고 생각했다. 습관을 바꾸는 일은 시간이 남아도는 사람들에게나 해당한다고 생각했다. 불쌍한 나는 습관을 바꾸는 일과는 거리가 멀다고 선을 그었다. 변하고 싶은 마음은 간절하고, 시간은 없고. 뭐 이런 인생이 있냐며 결혼과 임신을 말려준 사람이 한 명도 없었다는 사실에 원망을 쏟았다.

하루 24시간, 1년 365일 공식적으로 정해진 휴식 시간도 없다. 식사 시간도 없다. 사원 복지라고는 눈을 씻고 찾아봐도 없다. 자유민주주의 시대라고 하면서 이렇게 불합리한 경우가 어디 있을까 얼마나 원망을 해댔는지 모른다.

마음에도 습관이라는 녀석이 들어앉았다. 불평하고 원망하는 습관. 나는 안 된다고 단정 짓는 습관. 마음은 부정적인 생각을 끝도 없이 했다. 내 몸과 마음은 피폐한 습관들로 갈수록 나약해지고 병이 들었다. 비염이 있던 나는 늘 피곤함에 허덕인 탓에 재채기를 하며 훌쩍거렸다. 눈은 항상 충혈되어 있었다. 어깨는 돌처럼 단단하게 뭉쳐 있었다. 무척 피곤한데 누우면 잠이 오질 않는 증상을 자주 경험했다. 부정적인 생각이 습관으로 굳으니 절로 죽음을 진지하게 고려하게 됐다. 모든 것을 포기하고 도망쳐버리고 싶은 마음이 굴뚝같았다.

네모난 것만 봐도 죄 창문으로 보였다.

뛰어내리면 죽을까?

어쭙잖게 살아남을까?

돌이켜보면 한숨이 나오는 어리석은 생각이지만 당시에는 매우 진지했다. 아이가 아프고 나서는 육아가 더 힘들어졌다. 엎친 데 덮친 격이었다. 자연스럽게 아이들에게 짜증을 내고 화를 내는 날이 늘었다. 아이들은 살얼음판을 걷는 기분이었을 것이다. 작은 실수에도 크게 분노하는 엄마를 살펴가며 눈치를 봤을 것이다. 내 안에 나쁜 모습이 점차 늘어갔다. 나 자신을 긍정하기가 정말 어려웠다.

'내가 이렇게까지 바닥인 사람이었나. 바닥을 경험했으니 이제 그만 수면 위로 떠오르고 싶다. 나라고 왜 안 된다고만

생각해. 나도 분명 될 수 있을 거야.'

생각을 고쳐먹었다. 안 된다는 생각부터 버리기로 작정했다. 식탁에 앉았다. 간식을 달라, 물을 달라, 놀아달라며 쫓아오는 아이들에게 엄마가 지금 잠시 시간이 필요하니 도와달라고 얘기했다. 평소 같으면 떼를 썼을 텐데 내가 사뭇 진해해 보여서였을까. 아이들은 눈을 멀뚱거리다가 장난감을 가지러 놀이방으로 들어갔다.

내 시간을 정리해봤다. 하루 중에 분명히 쓸데없이 소비하고 있는 시간이 있으리라 생각했다. 아침에 눈뜨는 시간부터 세세하게 시간을 쪼개고 쪼갰다. 아이들이 낮잠 자는 시간이 두세 시간 정도 있었다. 나머지는 짬짬이 10~20분씩 시간이 날 때가 있었다.

일단 낮잠 자는 시간에 아이들과 함께 자야겠다고 마음먹었다. 나는 너무 지쳐 있었고 피곤했다. 피곤을 떨쳐버리기로 마음먹었다. 의식적으로 아이들과 낮잠을 잤다. 그간에는 아이들이 자는 동안 스마트폰을 만지작거리며 시간을 허비했다. 처음에는 잠이 잘 오지 않았지만 노력하다 보니 어느새 아이들과 함께 낮잠을 잤다. 몇 번 아이들과 푹 자고 나니 피곤함이 덜했다. 덕분에 아이들과 놀아주는 데 집중할 수 있었다. 피곤하면 일단 자는 것이 우선이라는 아주 기본적인 진리를 그때 깨달았다. 그러한 낮잠 패턴은 어느 순간 익숙해져서

20~30분 정도 자고 나면 상쾌해졌다.

남는 시간에 무엇을 할까 고민하다가 책을 들었다. 아이들은 내가 있어야 푹 잘 자기 때문에 곁을 떠날 수는 없었다. 곁에서 할 수 있는 일이 스마트폰을 제외하고는 독서였다. 책을 읽고 노트를 펴서 필사를 했다. 필사를 하면서 그때그때 드는 생각을 끄적이기도 했다. 처음에는 계속 온갖 잡생각이 들어 한 페이지를 다 읽어내기가 힘들었다. 포기하지 않았다. 안 읽히면 책을 손에 들고만 있자고 마음먹었다.

이상화의 《사교육 없이 국제중 보낸 하루 나이 독서》(푸른육아, 2014)라는 육아서를 보면 저자는 아이에게 독서하는 습관을 보여주는 모델이 되기 위해 집중이 되지 않는 날은 책을 들고 읽는 척을 한 적도 있다고 했다. 나는 아이들을 위해서라도 아이들이 깰 때까지 책을 들고 있었다. 물론 나를 위해서도 좋은 선택이었다. 마음에 들지 않는 책은 덮었다. 그렇게 이것저것 읽다 보니 어느덧 한 페이지는 다음 페이지로 넘어가고 모이고 모여 책 한 권을 다 읽는 날이 왔다. 아이들과 놀아주면서도 짬짬이 여유가 날 때는 한 줄이라도 읽었다. 하루가 더 이상 피곤하지만은 않았다. 일과를 알차게 보내는 느낌이 들었다. 시간이 지나고 보니 어느새 내 책장에는 책들이 하나둘씩 늘어갔다. 아이들에게 책 읽는 습관 하나만큼은 유산으로 물려주고 싶을 만큼 책이 좋아졌다. 문제는 밤잠이었다.

밤에 찾아오는 자유를 포기하기란 쉽지 않았다. 일찍 잠에 들지 않으면 피곤한 생활이 끝이 없었다. 한 시간씩 시간을 줄이다가 아이들과 함께 잠에 들기 시작했다. 책을 읽어주고 아이들이 잠에 들고 나면 곁에 있던 내 책을 집어 읽었다. 잠이 오면 바로 잠들었다. 스마트폰은 방에 들고 들어오지 않았다. 신기한 일이 일어났다. 스마트폰이 없으니 숙면을 했다. 일찍 잠에 드니 일찍 일어났다. 그것도 아이들이 깨지 않는 고요한 새벽에.

새벽 공기는 무척 상쾌했다. 아직 태양도 잠에서 깨지 않은 시간에 깨어난 내가 그렇게 기특할 수 없었다. 자유 시간을 포기했다고 생각했지만 더 큰 자유 시간이 찾아왔다. 같은 두 시간이라도 새벽의 두 시간 동안엔 밤의 두 시간보다 집중도 잘되고 능률도 컸다. 책을 더 많이 읽을 수 있었다. 글도 쓸 수 있었다. 세상에, 밖에 나가 가벼운 산책까지 했다. 한마디로 기적 같은 일이었다. 습관의 변화가 놀라운 기적을 가져다 주었다.

나는 이미 습관이 나를 통제하는 것을 경험했다. 피폐한 삶으로 속절없이 인도돼 바닥을 경험했다. 이제 나는 더 이상 바닥을 경험하고 싶지 않다. 지금의 상쾌하고 기분 좋은 변화를 놓치고 싶지 않다. 습관을 통제해서 변화를 놓치지 말아야 한다.

비슷한 연배의 엄마들은 대체로 그만그만하게 살고 있다. 조금만 양보하고, 조금만 노력하고, 조금만 바꾸면 기적 같은 삶, 기분 좋은 변화를 분명 경험하게 된다고 많은 엄마에게 말해주고 싶다. 아이에게 짜증 내고 화를 내고 피곤함에 찌들어 사는 엄마에서 벗어나고 싶다면 습관을 바꾸자. 분명 기적이 찾아올 것이다.

마음의 평온 찾는 법, 글쓰기

우리는 살아가면서 타인에게 듣고 싶은 말이 생길 때가 있다. 아내들은 남편에게 드라마 〈태양의 후예〉의 송혜교를 보며 질문한다.

"송혜교가 예뻐, 내가 예뻐?"

아내들도 송혜교가 더 예쁘다는 것 안다. 뻔한 거짓말이라도 남편에게만은 "당연히 당신이 더 예쁘지"라는 말을 듣길 기대한다. 큰돈 드는 것도 아니고 한번 오글거림을 꾹 참고 뱉으면 그만이다. 솔직한 남편은 아내의 속뜻을 알지 못하고 한 치의 고민도 없이 "송혜교!"라고 뱉는다. 어떤 남편은 난 "송혜교보다 김태희가 더 예쁘더라!" 하며 자신의 취향까지 구체적으로 밝힌다. 어떤 남편은 진실이 알고 싶으냐고 되묻는다. 진실을 듣고 싶은 아내는 없다. 아내가 예쁘다는 한마디를 기대한 질문의 결과는 참혹할 테니 말이다.

아이가 아프고 나서 나는 늘 듣고 싶은 말과 씨름했다. 송혜교가 예뻐, 내가 예뻐 차원이 아니었다. 나는 병이 낫고 아이가 건강해진다는 기적 같은 전망을 듣고 싶었다. 나뿐 아니라 가족 모두가 한마음이었다. 양가 부모님은 점쟁이, 철학관, 스님 등 온갖 역술가를 찾아다녔다.

"우리 손주에게는 장애나 아프고 그런 것은 없단다. 사주 아주 좋단다. 건강하단다."

점쟁이들은 아이의 태어난 날짜와 시간에 몇 번이고 쌀알을 던졌다. 건강하다고, 걱정 말라고 했다. 처음에는 괜찮다는 말을 믿었다. 점차 아이의 병이 진행되고, 치료가 더뎌지면서 더 이상 확신할 수 없었다.

꽤 오랫동안 쇼핑하듯이 점치는 사람들을 찾아다녔다. 그것도 주변에서 용하다고 추천하는 사람들을 찾아 묻고 또 물었다. 대가를 지불하며 듣고 싶은 말을 듣기 위해 찾아다녔다. 어떤 사람들은 아이에게 살이 있다고 하거나 사주에 병이 들었다며 계속 아플 것이라고 했다. 우리는 그들이 점을 잘 치지 못하는 것 같다며 한 귀로 듣고 한 귀로 흘렸다. 우리는 점쟁이에게 질문을 하면서 어떤 대답을 해야 할지 유도할 때가 많았다. 아픈 아이가 괜찮아지겠냐는 질문은 '제발 괜찮다고 대답해줘. 아니라고 한다면 당신은 실력이 부족한 거야'라고 말하는 것과 진배없었다.

서울의 대학병원에 입원했을 당시 너무 답답해서 남편에게 아이를 맡겨두고 바람을 쐬러 나갔다. 병원 밖 대학로는 북적거렸다. 주말이라 그런지 사람들은 얼굴에 웃음이 가득했다. 뭐가 그리 즐거울까. 대학로에서 괴로운 사람은 정처 없이 걷고 있는 나뿐인 듯했다. 여기저기서 재미난 공연이 있다며 팸플릿을 나누어 주며 연극을 홍보했다. 연극을 홍보하는 이들이 아주 한가로워 보여 반감이 생겼다. 남편은 재미난 연극이라도 한 편 보고 기분 전환을 하라고 나를 밖으로 밀어냈지만, 조금도 보고 싶은 마음이 들지 않았다. 억지로 떠밀려 나온 대학로의 풍경은 세상에서 나만 괴롭다는 착각을 주기에 충분했다. 어지러운 대학로를 빠져나와 가로수를 따라 길을 걷는데 점을 보는 노점들이 줄지어 있었다.

'답답한데 점이나 볼까? 우리 창현이 괜찮은지 물어볼까? 나는 언제까지 이렇게 살아야 하는지 물어나 볼까?'

은은한 조명에 이끌리듯 점집 앞에 섰다. 가만히 작은 노점을 노려보았다. 내가 이 점집에 들어서려는 이유가 무엇일까? 스스로에게 조용히 물었다. 우리 애의 병이 호전되리라는 말을 듣고 싶어서였다. 내가 이 고통의 늪에서 곧 빠져나올 수 있으리라는 희망의 메시지를 듣고 싶었다. 다시 예전처럼 건강해지리라는 말을 듣고 싶었다. 그러자 다른 질문이 떠올랐다. 그거 들어서 뭐 할 건데? 듣는다고 달라질 건 없었다. 점쟁이가 괜찮아진다고 하면 기분이 조금은 나아질 테지만 현실로 돌아오면 또 거짓말을 했다고 그이를 미워하게 될 것이다. 반면 괜찮아지지 않는다고 하면 이 점쟁이 실력이 없다며 무시하려 할 것이다. 점쟁이가 어떤 점괘를 내어도 돈을 버렸다고 생각하며 결과에 감사할 줄 모를 것이다. 뻔한 결과를 예상하고 나니 노점 출입문의 발을 들어 올릴 용기가 나지 않았다.

자신이 한심했다. 어떤 확신과 위로를 얻겠다고 점쟁이를 찾으려 하는 걸까. 나약하고 어리석은 자신을 질책하며 발길을 돌렸다. 지금 내가 해야 할 일이 점 따위나 볼 일인가? 아이와 총칼을 들고 병이라는 적과 싸워야 할 판국 아닌가. 지금은 우선 싸울 때였다. 싸우고 나면 보고 싶지 않아도 어떤 결과로든 미래를 마주해야 했다. 싸우기도 전에 미래를 알고 싶어 하는 심보는 무엇이란 말인가?

내 발걸음에 힘이 실리기 시작했다. 대학로의 시끄러웠던 공기는 적막이 되었다. 마치 영화 속 한 장면처럼 주변의 모든 이가 순간 멈춰져 있는 듯했다. 아이를 향해 달려갔다. 외로이 싸우고 있을 아이에게 돌아가야 했다. 다른 것은 생각

아이를 향해 달려갔다.
외로이 싸우고 있을 아이에게 돌아가야 했다.

할 여유가 없는 때임을 깨달았다. 나를 내보내고 아이와 함께 싸우고 있는 남편에게도 미안했다. 지금도 그때 점을 보지 않은 것이 다행이라고 생각한다. 어차피 점괘가 궁금한 것이 아니었다. 단지 아이가 괜찮다는 말이 듣고 싶었을 뿐. 듣는다 한들 무슨 의미가 있을까. 그런 의미 없는 말에 시간과 돈을 지불하는 동안 아이가 홀로 외롭게 싸울 뻔했다.

나는 점쟁이의 말보다 내 마음의 말에 귀 기울였다. 마음에게 거짓 없이 이야기하기를 요구했다. 마음은 불편함을 내려놓고 속마음을 진솔하게 들려주었다. 아! 내 마음이 그래서 그랬구나라고 이해하게 되었다. 속마음을 부끄러워하지 않았다. 얼마나 힘들고 고달팠으면 점쟁이에게라도 돈을 주어 듣고 싶은 말을 들으려고 했을까. 가슴이 아팠지만 알아채고 나니 토닥일 수 있었다. 괜찮다. 누구나 이렇게 힘든 상황에 처해진다면 하다못해 점쟁이에게라도 기대고 싶지 않겠니? 괜찮다고 말했다. 실컷 마음의 이야기를 들어주고, 함께 울어주었다.

이제 어떻게 해야 할까? 아이를 향해 달려가다가 멈춰 섰다. 이제 누구도 괜찮아지리라는 희망을 주지 않았다. 아이가 쾌유할 거라는 입바른 거짓말을 해주는 이도 없었다. 어쩌면 실망스러운 결과를 전해줄 의사만 남았을지도 모른다.

"이 약으로 안 되니 다른 약을 써봅시다."

"약을 좀 더 늘려봅시다."

약만큼이나 쓴소리를 해댈지도 모른다. 쓴소리에 휘청대야 할지 모르는데 어떻게 할래? 휴. 긴 한숨을 쉬었다. 내 안에 힘이 필요했다. 어떤 말에도 흔들리지 않는 힘. 달면 삼키고 쓰면 뱉는 사람이 아니라 달아도 뱉을 줄 알고, 써도 삼킬 줄 아는 사람이 되어야 했다. 아픈 아이를 키우면 온갖 말을 듣게 된다. 희망적 메시지도 있고, 절망적 메시지도 있다. 그 모든 말에서 자유로워져야 했다. 자유로워질 수 있는 힘이 꼭 필요했다. 어떻게 힘을 키워야 할까.

책을 들었다.

그리고 아픈 아이를 키우면서 많은 말에 휘둘리는 상황을 글로 써봤다. 아이와 실랑이했던 일, 남편이 아이에게 소리 질렀던 일 모두 솔직하게 글로 썼다. 욕도 쓰고 상처도 쓰고 상대의 마음도 썼다. 모든 것을 써내는 순간 마음에 맺혔던 응어리가 풀어지는 것을 느꼈다. 머리로 인정한 것들을 손으로 쓰고 눈으로 확인하는 순간 마음이 편안해지는 경험을 했다. 이제는 즐거울 때도 고통스러울 때도 무조건 글로 표현한다. 괴로운데 어떻게 해야 할지 모르는 순간이 온다면 어떻게 해야 할지 모를 것 같은 감정을 다 글로 쓴다. 쓴다고 뭐가 달라지냐고 묻는 사람도 있을 것이다. 최소한 쓰고 나면 한 걸음 물러나 고통을 바라보는 여유를 찾게 된다. 좋은 문장도 필요 없고, 멋들어진 글도 필요 없다. 오로지 내 마음이 받았던 상처와 감정을 토해낼 뿐. 어느 순간 괴로웠던 감정을 뒤로하고 지난날을 돌아보며 반성하는 자신을 발견하게 되었고, 나는 가슴 깊이 많은 것에 감사하게 되었다.

05

이제는
행복한 육아

내 삶은 인스턴트커피

아이는 주로 수면 중에 경련을 하곤 한다. 밤이면 종종 들리는 "으으윽" 하는 아이의 신음 소리는 남편과 나의 알람 소리였다. 나는 벌떡 일어나 아이에게 산소호흡기를 달아준다. 남편은 아이의 목을 젖혀 안정된 호흡을 할 수 있도록 자세를 잡아준다. 잠을 자도 자는 시간이 아니었다. 행여 푹 잠들어 아이의 경련을 놓칠까 노심초사였다. 한번은 아이가 경련을 시작하자 눈도 뜨지 않은 채로 산소호흡기를 달았다. 끝나자마자 산소호흡기를 정리하고 그대로 잠들었다. 밤새 반복된 경련에 잠을 자는지 깨어 있는지 구분이 되지 않았다. 피로는 누적되었다. 다음 날이면 우리는 눈가에 다크서클을 단 팬더가 되어 일상을 살아내야 했다. 잠을 제대로 자지 못하는 일이 반복되자 마음속에 칼이 예리하게 날을 세우기 시작했다. 공을 주고받듯 스트레스를 서로 주고받는 일이 예사가 되었다. 칼날이 예리하게 섰다고 생각될 때 뜨거운 커피 한 잔을 마시며 생각을 환기시켰다. 예리한 칼날은 뜨거운 커피에 녹아들었다. 아! 내가 또 피로에 지쳐 주변 사람들에게 예민하게 굴고 있구나!

온몸 구석구석에 달콤한 커피향이 은은하게 젖어든다. 이제야 정신이 드는 기분이다. 내 앞에 놓인 거울에 얼굴을 비췄다. 내 모습을 가만히 들여다보았다. 푸석푸석 건조해진 피부 위로 뾰루지가 톡톡 올라오고 있었다. 피부 상태는 내면의 모습과 같았다. 아이를 간호하면서 마음은 메말라갔다. 원망하고 분노하면서 흘렸던 눈물도 자취를 감추고 그저 푸석한 감정 상태만 남아 있었다. 원망과 분노보다 더 무서운 무감정 상태였다. 아이의 경련에도 무감각해진 나는 로봇이었다. 아이가 경련하면 매뉴얼대로 행동하는 기계가 되어 있었다. 일체의 감정을 섞지 않았다. 단지 내가 해야 할 일이라 여기면서 척척 하고 있었다. 담담하게 받아들이는 것처럼 보이지만 무언가 빠져 있는 모습이다. 태풍의 눈에 든 것처럼 고요했다. 뭔가 모를 불편함이 나를 감쌌다. 아이를 향한 내 간절한 마음이 흔적도 없이 사라져 있었다. 원망을 책임과 의무감과 바꾸었고, 감정은 분노와 함께 지워버렸다. 간호하는 데는 별 문제가 없지만 아이와 나는 위태로운 절벽에 서 있었다. 지워버린 감정이 어디서 손을 뻗쳐 절벽 아래로 우리를 밀어버릴지 모르는 위치에 서 있었다. 절벽 아래를 바라보았다. 아찔해졌다.

'내가 원했던 것은 이게 아니야. 창현이의 병을 담담하게 받아들이려고 했지만 내가 원했던 것은 사랑에서 비롯된 담담함이었어.'

나는 그동안 분노라는 감정을 지우려고 노력하면서 사랑까지 지워버렸다. 해야 할 일만 하는 로봇이 되어 아이를 기계적으로 대하고 있었다. 어서 사랑의 손길을 찾아 아이와 함께 절벽 끝에서 벗어나야 했다. 엄마의 부족한 내면이 아이를 절벽 끝까지 몰아세운 것 같아 괴로웠다. 아이는 병으로 고통받고 나에게까지 고통받는 이중고를 겪고 있었다. 나는 진심으로 기도했다.

"신이시여, 신이 있다면 제 기도를 들어주세요. 창현이는 아무런 죄가 없습니다. 죄가 있다면 내면의 힘이 부족했던 엄마의 잘못입니다. 부디 다시 한 번 창현이를 받쳐낼 수 있는 힘을 주세요. 창현이를 받쳐낼 기회를 한 번 더 주세요. 신도 실수를 하지 않습니까? 저도 최선을 다했지만 어리석어서 그랬습니다. 지금은 아닙니다. 창현이와 저를 다시 한 번 굽어 살펴주세요."

종교는 없지만 진심으로 기도했다. 어떻게 빠져나가야 할지 모르는 절벽 위에서 누군지도 모르는 신에게 기도했다. 그만큼 절박했다. 그날 밤 아이는 경련을 했다. 비로소 아이가 느끼는 고통이 마음으로 전해졌다.

'많이 힘들었지? 엄마가 네 감정을 읽어줄 줄 몰랐어. 네 고통을 나눠 가지고 받쳐줄 줄 몰랐어. 그저 엄마가 힘든 것만 바라보고 엄마의 길을 가기에 급급했구나. 너를 치료한답시고 너의 마음을 몰라준 채 이리저리 끌고 다녀서 정말 미안해. 이렇게 절벽 끝까지 끌고 와서야 너를 진심으로 바라보게 되어 정말로 미안해. 우리 다시 한 번 해보자.'

아이에게 눈으로 마음의 모든 것을 쏟아내었다. 경련을 하는 아이에게 소곤소곤 이야기했다.

"괜찮아, 너는 괜찮아질 거야. 아파도 괜찮아. 엄마는 아프건 아프지 않건 너를 사랑해. 진심으로 사랑해. 너는 엄마에게 보물이야. 세상에서 하나밖에 없는 진귀한 보물. 너는 있는 그대로 빛나는 소중한 보물이야."

돌덩이가 된 듯 뻣뻣하게 굳어버린 아이의 몸에 가만히 손을 얹고 쓸어주었다. 내 손길로 아이의 몸이 부드러워지길 바랐다. 진심을 담아 몇 차례 쓸어냈을까. 아이는 숨을 고르며 뻣뻣해진 몸을 축 늘어뜨렸다.

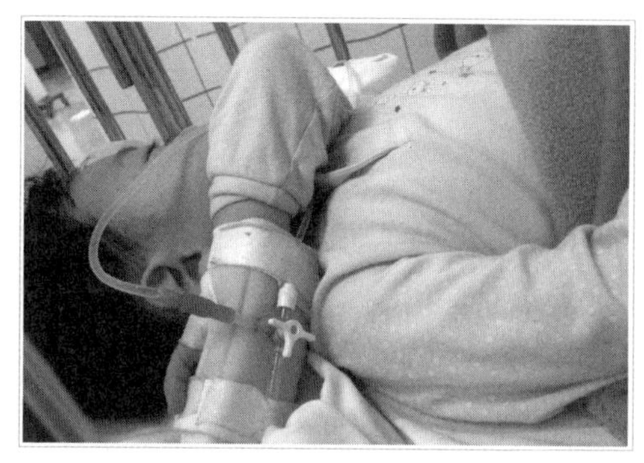

괜찮아, 너는 괜찮아질 거야. 아파도 괜찮아.
엄마는 아프건 아프지 않건 너를 사랑해. 진심으로 사랑해.

"잘했어, 정말 잘했어. 이만하길 다행이야. 푹 쉬렴."

늘어진 아이의 온몸을 조심스레 주물러주었다. 몸이 경직되는 경험은 아이가 가진 모든 힘을 다해 주는 힘이기 때문에 고통을 느낀다고 했다. 부디 오늘은 고통을 느끼지 않고 가뿐하게 일어나길 바라며 정성껏 주물러주었다.

미지근한 인스턴트커피를 한 모금 마셨다. 역시나 괜히 마셨다고 후회하려는 찰나에 커피가 조용히 내 마음을 위로한다. 나는 다시 한 번 아이를 위해 내면을 단단히 하겠다고 결심한다. 싸구려 인스턴트커피 한 잔에도 위로를 받는다. 세상에 버릴 것은 아무것도 없다.

병이 있는 아이도, 아이를 키우는 나도, 미지근하게 식어버린 커피도 다 의미를 띠고 자신의 역할을 하며 살아간다. 싸구려 커피조차 한 가지 맛이 아닌데 우리 인생은 어떠하겠는가? 백 가지도 넘는 맛을 가지고 있지 않을까? 좀 쓰면 쓴 대로, 달콤하면 달콤한 대로, 새콤하면 새콤한 대로, 매우면 매운 대로 그대로 음미하면 다채롭고 행복한 삶이다. 어차피 맛봐야 할 것 그때그때 즐겁게 맛보자. 맛있는 것은 맛있다 새기고 맛없는 것은 맛없는 대로 새겨가며 살아가는 게 인생 아닐까.

아이와 떠나는 즐거운 모험

약물 난치성 간질을 앓는 아이는 여섯 가지 약물을 복용하고 있다. 약물을 여러 가지 사용하는 이유는 약물마다 제각기 발작을 억제시키는 방법이 달라서이다. 한 가지를 증량해도 효과가 없으면 추가하고 또 추가하다 벌써 여섯 가지가 되었다. 대부분 한두 가지 약물로 경련이 조절되는데 우리 아이는 여섯 가지로도 경련이 잡히지 않고 있다. 항경련제라고 불리는 경련 약은 발작을 일으키는 경기파를 강한 힘으로 억제해 경련이 유발되지 않도록 한다. 아이는 그동안 많은 항경련제를 사용했다. 부작용을 많이 경험했고, 효과가 없어 중단한 약도 많다. 이제 남은 약은 한 가지뿐. 약으로 할 수 있는 방법은 다 했다. 이미 약은 의미가 없다는 결론이 났다.

의사는 식이요법을 권했다. '케톤 생성 식이요법'이라고 한다. 복용하는 약이 세 가지 이상일 때 사용하는 방법이지만 아이에게 먹는 즐거움을 뺏고 싶지 않아 모른 척했던 방법이다. 부디 아이에게 이 요법을 쓰게 되지 않길 바랐다. 담당 의사는 50퍼센트가 이 요법으로 경련을 잡는다고 했다. 케톤 생성 식이요법은 쉽게 이야기하면 지방과 단백질 소량 외에 일체 섭취를 제한하는 식이요법이다. 지방과 단백질로 몸을 채우면 우리 몸에서는 케톤이라는 특별한 성분이 나온다. 이 케톤이 경련을 억제하는 데 효과적이라는 이론이다. 특히 올리브, 코코넛, 콩과 같은 오일 종류를 매끼 소주컵으로 한 잔 정도 마셔야 한다. 견과류 몇 개, 두부나 고기 조금, 생채소, 방울토마토 정도가 대표 식단이다. 탄수화물과 당류는 아이가 절대 섭취하지 말아야 한다. 한창 성장기에 있는 아이에게 이 식이요법은 가혹하지 않을 수 없다.

서울대학병원에 입원해 있을 때 옆 침대의 아이가 식이요법을 하는 모습을 본 적이 있다. 매끼 식사 시간은 전쟁이었다. 엄마는 아이의 뺨을 때려가며 먹였다. 온갖 폭언이 오가고 아이는 입을 열지 않으려 안간힘을 썼다. 우리 아이는 초기 약물 한 가지를 사용하는 단계였고, 경련 조절이 잘되는 중이었다. 케톤 생성 식이요법을 하게 되리라고는 생각하지 못했다. 그 엄마의 모습이 끔찍했고, 아이가 가여웠다. 지금 돌이켜보면 엄마는 식이요법 식단을 제시간에 맞춰 먹여야 했다. 시간은 흐르고 아이는 입을 열지 않았다. 제때 맞춰 먹이지 않으면 케톤 성분이 제대로 나오지 않을 수 있었다. 그 동안의 노력이 도루묵이 될 형편이었다. 아이를 달래고 얼러도 소용이 없었다.

"엄마, 밥 줘. 밥 잘 먹을게."

아이의 눈물 어린 호소에 아이를 키우는 같은 엄마로서 마음이 저려왔다. 식단을 억지로 먹여야 하는 엄마는 결국 눈시울을 붉혔다. 엄마와 아이는 식사 시간 외에는 아주 다정한 모자였다. 다정한 엄마가 난폭한 엄마를 자처한 것은 아이를 살리기 위한 선택이었다. 아이는 약을 먹을 때도 고역이었다. 아이의 약은 항경련제뿐 아니라 케톤 생성 식이요법을 하면서 생긴 부작용에 대한 약까지 복용해야 했다. 초등학생에게 위약, 간약, 장약, 기관지약, 폐기능약 등 추가로 먹여야 할 약이 대여섯 가지였다. 형형색색의 알약은 색깔을 뽐냈지만 내 눈에는 화려한 꽃으로 유혹하는 독초 같았다.

"약이 많네요."

아이 엄마가 평온한 상태일 때 물었다.

"네, 케톤 생성 식이요법을 하니 여기저기 상하지 않은 곳이 없어요. 몸이 적응할 때까지 고생을 많이 한다고 하더라고요. 어떤 아이는 설사가 멎지 않아 중환자실에 가는 것도 봤어요. 의사 말로는 적응하면 괜찮다는데 엄마 마음은 찢어져요. 면역력도 얼마나 떨어지는지 감기도 달고 살고, 정상이 아니에요. 이걸 언제까지 해야 하나 막막하다가도 일단 경련을 안 하니까 멈출 수도 없고 답답해요."

세상에 맛있는 음식은 너무 많고 먹는 즐거움만큼 행복한 일이 없다. 아이들이 그 즐거움에서 단절돼 혹독한 식이요법을 견뎌야 한다고 생각하니 마음이 아팠다. 내 아이에게 제발 케톤 생성 식이요법을 하는 날이 오지 않기를 바랐다.

최근 남편과 나는 직감했다. 아이는 경련 부위가 넓어 수술하기 어렵고, 도전해볼 약은 딱 한 가지 남아 있었다. 케톤 생성 식이요법에 다가가고 있음을 느꼈다. 피할 수 없는 길이었다.

"케톤 생성 식이요법을 생각해보세요."

역시나 주치의도 약물 치료로는 한계에 부딪혔음을 식이요법 제안으로 설명했다.

'우리에게도 올 것이 왔구나!'

아이의 일상생활 신호등에 적신호가 켜졌다. 케톤 생성 식이요법은 고립을 부른다. 다른 사람들이 먹는 모습을 보면 아이는 당연히 먹고 싶어진다. 하나라도 잘못 섭취하면 식이요

세상에 맛있는 음식은 너무 많다.
아이가 그 즐거움에서 단절돼
혹독한 식이요법을 견뎌야 한다고 생각하니
마음이 아팠다.

법의 효과에 지장을 준다. 아이를 다른 사람들과 분리할 수밖에 없었다. 유치원에 갈 수 있을지 불투명했다. 어린아이에게 너무 가혹한 현실이었다.

그동안 식이요법이라고 하면, 살을 빼기 위한 다이어트라고 생각해 누구나 흔히 도전하는 요법이라고 생각했다. 그런데 이렇게 가혹한 식이요법이 또 있을까. 시작도 하기 전에 나는 벌벌 떨고 있었다. 가족과 이야기를 나누었다. 의견은 반반이었다. 한편에선 한창 크는 아이에게 잔혹한 이 식이요법을 할 수 있겠냐며 안 하는 편이 좋겠다고 했다. 다른 한쪽에선 그래도 경련을 잡을 수 있다면 해봐야 한다고 했다. 내 마음도 반반인데 많은 사람의 의견이 합일되지 못하는 것은 당연했다. 우리가 마음을 먹을 수밖에 없었다. 아이와 우리 가족이 이겨내야 할 여정이었으니 우리 가족이 선택해야 할 문제였다. 의사는 3개월의 여정을 거치면 아이에게 적합한지 아닌지 알 수 있다고 했다. 아이에게 적합하면 보통 2년 정도 이 요법을 적용할 계획을 잡는다.

'그래, 일단 3개월을 해보는 거야. 사람마다 나타나는 반응은 다르니 창현이에게는 케톤 생성 식이요법이 맞을 수도 있어.'

케톤 생성 식이요법이 안내돼 있는 책을 구매했다. 이 식이요법이 무엇인지가 세세하게 설명되어 있었다. 준비 사항과 여러 가지 레시피가 나와 있었다. 생각보다 아이와 잘 맞을 듯한 레시피가 많았다. 설탕을 쓰지 못해도 소금을 쓸 수 있어서 다행이었다. 역시 이번에도 시작해보지 않고 두려워하는 것은 쓸모없는 태도임을 깨달았다. 내가 두려움으로 시작한다면 험난한 여정이 또 다른 고통이 될 터였다. 케톤 생성 식이요법은 신체에 부정적인 영향을 주지만 뇌세포를 활성화해 인지 기능을 향상시킨다는 장점이 있었다. 아이가 다시 태어나기 위한 여정이라는 생각이 들었다. 물론 아이의 몸에서 케톤 생성 식이요법의 부작용이 나타날지 모르지만 그때 가서 생각하기로 했다.

뇌전증 환아를 키우는 엄마들의 카페에서 케톤 생성 식이요법에 대해 찾아보았다. 우리 아이처럼 약물 다섯 가지를 쓰다가 이 식이요법을 시작한 엄마의 사연이 있었다. 케톤 생성 식이요법은 힘들었지만 약물은 한 가지로 줄었고 그마저 경련이 잘 조절되어 끊기 직전이라고 했다. 생각보다 유치원에 잘 다니는 아이도 많았다. 간식과 점심 도시락을 싸서 보낸다고 했다. 물론 걱정되어 집에 데리고 있는 엄마도 많았다. 한 엄마는 아이를 집에만 데리고 있으려고 했지만 주치의가 사회로부터 고립되는 것은 아이의 발달을 저해한다고 또래 집단에 내보내길 권해서 마지못해 어린이집에 보내고 있다고 했다. 우리 아이도 집에만 있어서는 안 되겠구나 싶었다. 아이가 다니는 유치원은 간식으로 산양유와 볶은 콩을 준다. 산양유와 볶은 콩은 아이가 섭취할 수 있는 간식이었다. 양만 잘 지킨다면 문제가 없었다. 남편과 나는 점심을 먹기 전에 아이를 데려오면 아이가 식사 문제로 고생하지 않을 수 있겠다고 의견을 모았다. 또래 집단에서 고립되지 않고 케톤 생성 식이요법을 적용할 수 있겠다는 희망이 보였다. 두려움을 벗어던지고 다가가니 생각보다 희망적이었다. 아이에게 케톤이 적절하게 나오고 경련이 잡힌다면 우리에게 희소식이 들릴지 몰랐다.

독한 약에서 벗어날 수 있는 길, 그러나 모험은 모험이라는 생각이 들었다. 그래, 아이와 나는 새로운 모험을 시작하는 거야. 영화 〈호빗 : 뜻밖의 여정〉을 보면 빌보 배긴스라는 호빗족 주인공이 나온다. 그는 정말 평화롭게, 행복하게 살고 있었다. 인생을 즐기기만 하면 되는 삶이었는데 뜻밖의 모험에 합류하게 된다. 생사고락에 빠진다. 돌아가고 싶어 몇 번이나 포기하려 하지만 빌보 배긴스는 끝끝내 모험을 멋지게 끝마친다. 빌보 배긴스는 모험을 하기 전 편안하게 걱정 없이 살았던 삶보다 모험 이후의 삶이 진정으로 자신이 살아 숨 쉬는 삶이라고 생각한다. 나와 아이도 케톤 생성 식이요법이라는 새로운 여정을 떠나게 된 것이다. 모험 중 어떤 역경을 겪을지는 아무도 모른다. 빌보 배긴스가 겪었던 것처럼 생사고락에 빠지기도 할 것이다. 죽을 만큼 힘들어서 포기하고 싶은 마음이 수시로 들지도, 생각 외로 일이 잘 풀릴지도 모른다. 어떤 여정이 펼쳐지든 일단 우리는 모험을 시작하기로 마음먹었다. 영화에서 빌보 배긴스와 모험을 선택한 마법사 간달프는 이런 말을 남겼다.

"용기는 생명을 해칠 때 필요한 것이 아니라 생명을 살릴 때 필요한 거야."

나도 아이의 생명을 살리기 위한 용기를 내기로 했다. 도전이라는 것은 언제나 고통을 수반한다. 포기하고 싶은 고통의 절정을 견디고 나면 분명 좋은 날이 오리라 믿어 의심치 않는다. 혹시 모험이 실패하더라도 걱정하지는 않는다. 모험을 시작도 하지 않는다면 케톤 생성 식이요법을 할까 말까 늘 갈등 속에서 살 것이다. 실패하든 성공하든 일단 여정을 마치고 나면 더 이상 고민하고 두려워하는 일은 없을 것이다. 어떤 결말이든 나기만 하면 앞으로 어떻게 살지 그때 가서 고민해도 늦지 않는다. 지금은 이 모험을 받아들이고 꿋꿋하게 앞으로 나갈 뿐이다. 앞으로도 새로운 도전이 많이 두려울 때 호빗처럼 인생을 바꿔줄 뜻밖의 여정이 찾아왔다고 생각하려 한다. 어떤 결과이든 여정을 끝마치면 우리는 더욱 성숙해져 있을 것이다.

나는 육아가 천직이야

나는 입버릇처럼 해온 말이 있다.

"육아는 정말 나랑 맞지 않아!"

"육아는 내 체질이 아니야!"

"도무지 아이들을 어떻게 해야 할지 모르겠어."

나는 무엇이 그토록 힘들었을까? 예전부터 아이들을 썩 좋아하는 편이 아니었다. 사회복지학을 전공하면서 많은 대상자를 만나며 자원봉사 활동을 했다. 노인, 장애인, 아동, 청소년, 여성, 알코올중독자 등 여러 층의 다양한 연령대를 만났지만 아동, 청소년을 대할 때가 가장 어려웠다. 나는 예측 가능하고 일관성 있게 일하기를 좋아했다.

이러한 성격과 정반대인 예측 불가능한 아이들은 한마디로 고통 그 자체였다. 방과 후 학습 교실에서 아이들에게 잠깐 수학을 가르친 적이 있는데 학교 선생님들의 고충을 몸소 느꼈다. 조는 아이, 돌아다니는 아이, 그림 그리는 아이, 질문하는 아이, 시비 거는 아이, 화장실 가겠다는 아이, 수업과 전혀 관계없는 질문을 던지는 아이 등 이러저러한 유형의 조합은 나를 말 그대로 '멘붕'에 빠뜨렸다. 담당 선생님께 죄송하지만 자원봉사 활동이 어렵겠다고 전하고 그만두었다. 이겨낼 자신이 없었다.

사회복지학을 전공하면 전문 분야를 선택하게 되는데 제일 처음 제외했던 분야가 아동, 청소년이었다. 나는 한 치의 고민도 없이 노인 분야를 선택했다. 크게 유동적이지도 않고, 충동적이지도 않아 예측 가능하면서도 여유가 있는 노인 분야는 나에게 로망이었다. 이러한 바람은 노인 복지 분야로 취업하는 데까지 무리 없이 이어졌다. 노인 복지 분야에서 일할 때를 잠깐 돌아보면 유일하게 나를 힘들게 했던 것은 밤새 키보드를 두드려도 줄지 않는 서류 업무뿐이었다. 오전, 오후에 어르신들을 집까지 모셔다 드리는 차량 서비스도 담당했는데 나에겐 그 시간이 가장 즐거웠다. 어르신들과 담소도 나누고, 노래도 부르며 하루 일과 속에서 산소 같은 시간을 보냈다.

그런 내가 결혼하고 얼마 지나지 않아 덜컥 아이를 낳았다. 방과 후 학습 교실에서 느꼈던 '멘붕'은 아무것도 아니었다.

갈수록 어두워지는 내 눈밑이 나의 정신적 혼란 상태를 여실히 드러내주었다. 어린이집 선생님들은 항상 활기에 차 보이는데 아이를 돌보는 내 몸에선 냉기가 쏟아져 나왔다. 첫아이가 아기 때는 이유 없이 터뜨리는 울음과 졸려하면서도 잠을 자지 않겠다고 떼를 쓰는 통에 언제나 동동거렸다. 좀 더 크니 이리저리 뛰어다니며 다치고, 친구들과 싸우는 통에 동동거렸다. 인사법을 가르치는 데에도 애를 먹었다. 한번은 시댁에 갔는데 어머님은 인사를 잘 하지 않는 아이를 나무라셨다. 시댁에 가기 전 몇 번이나 인사를 꼭 하기로 다짐을 받고 약속했건만 약속할 때뿐이었다. 마음이 내킬 때만 90도로 고개를 숙여 배꼽인사를 했다.

하루에도 수십 번씩 천당과 지옥을 오가는 육아가 도무지 적응이 안 된다며 한탄하고 있을 때쯤, 더 큰 장애물이 찾아왔다. 종잡을 수 없는 아이의 병 뇌전증. 언제 경련을 일으킬지 예상되지 않았다. 원인을 알면 예방이라도 할 수 있을 텐데 원인이 없다고 하니 답답할 뿐이었다. 몸에 맞지 않는 꽉 끼는 옷을 억지로 입은 것처럼 갑갑했다. 성격에도 맞지 않는 육아 자체가 버거웠는데, 아이가 아프기까지 하니 그야말로 가랑이가 찢어질 것 같았다. 더욱이 아이는 병 때문에 소유욕이 강해지고, 아무에게나 소리 지르는 습관이 생겼다. 하루는 아이에게 물었다.

"너는 도대체 왜 그러니? 왜 이렇게 이 엄마를 힘들게 해?"

아이는 가만히 눈만 끔벅이다 '우리 엄마 또 왜 저래' 하는 표정으로 제 갈 길을 갔다.

나는 내가 무엇을 했을 때 기쁜지를 잘 안다. 치매 노인 주간보호센터에서 어르신들과 노래를 부르고, 함께 게임을 하던 그때가 가장 즐거웠다. 사람들은 무섭지 않느냐고 했다. 나는 마음속에 무엇을 품고 사는지 모르는 사람들이 더 무섭다고 했다. 어르신들은 최소한 감정에 솔직하셨고, 순수한 의도로 삶을 살아가셨다. 힘들지 않았다. 일상에서 크게 벗어나는 일이 없었다. 조금씩 새로운 시도를 해보며 여유를 가지고 변화를 관찰했다. 육아와 치매 노인 보호는 누군가를 보호한다는 면에서 같은 듯했지만 전혀 달랐고, 나는 계속 과거를 그리워했다.

사람들은 끊임없이 자신의 적성에 맞고, 즐겁게 할 수 있는 일을 찾아 헤맨다. 직장 다니면서도 늘 허전해한다. 아침에 일찍 출근해서 별을 보고 퇴근하는데도 아무것도 하는 일이 없다고 생각한다. 고액 연봉을 받고 남부럽지 않게 사는 것같이 보여도 사실 자신의 적성에 맞지 않는 일이라며 이직을 고민하는 사람들이 생각보다 주변에 많다. 함께 일하던 선생님들도 늘 자신의 적성과 맞지 않는다며 고민을 털어놓았다. 돌이켜보니 나는 적성에도 꼭 맞고, 즐겁게 할 수 있는 일이 무엇인지 알고 있는데 결혼하고 육아와 아이의 병구완을 하다 보니 현실적으로 할 수가 없었다. 억울하고 속상한 마음이 들었다. 함께 일했던 사람들은 다시 일을 하게 될 줄 알았던 내 처지를 안타깝게 생각하며 위로했다.

나는 가만히 앉아 내가 일하던 시절을 차근차근 곱씹어보았다. 나는 별을 보고 퇴근해도 내 자리에 쌓여 있는 서류에 치여 살았다. 대상자를 위해 내가 존재하는지 A4 용지를 위해 내가 존재하는지 헷갈리기도 했다. 어르신들과 함께하는 일은 좋았을지 몰라도 그 외에 내게 주어진 과중한 업무에 치여 결국 스스로 직장을 졸업했다. 타 부서로 옮겨달라고 절실히 요청했지만 과중한 업무를 인정해주겠다는 대답만 들었다. 몸은 여기저기 병들어갔고, 마음은 어느 순간 견딜 수 없는 지경에 이르렀다. 그렇다. 그 일이 백퍼센트 천성에 맞는 직업은 아니었다. 완벽히 천성에 맞는 직업이었다면 아무리 힘들어도 그만두지 않았을 것이다.

정말 좋아하고 즐거워하는 일을 하는 사람도 많겠지만 대부분의 사람은 그렇게 살기 어렵다. 또한 어떤 엄마도 자신의 아이가 이러저러한 장애를 안고 태어나리라 상상해본 적이 없다. 등산을 하면 오르막과 내리막을 오르내리듯이 나는 어쩌면 경사 가파른 길을 오르는 중인지도 모른다. 육아는 내 생각처럼 내게 맞지 않을 수도 있다. 그렇다고 현실에서 도망

갈 수는 없었다. 도망가지 못한다면 최선을 다하는 수밖에 없었다. 나는 도망가지도 못하면서 최선을 다하지도 못했다. 그저 맞지 않는 일을 하고 있다고 불평하면서 시간을 때우고 있었다. 재미있는 사실은 아이를 키우는 이웃 엄마들과 대화하다 보면 하나같이 자신은 육아와 맞지 않는다고 토로한다는 것이다. 아이 때문에 화가 날 때도 있고, 감정이 잘 조절되지 않아 후회할 때가 많다고들 한다. 힘든 건 누구나 다 마찬가지였다. 조금 더 힘들 수는 있지만 특별히 내 성격 때문에 육아가 맞지 않는 것은 아니었다. 나만 힘든 것이 아니라 누구나 어렵고 힘든 육아를 하고 있다고 생각하니 마음이 편안해졌다. 육아를 회피할 만한 변명거리를 만들었을 뿐이다.

법륜 스님이 말씀하셨다.

"토끼가 새끼를 낳아서 기르지 뭘 생각하고 바라서 낳아 기르나요? 그냥 새끼가 생겨 낳았으니 먹이고 가르쳐 기를 뿐입니다. 아이가 엄친아가 되길 바라는 사람은 그냥 이웃집 아줌마예요. 엄마가 아니에요."

동물들은 새끼를 낳아서 기르는 것을 당연하게 생각한다. 어미들은 독립시키기 전까지 새끼를 목숨을 다해 지키고 기를 뿐이다. 사람만이 아이를 기르면서 대가를 바라고, 조건을 건다. 어디 동물들이 적성 따져가며 새끼 키우는가. 생기는 대로 낳아서 모성애로 길러낼 뿐이다. 자연의 섭리대로 말이다. 토끼도 하는데 사람인 우리가 왜 못 하냐는 법륜 스님의 말은 내 머릿속에 독침을 쏘았다. 쓸데없이 적성 운운했던 생각을 싹 지워버렸다. 내가 낳았으니 독립하기 전까지 목숨을 다해 지키고 기를 뿐이다. 토끼도 하는데 사람인 내가 못 하겠나? 할 수 있다 없다를 고민할 가치도 없었다.

비로소 나의 의문이 풀렸다. 육아가 나에게 맞지 않는다고 생각하며 늘 방황했던 것은 나에게 세속적인 욕망이 있었기 때문이다. 내가 그토록 힘들어했던 이유는 힘든 육아에서 자유로워지고 싶은 욕망 탓이었다. 아이들에게서 벗어나 나의 삶을 살고 싶다는 마음, 자유를 열망하는 마음, 그것들이 다 욕망이었다. 자유롭고 싶은 욕망을 붙잡는 육아, 그것도 모자라 아프기까지 한 아이. 도대체 내가 무엇을 하고 사는지 모르겠다, 적성에 맞지 않는 육아를 한다는 얼토당토않는 마음을 품었다.

내 마음의 원인과 직접 마주하고 나니 무거웠던 마음이 서서히 가벼워졌다. 나는 내 마음을 위로해주었다. 그동안 많이 힘들었구나, 지쳐 있었구나, 너는 위로받고 싶었을 뿐인데 그 마음이 크게 부풀어 현실을 내려놓고 싶었구나 하며 어루만져주었다. 잘하든 못하든 나는 무조건 할 수 있다고 믿기로 했다. 토끼가 하는 것처럼 사랑을 담아 아이를 길러내겠다고 마음먹었다. 아이를 잘 기르겠다는 욕망도 버렸다. 아이와 있는 그대로 즐겁게 지내겠다고 마음먹었다.

어느새 나는 아이와 웃고 지내는 시간이 많아졌다. 예전에는 어린이집에서 돌아올 시간이면 불안하고 초조했다. 그랬던 마음은 함께 무언가 할 수 있으리라는 믿음으로 바뀌었다. 믿음으로 바뀌니 아이와의 시간이 부담스럽지 않았다. 육아를 하든 간호를 하든 힘들지만은 않았다. 돌아보면 아이는 아픈 날보다 아프지 않은 날이 더 많다. 우는 때보다 웃고 떠드는 시간이 더 많다. 나름대로 함께 해볼 만한 시간이었다. 지금 이 순간도 단지 아이에게 토끼 엄마가 될 뿐이다. 너무 많은 것을 바랄 때 진정 해야 할 것이 보이지 않는다. 어렵고 힘들게만 느껴진다. 육아와 아이의 병간호가 또다시 힘에 부치다고 느껴지면 가만히 모든 욕망과 바람을 내려놓고 나 자신을 토닥일 것이다. 동물이 새끼를 마치 천직인 양 군말 없이 기르듯이 나 역시 육아와 아픈 아이의 병구완을 천직으로 삼을 것이다.

성장하는 가족

아이가 뇌전증에 걸리고 나서 나만큼이나 고통받은 이가 있다. 둘째 아이다. 둘째가 돌을 막 지났을 때 큰애가 아프기 시작했다. 돌쟁이 딸은 두 살 위 오빠가 아파서 '이해'와 '양보'가 무엇인지 배웠다. 엄마를 양보해야 하는 상황을 이해했다. 자신의 의사는 반영되지 않았다. 아직 밤에 엄마의 토닥임이 필요한 나이였는데 엄마와 떨어져야 했다.

돌쟁이 둘째 아이는 갑작스레 아픈 오빠 때문에 외갓집과 친가를 오가며 방황했다. 양가에서 번갈아 가며 아이를 돌봐주셨다. 큰애가 병원 입퇴원을 반복해서 둘째 아이를 돌볼 수 없었다. 어린 둘째 아이는 계획보다 빨리 어린이집에 갔다.

큰아이는 처음 어린이집에 갔을 때 한 시간씩 점차 늘려가며 적응 기간을 거쳤다. 둘째는 엄마와 떨어진 슬픔을 감당하며 할머니 댁과 어린이집을 오갔다. 엄마와 떨어져 어린이집이라는 낯선 곳에 남겨진 둘째를 떠올릴 때면 늘 마음이 아렸다. 가기 싫다고 떼쓸 수도 없는 작은아이의 처지가 안타까웠지만 달리 방법이 없었다.

책임지지도 못하면서 연년생을 낳은 내가 몹시 미웠다. 아무 죄 없는 아이에게 이런 고통을 지웠다고 생각하니 자신이 한없이 원망스러웠다. 큰애만 낳았더라면 좀 더 치료에 집중할 수 있었으리라며 자책했다. 두 아이에게 나는 죄인이었다.

둘째 아이는 어느 순간부터 이유 없이 짜증을 내곤 했다. 자신을 돌봐주는 가족들이 잠시 자리를 비우면 찾아다니며 울어댔다. 엄마가 언제 자신을 두고 병원으로 갈지 모른다는 불안감을 감추지 못했다. 할머니와 같이 있다가 할머니가 잠시 부엌에 뭔가를 가지러 가면 놀라서 운다고 한다. 둘째 아이는 주 양육자가 자주 부재한 결과 불안해하고 초조해하는 아이로 변해갔다. 둘째는 어느 순간 친구를 문다거나 이유 없이 떼를 쓴다고 했다.

내가 병원에 가 있는 동안에 특히 더 심했다. 퇴원해서 큰애를 돌보다 보면 둘째 아이가 슬슬 눈치를 봤다. 자기를 두고 또 사라질 것 같은 불안을 느끼는 듯했다. 불안감이 커질

수록 오빠와 자주 다퉜다. 오빠에게 소리를 지르거나 꼬집거나 물곤 했다. 서로 장난감을 두고 싸우는 것은 예사였다. 연년생 자녀들은 많이 싸운다지만 내 눈에는 오빠를 향한 미움으로 보였다.

'다 나 때문이야. 능력도 없으면서 덜컥 아이만 낳으면 어떻게 해. 아이의 고통은 어떻게 치유해줄 거야! 두 아이를 돌보기가 힘들다. 두 아이의 감정을 다 헤아리기가 너무 힘들다.'

두 아이의 갈등이 다른 집의 자녀들보다 심각해 보였다. 주위 사람들도 놀라곤 했다. 가족들은 둘을 따로 떼어서 키우라고 했다. 큰애가 동생에게 스트레스를 받아 더 자주 경련하는지도 모른다고 경고했다. 둘째는 둘째대로 큰애에게 스트레스를 받는 듯했다. 5분에 한 번씩은 번갈아 가며 울어댔다. 무조건 함께 키우는 것이 방법이라는 생각이 들지 않았다. 둘째를 아예 친정 부모님께 맡겨야 하나 고민스러웠다. 두 아이를 위한 길이라는 생각도 들었지만, 둘을 모두 잘 돌보는 데에 한계를 느끼기도 했다.

큰애는 복용하는 약이 증가할수록 폭력적으로 행동했다. 아무리 설명해도 예사로 동생을 밀치고 물건을 빼앗았다. 둘째는 한창 자아가 성장하는 시기였다. 빼앗긴다고 가만있지 않았다. 서로 뺏고 때리고 밀치는 일이 반복될수록 나는 화를 조절하지 못했다.

아픈 큰아이를 돌보는 것도 큰 부담이었는데 두 아이의 으르렁거림은 나를 파김치로 만들었다. 어느새 나도 으르렁거리는 한 마리의 사자가 돼 있었다. 아이들에게 으르렁거리고 나면 후회가 밀려왔다.

'한 번 더 참고 차분하게 설명해줄 수 있었는데 왜 그랬을까? 나는 엄마 자격이 없나 봐. 왜 나 같은 것이 엄마가 돼서 아이도 나도 괴롭히며 사는 걸까.'

엄마로서 지녀야 할 자존감은 지면을 뚫고 지하 깊은 곳으로 숨어버렸다. 엄마로서 잘해낼 자신이 없었다. 버겁고 힘들어서 울고 또 울었다. 처음에는 소리 내어 흐느끼며 울었다. 나중에는 하루를 정신없이 보내다가 잠깐 엉덩이를 붙이고 앉으면 자동으로 눈물이 흘러내렸다. 내 감정이 슬픔인지 우울함인지 알 수 없었다. 아이들은 기력을 다해 싸우다가도 웃고 떠들었다. 그럴 때면 나는 더욱 기막혀지곤 했다.

우리 집에서 절망스러워하는 사람은 나밖에 없었다. 큰아이는 아프지 않을 때는 천방지축 개구쟁이였다. 둘째 아이는 고집스럽지만 애교 많은 동생이었다. 가만 바라보니 아이들은 서로 미워 죽을 듯이 싸우다가도 언제 그랬냐는 듯 깔깔거리며 웃고 떠들었다. 아이들이 말썽을 피우면 엉덩이를 두들기고 혼내줬는데, 그러고 나면 꼭 혼자서 후회하고 괴로워했다.

정작 아이들은 잊어버리는데 말이다. 혼자서 온갖 감정의 소용돌이에 휩쓸렸다.

어느 순간 아이들에게 배신당한 기분이 들기도 했다. 하루 종일 괴로워하기 일쑤인 나와 달리 아이들은 눈물을 닦고 나서 바로 웃을 줄 알았다. 단순하지만 아이들의 방식이 옳았다. 우울해해봐야 무엇도 변하지 않았다. 자존감만 바닥을 치고 의욕만 사라질 따름이었다. 쓸데없는 원망과 후회로 아까운 시간을 허비했다. 지금 이 순간 내가 해야 할 일은 원망과 후회, 흐느낌이 아니었다.

그동안 상처받았던 둘째 아이의 마음을 토닥여야 한다. 엄마의 잦은 부재로 불안한 마음이 커진 아이를 사랑으로 안아줘야 한다. 두 아이의 고통을 엄마의 품으로 치유해줘야 한다. 지금껏 나는 실금이 가고 있는 위태로운 얼음판에 아이들을 던져두고 두 손 놓고 있었다. 아이들은 점점 더 위태로워졌다. 엄마에게 도움의 눈길을 보냈지만 나는 그 눈길을 외면하고 있었다. 그저 내 발밑의 실금을 내려다보며 두려움에 떨 뿐이었다. 정신을 차렸다. 설사 얼음 속으로 빠져든다고 해도 아이들을 끌어안고 괜찮을 거라고 다독여야 한다. 내 품은 두 아이를 충분히 품을 수 있다고 믿었다. 두 아이를 품을 수 있기에 누군가 나에게 두 아이를 보내준 거라고 믿었다. 할 수 있다고 믿었다. 둘째 아이를 수시로 안아주며 말했다.

"엄마와 떨어져서 얼마나 고생이 많니. 그래도 너는 한 번도 할머니 집에 가지 않겠다고 떼쓰지 않았지. 어린이집에 가지 않겠다고 떼쓴 적도 없어. 정말 고마워. 오빠가 아파서 어린 나이에 참는 법을 먼저 배운 너에게 무척 미안해. 엄마도 참는 것이 어려운데 너에겐 얼마나 어려운 일인지 잘 안단다. 하지만 떨어져 있어도 엄마는 너를 잊은 적이 없어. 네가 밥은 잘 먹는지, 네가 잘 놀고 잘 자는지 항상 궁금하고 보고 싶단다. 엄마는 오빠를 더 사랑하고 너를 덜 사랑하는 것이 아니야. 너에게도 엄마가 필요하지만 오빠가 병을 치료하고 있어서 엄마의 손길이 좀 더 필요해. 너와 함께 있고 싶은 마음이 굴뚝같지만 엄마도 꾹 참고 오빠와 병원에 가는 것이란다. 너에게 이해해달라는 말은 더 이상 하지 않을게. 대신 엄마가 돌아오면 너와 떨어져 있는 동안 못한 만큼 더 많이 안아주고, 더 사랑할게. 우리 함께 있는 동안 더 많이 사랑하고 더 많이 아껴주자. 너를 진심으로 사랑해. 고마워."

아이가 알아듣든 알아듣지 못하든 상관하지 않았다. 늘 이야기했다. 사랑한다고 말하며 안아주었다. 하루하루 아이와 함께할 수 있는 날이 쌓여갔다. 아이는 이제 예전만큼 불안해하거나 두려워하지 않는다. 네 살이 된 딸은 의젓해졌다. 오히려 "엄마, 병원 가? 잘 갔다 오세요. 나는 할머니 집에서 잘 놀고 있을게요" 하며 나를 안심시킨다. 어린이집에서도 떼쓰지 않고 아이들을 가르치는 반장 노릇을 한다. 양가 부모님과 함께할 때면 애교쟁이가 되어 할머니 할아버지의 기쁨이 돼준다. 어딜 가도 사랑받고 귀여움을 독차지한다. 오빠의 병을 자연스럽게 이해한다. 오빠에게 엄마의 손길이 많이 필요하다는 것도 이해한다. 기특하게도 스스로 할 수 있는 일은 알아서 척척 한다. 때로는 아이를 애어른으로 만든 것 같아 마음이 아프기도 하다. 하지만 아이는 스스로 자신이 나아가야 할 길을 찾았다. 단지 사랑해주고 솔직하게 모든 것을 털어놓았을 뿐이다. 병원에 갈 때는 꼭 아이에게 사실을 설명하고 양해를 구했다. 알아듣지 못할 수도 있지만 무조건 얘기해두었다. 아이는 자연스럽게 이 모든 상황을 이해하고 있었고 대처하는 방법도 스스로 깨우쳤다.

아직도 오빠와 다투기는 하지만 사이좋게 지내려고 많이 노력한다. 때론 오빠가 어려워하는 것을 돕는 선생님이 되어주기도 한다. 만약 둘을 떼어서 키웠다면 어땠을까? 둘째 아이는 할머니의 아이가 되었을 것이다. 오빠와도 영영 어울리지 않는 물과 기름이 되었을 것이다. 모든 열쇠는 엄마인 내게 있었다. 아이들을 문제라고 여기며 회피하려고만 했다면 나는 지금의 변화와 행복을 얻지 못했을 것이다. 아이를 진심으로 사랑해주고 안아준다면 아이들은 분명히 변하게 되어 있다.

나는 엄마가 처음이다. 아이도 아이가 처음이다. 더군다나 투병 중인 구성원이 있는 특별한 가족이다. 좌절과 고통은 깨달음을 주었다. 깨달음을 실천한 결과 우리 가족은 진화했다. 변화를 넘어선 진화를 이뤘다. 우리 가족은 말로 설명하기 힘든 특별한 무언가를 이뤘다. 힘들어도 견디는 것이 이기는 길이다. 아이가 잘 모르리라고 엄마 혼자 고통을 짊어질 필요가 없다. 온 가족이 다 같이 솔직하게 대화를 나누면 예상치도 못한 결과를 얻는다. 아이, 엄마와 아빠, 가족 모두가 변하고 진화한다. 그렇게 배우면서 변하는 거지, 처음부터 잘하는 사람은 없다.

아이가 진심으로 바라는 미래

엄마들이 착각하는 사실이 있다. 내 아이를 엄마인 내가 가장 잘 알고 있다고 생각하는 것. 마치 내가 아는 것이 아이의 전부라고 착각하는 것. 우리 아이는 착한데 친구를 잘못 만나서 이렇게 됐다는 둥, 아이는 가만히 있는데 친구들이 부추겨서 그렇다는 둥 엄마들이 제 아이는 절대 그럴 아이가 아닌데 주변에서 아이를 그렇게 만들었다고 핑계 대는 것을 어렵지 않게 듣는다. 과연 내 아이는 정말 엄마가 생각하는 것이 전부일까?

실제로 전문가들은 엄마가 아이에 대해 알고 있는 것은 극히 일부라고 한다. 아이가 성장할수록 아이에 대해 아는 부분은 적어진다고 한다. 내 어린 시절을 돌아봐도 엄마한테 화가 났을 때 "엄마는 잘 알지도 못하면서!"라고 했던 기억이 난다. 중학교에 입학한 뒤 처음 시험을 치르고 나는 적잖은 충격을 받았다. 초등학교에서 하던 공부와는 차원이 달랐다. 가짓수가 늘어난 과목이 버거웠다. 시험은 왜 그렇게 어려운지. 당최 공부가 재미없고 졸리기만 했다. 당연히 열심히 학교를 다니는 학생이었다. 필기도 열심히 하고 수업도 열심히 들었지만 전혀 성과를 내지 못했다. 주변에서는 열심히 공부하는 모습을 보고 우등생인 줄 알았지만 성적은 중하위권을 맴돌았다. 어중간한 학생에 지나지 않았다. 중학교에 올라가자 중상위권을 유지했던 초등학교 시절은 머나먼 과거가 되었다. 중학교 2학년 여름방학 일주일 전 부모님이 말씀하셨다. 담임 선생님이 성적이 계속 이렇게 유지된다면 실업계 고등학교에 진학할 것이라 하셨다는 것이다.

"공부에 취미가 없으면 억지로 하지 않아도 돼. 실업계 고등학교에 진학해 기술을 배우고 취직을 해도 괜찮아. 다만 네가 알고 있어야 할 것 같아서 말한다."

당시 인문계 고등학교 진학에는 내신 성적 반, 진학 시험 성적 반이 차지했다. 이미 내신 성적이 좋지 않은 상황이라 실업계 고등학교에 가게 되리라고 알고 있었지만 부모님께 직접 들으니 충격이었다. 당시 나는 실업계 고등학교는 아주 질이 좋지 않은 친구들이 가는 곳이라는 잘못된 선입견이 있었기 때문에 영 내키지 않았다. 다음 날 담임선생님이 부르셨다.

"네 진로에 대해 이야기하고 싶어 불렀단다. 지금 성적으로는 아마도 실업계 고등학교를 갈 가능성이 커. 너는 어때?"

"실업계 고등학교는 가기 싫어요."

"음, 그렇구나. 인문계 고등학교에 진학하려면 진학 시험도 잘 봐야 하지만 이미 내신 성적이 부족해서 솔직히 조금 힘들 것 같아."

어제 받은 충격에 또 한 번 충격을 받았다. 실업계 고등학교에 진학한다고 생각하니 열등생임을 공표하는 듯해 주변 친구나 어른들 보기에 부끄러웠다.

"너에겐 이번 여름방학이 마지막 기회야. 2학기 성적과 3학년 성적을 상위권으로 끌어올린다면 희망이 없는 것은 아니야. 너에겐 그런 능력이 있다고 본다. 여름방학에 최선을 다해 성적을 올려봐. 선생님은 너를 믿어."

다행이라는 생각에 눈물이 주르륵 흘렀다. 아직 늦지 않았다는 말씀이 무척 기뻤다. 그해 여름방학은 말 그대로 코피를 흘려가며 공부했다. 2학기 성적이 엄청나게 향상됐다. 선생님은 나보다 더 기뻐하셨다. 2학기 성적표를 보여주시며 누구보다 기뻐하시던 모습이 아직도 생생하다.

"네가 해낼 수 있다고 믿었어. 지금처럼 3학년 때도 열심히 한다면 인문계 고등학교에 진학할 수 있을 거야."

나를 믿어준 선생님께 보답하고 싶었다. 3학년 때도 죽기 살기로 공부했다. 2학년 말에는 성적이 중상위권까지 올랐다. 3학년 때는 성적이 상위권으로 올랐다. 고등학교 진학 시험에서도 아주 좋은 성적을 받았다. 나는 무난하게 인문계 고등학교에 진학했다.

부모님은 내가 공부에 취미가 없다고 단정 지었다. 물론 공부에 취미가 없기는 했지만 이른 나이에 취직하고 싶은 마음도 없었다. 딱히 무언가 하고 싶은 일을 찾지 못했을 뿐이다. 부모님은 성적에 맞춰서 실업계 고등학교에 진학하면 된다고 다독였지만 전혀 도움이 되지 않았다. 오히려 패배자라는 감정을 심어주어 어린 마음에 상처가 되었다. 만약 2학년 때 담임선생님이 나에게 용기를 불어넣어주지 않았더라면 내 인생은 전혀 다른 방향으로 흘러갔을 것이다. 실업계 고등학교 진학이 나쁘다는 뜻이 아니다. 어떤 노력도 하지 않고 되는대로 현실에 맞춰서 살아가는 인생에 그쳤으리라는 뜻이다. 담임선생님은 벼랑 끝에 있는 나에게 밧줄을 잡을 기회를 주셨다.

비록 마지막 남은 밧줄인지라 남들보다 몇 배의 힘을 들여 잡아야 했지만 결국 성공했다. '하면 된다'는 것을 그때 처음 배웠다. 부모님은 내가 실업계 고등학교에 진학하고 싶어 하지 않는다는 것을 모르셨다. 또한 목표를 세우면 성취할 수 있는 사람이라는 것도 모르셨다. 고등학교에 입학하던 날 부모님은 말씀하셨다.

"네가 당연히 실업계에 진학할 거라고 생각했어. 유명한 사립 여고에 입학하다니! 정말 장하구나!"

왜 공부해야 하는지 몰라 방황했지만 인문고 진학이라는 목표를 세운 순간 나는 나도 모르는 힘을 끌어올렸다. 부모님은 뒤늦게 나의 가치를 발견하게 되었다. 부모님은 누구보다 나를 소중하고 가치 있게 여기셨지만 내가 어떤 사람인지, 나의 진가가 어느 정도인지 다 알지 못하셨다.

그렇다면 내 아이의 진가는 무엇일까?
내 아이가 진심으로 바라는 것은 무엇일까?

아직 어리다고, 아직 잘 모른다고 나는 아이를 정말 아이 취급 했다. 늘 미숙하고, 가르쳐야 하는 존재로 여겼다. 우리 아이는 나의 재촉에 무척 힘겹게 따라왔다. 아이는 아이만의 가치가 있고, 아이가 바라는 것이 있었을 텐데 전혀 알아주지 못했다. 부모님이 내 마음을 몰라준다며 그렇게 속상해했던 어린 나는 지난 시절을 까맣게 잊어버린 채 전지전능한 어른인 체했다. 아이에 대해서 다 안다며 으스댔다.

아이의 병을 고치겠다며 서울, 대구, 부산 등 여러 곳을 돌아다녔다. 말 그대로 열 손가락, 열 발가락 안 찔러본 곳이 없다. 침이며, 주사며 안 맞아본 바늘이 없다. 아이는 어린 나이에 목 놓아 우는 법부터 배웠다. 안 먹어본 것도 없다. 각종 한약재, 토끼 고기, 대마씨유, 찔레버섯 등 웬만큼 쓰다는 것부터 뇌전증에 좋다는 어지간한 음식은 다 먹었다. 아이의 입에 무작위로 밀어 넣었다는 표현이 더 맞을지도 모른다. 뭐라도 해서 아이를 낫게 해주는 것이 아이를 위한 길이라 생각했다. 오로지 무엇을 해야 할지만 쫓았다. 아이의 의견이 궁금한 적은 한 번도 없었다. 어서 삼키지 않고, 빨리빨리 따라와주지 않는 아이가 답답했다. 아이의 걸음이 왜 늦는지, 왜 어서 삼키지 않는지 고민 한번 한 적이 없다. '너는 무조건 해야 한다'고만 생각했다. 그런데 아이도 이렇게 해서라도 낫는 것이 우선이라고 생각했을까? 내가 택한 길이 아이도 바라는 길이었을까? 아이가 진정 바라는 것을 내가 하고 있을까? 선뜻 답할 수 없었다.

아이는 늘 표정이 일그러졌다. 목 놓아 울었다. 온몸이 땀범벅이었다. 목이 쉬었다. 아이는 즐거워하며 나를 따라온 적이 없다. 아이가 원치 않는 길을 가고 있었던 것이다. 어리다는 이유로 힘 있는 내가 아이를 강제로 이끌어갔다. 둘째 아이도 마찬가지였다. 아픈 큰아이를 돌본다는 이유로 둘째는 어린 나이에 하루 종일 어린이집에서 엄마를 기다려야 했다.

친가와 외가를 전전해야 했다. 함께 있어도 먼저 배려해야 하는 입장을 강요당했다. 오빠보다 늦게 태어났지만 오빠에게 양보해야 하는 슬픈 처지였다. 당연히 둘째가 원하는 바가 아니었다. 둘째가 바랐던 것은 엄마와 함께하고, 사랑받는 것이었을 텐데 어른들은 양보하는 법을 먼저 강요했다.

두 아이 모두 얼마나 속상했을까? '엄마, 내가 바라는 것은 이게 아니에요! 내 말을 들어주세요. 나는 싫어요. 엄마는 내 마음을 몰라요!'라고 마음속으로 얼마나 외쳐댔을까?

어른들이 아이들을 위한답시고 하는 일들이 아이들의 바람과 일치하리라는 생각은 착각이다. 아이들을 다 안다고 생각하며 내려다보는 자체가 큰 오만이다. 하나의 인격체로서 존중하고 인정하는 것이 아니라 미숙한 존재로 내려다보고 있는 것이다. 나도 아이를 내려다보고 있었다. 치료가 우선이라고 생각하면서 내가 시키는 대로 따라오도록 채찍질했다. 채찍질에 찢어진 살결에는 아이의 좌절이 배어 있었다. 자신의 바람과는 상관없이 그저 상처 나고, 덧나고, 딱지가 앉아 엄마가 시키는 대로 하는 꼭두각시가 되어갔다.

아이의 병을 치료하는 것도 중요하지만 아이가 원하는 것, 아이의 의견도 존중해야 했다. 나는 늦었지만 서둘러 어리석은 일에 아이들과 나의 시간을 허비했던 시간과 결별하기로

두 아이 모두 얼마나 속상했을까?
나는 이제 아이들이 바라는 것,
아이들이 원하는 것을 함께하기로 했다.

했다. 아이들이 바라는 것, 아이들이 원하는 것을 함께하기로 했다. 아이가 감내해야 하는 치료에 대해서는 끊임없이 대화를 한다. 쓴 약을 먹어야만 하는 이유, 아픈 주사를 맞을 수밖에 없는 이유에 양해를 구하려 애를 쓴다. 언젠가 아이가 어쩔 수 없는 엄마의 마음을 조금이나마 이해해주길 바라면서 말이다.

치료를 제외한 나머지 시간에는 아이들이 하고 싶은 일에 시간을 할애하려 애를 쓴다. 그동안 아이들과 나는 즐거운 때가 별로 없었다. 큰아이와는 병을 치료를 한답시고 이리저리 쫓아다니느라 힘들기만 했다. 둘째는 외로워했다. 더 이상 이렇게 살고 싶지 않았다. 내일 당장 입원할지도 모른다고 생각하면 아까운 시간들이다.

이제 우리 모두가 공통으로 바라는 것은 '오늘 하루 즐겁게'를 실천하는 것이다. 아프다고 집에만 있지 않는다. 놀이터에 가고 싶으면 놀이터에 가고, 하고 싶은 일이 있으면 최대한 하려고 한다. 아픈 애를 데리고 어디 놀러 가냐고 하지만 아프니까 한다. 지금 당장 아이가 즐겁고, 바라는 것을 하지 않으면 안 되니까.

하루하루가 소중한데 아이가 하고 싶은 일을 보류하는 건 아무런 의미가 없다. 지금 아이들이 바라는 것을 알아주고 함께하다 보면 중학교 때 나름의 기적을 만든 나처럼 아이들에게도 놀라운 힘이 발휘돼 기적 같은 일이 일어나지 않을까? 아이들에게 묻는다.

"지금 무얼 하고 싶니? 네가 바라는 것은 뭐야?"

아이들의 대답은 제각각이다. 아이들이 원하고 바라는 것을 들어주는 길은 멀고도 험하다. 더욱이 아이가 둘이다 보니 서로 다른 욕구를 한꺼번에 충족해주기란 무척 어렵다. 할 수 있는 만큼 애를 쓰며 좌충우돌 겪어나갈 뿐이다. 최소한 마음을 알아주기라도 하는 것이다. 이렇게 애를 쓰다 보면 어느 순간 말하지 않아도 아이들과 같은 길을 걷게 되는 날이 오지 않을까.

조용히 바라본다. 훗날 아이들에게 "엄마는 내 마음을 참 잘 알아"라는 칭찬을 듣는 날이 오길. 내 아이에게만큼은 아무것도 모르는 어른이 아니라 아이의 마음을 최대한 알아주려고 애를 쓰는 엄마로 비치길.

이제부터 시작이야!

사람들은 살아가면서 얼마나 많은 실패를 경험하고 살까? 실패를 경험하면 대부분의 사람은 좌절한다. 자존감은 끝없이 추락한다. 그러나 사실 나는 살아오면서 큰 실패를 경험해 본 적이 없다.

나의 아버지는 정육점에서 고기를 해체하는 일을 하셨다. 내가 중학교에 입학하면서 이삿짐 운송 일로 전환하셨다. 엄마는 전업주부였다가 내가 중학교 때에 집 근처 주방 용품 공장에서 일을 시작하셨다. 직업에 귀천을 따질 수야 없지만 '귀'보다는 '천'에 가까운 일들을 하셨다. 그럼에도 내가 성장하기에 부족함이 없었다. 대학교에 진학해 다른 사람처럼 학자금 대출을 받아보지도 않았다. 부모님은 알뜰살뜰 저축하셔서 어느 집이나 있다는 빚도 없었다. 근면성실하게 일을 하셨기에 부잣집은 아니더라도 어느 정도 경제적인 여유가 있었다. 고된 노동을 하시지 않으셨다면 나 역시 어려운 삶을 살았을지도 모른다. 부모님이 고생하는 모습을 가슴에 새기며 대학에서는 열심히 공부했다. 내 용돈으로는 하루 끼니를 삼각김밥에 우유로 해결해야 할 때가 많았지만 불평하지 않았다. 열심히 노력한 대가는 장학금이라는 결과로 나왔다.

그때까지만 해도 인생은 순조로웠다. 노력의 대가는 늘 따라온다고 믿었다. 부모님의 노력으로 여유롭게 살았고, 열심히 공부해서 장학생으로 졸업했다. 대학교 4학년 마지막 해에 교수님 추천으로 학교 근처 노인 복지관에 이력서를 넣었다. 교수님은 합격할 것이라며 고무적인 말씀을 해주셨다. 평소에 봉사 활동을 자주 가던 곳이라 그곳 선생님들도 응원해주었다. 나도 별문제 없이 취업하리라 생각했다. 하지만 결과적으로 같은 과 다른 친구가 합격했다. 솔직히 조금 억울한 마음이 들었다. 수업에 참여하는 성실도 면에서나, 성적 면에서나 나는 은연중 당연히 내가 되리라 생각했다. 내가 아니라 그 친구가 되었다는 사실이 믿기지 않았다. 후에 우연히 들어보니, 그 친구의 친척이 복지관 법인에서 영향력을 행하는 위치에 있다고 들었다.

처음으로 맛본 실패는 너무나도 썼다. 한동안 넋 놓고 살았다. 열심히 살아도 배경이 없으면 되는 일이 없구나 하며 좌절했다. 주변 사람들은 그냥 잊어버리고 다른 곳에 도전하라고 했다. 객관적으로 받아들일 수 없는 이유여서 잊히지가 않았다. 사람들의 말은 아무 위로도 되지 않았다. 너무 쉬운 위로 같았다. 그때 나의 솔메이트였던 친구가 말했다.

"내가 너라도 너무 슬프고 힘들 것 같다. 너의 진가를 알아보지 못한 복지관에 내가 화가 날 정도야. 뽑힌 애는 너보다 나은 면이 하나도 없어. 분명 너를 선택하지 않은 그 복지관은 후회하게 될 거야. 내가 장담해. 나는 지금 네가 그곳에서 떨어졌다고 해서 걱정하지 않아. 내가 기관장이라면 너라는 인재를 당장 뽑고 싶은걸. 잊어버리고 또 다른 곳을 한번 찾아봐. 너의 진가를 알아줄 곳이 분명히 있을 거야. 다른 사람은 몰라도 나는 네가 잘될 거라고 믿어. 그리고 나는 사실 네가 너무 빨리 나를 떠나버릴 것 같아 아쉬웠는데 너랑 함께하는 시간이 좀 더 생겨서 기쁘다. 억울한 상황이지만 좀 더 긍정적으로 생각해보자."

순간 아득해졌다. 친구는 나의 억울함에 누구보다 진심으로 공감했다. 나 자신보다 나를 더 믿어주며 기운을 북돋아주었다.

'그래, 고작 한 번 실패했을 뿐이다. 다들 취업이 되지 않아 고민인데 나는 이제 겨우 한 번이다. 아직까지도 도전해볼 기관은 많다. 여기서 안 되면 다른 곳으로 가면 되지. 내가 취업할 수 있는 범위를 한정 짓지 말자. 나는 어디서도 잘해낼 자신이 있으니까.'

다시 컴퓨터를 켜고 취업할 자리를 찾았다. 타 지역에 있는 복지관이었고 내가 구인 공고를 본 날이 마감일이었다. 부랴부랴 메일로 서류를 보냈다. 며칠 뒤, 서류가 통과되었다는 연락을 받고 면접을 보러 갔다. 아버지는 하루 일정을 비우고 동행하셨다. 면접 자리에서 기관장은 내 거주지가 멀다는 사실에 걱정하는 모습을 보였다. 마지막으로 하고 싶은 말이 있으면 해도 좋다고 했다. 나는 이 마지막 말이 내 운명을 결정짓는다고 생각했지만 다른 사람들은 더 이상 할 말이 없다고 했다. 나는 그 기회를 놓치지 않았다.

"행운의 여신은 뒷머리채가 없다고 합니다. 기회가 왔을 때, 행운이 주어졌을 때 잡지 않으면 다시 붙잡을 수가 없지요. 지금 저를 놓치신다면 다시 잡을 수가 없습니다. 저를 잘 붙잡으시길 바랍니다."

아주 당돌하고 도발적인 말이었을지도 모른다. 나는 친구의 믿음으로 자신감을 얻었다. 그만큼 노력했고, 자신이 가치 있다고 생각했다. 당돌하고 도발적인 태도가 아니라 나에 대한 믿음으로 표현한 열정이었다. 면접을 마치고 나오면서 속이 후련했다. 떨어진다 하더라도 미련이 생기지 않았다. 하고 싶은 말은 모두 털었고, 내 자신을 쏟아냈다. 이전에 실패한 기관에서는 서류만 내고 면접조차 보지 못했다. 내가 누구인지 말할 기회를 얻지 못했다. 나는 나를 떳떳하게 밝히지 못했다. 당연히 합격할 거라는 어리석은 생각을 했다. 기관장은 서류로만 나를 보았으니 친구를 선택했을지도 모른다. 내가 어리석었다고 생각하며 나의 모든 것을 밝히고 나온 두 번째 면접에서는 이미 합격 소식을 들은 것처럼 상쾌했다. 아버지의 트럭에 올라탔다. 기분이 좋았다. 아버지는 자신감에 찬 내 얼굴을 보며 합격을 예감하셨다고 했다. 오전 중에 나온다던 결과는 기다려도 소식이 없었다. 후회는 없었다. 아버지에게 집으로 가자고 말했다. 집으로 방향을 틀던 아버지가 갑자기 갓길에 차를 세웠다. 아무래도 이상하다며 조금만 더 기다려보자고 했다. 괜찮다고 돌아가자고 했지만 아버지는 기다렸다. 잠시 후 전화가 왔다.

"늦게 연락해서 미안합니다. 타 지역에 살고 계셔서 고민하는 시간이 길었습니다. 합격입니다. 지금 어디쯤이십니까? 기관으로 돌아오십시오."

내가 묵묵히 안내를 듣고 있는데 아버지는 이미 운전대를 돌리고 계셨다. 그렇게 나는 첫 실패를 딛고 취업에 성공했다.

그날 이후 인생에서 크게 실패한 경험이 없다. 기관에서는 최우수 직원으로 인정받았다. 내가 하고 싶은 일을 찾아 이직에도 성공했다. 엄마가 소개해준 지금의 남편과 결혼도 무리 없이 순조롭게 진행되었다. 실패라는 것을 잊고 평탄하게 살았다.

다른 엄마들과 달리 출산의 고통도 크게 겪지 않았다. 다만 아이를 키워가는 과정은 순조롭지 않았다. 내 뜻대로 되는 일이 없었다. 모유 수유에 성공해 '완모'하는 엄마 대열에 끼고 싶었지만 한 달을 겨우 먹이고 두 눈 퉁퉁 부은 채로 끝내야 했다. 엄마로서 실패했다고 생각하며 무척 우울해했다.

모유 수유의 벽을 넘기고 난 뒤 찾아온 고된 육아에 발목 잡히면서 내 인생이 점차 실패한 인생으로 느껴졌다. 친구들은 아직 직장에 다니며 진급을 하고 커리어우먼이 되어가는 것 같았다. 거울 속에 비친 내 모습은 늘어지고 아이의 침 얼룩으로 지저분한 티셔츠 차림을 한 추레한 아줌마였다. 눈밑에 내려앉은 다크서클은 측은지심을 자아냈다. 고왔던 얼굴 피부는 가뭄에 땅이 갈라지듯 메마르고 쩍쩍 갈라지고 있었다. 언제까지 이렇게 살아야 하나 걱정되고 슬펐다.

하지만 시간은 성실히 흘러 두 아이 모두 성장했고, 육아의 무게가 조금은 가벼워지는 듯했다. 메마른 내 피부가 촉촉해질 무렵 큰아이가 아프기 시작했다. 아이가 아픈 것이 어떻게 실패일 수 있겠냐마는 나는 실패했다고 느꼈다. 큰아이를 좀 더 늦게 혹은 좀 더 일찍 가졌더라면 아픈 아이로 태어나지 않았으리라고 생각했다. 임신 시기부터 잘못되었다고 생각했다. 이제 나는 아픈 아이를 두고 아무것도 할 수 없는 사람이 되었다고 느꼈다.

아무것도 성취할 수 없다는 것, 그저 아픈 아이를 수발하다 인생을 마무리하게 됐다는 패배감에 분노도 하고 원망도 했다. 아이의 병이 절정일 때, 나는 대학 시절 나를 진심으로 위로해주고, 내 슬픔에 공감해주었던 솔메이트가 몹시 그리웠다. 나는 고향으로 돌아왔고, 내가 떠나온 지역에서 친구는 일을 하고 있었다. 친구는 멀리 떨어져 있지만 나에게 종종 위로의 전화를 했다. 여느 사람과 달리 형식적인 위로가 아니라 변함없는 응원과 공감을 선물해주었다. 친구는 그나마 내 숨통을 틔워주는 공기 같은 존재였다. 그런 친구가 어느 날 갑자기 세상을 떠났다. 나는 아픈 아이를 둔 패배감에 친구를 잃은 상심감까지 더해져 삶의 방향을 잃고 헤맸다. 내 감정은 항상 폭풍우 속에 휘몰아쳤다. 여기저기 휩쓸려 다니며 중심을 찾지 못했다. 괴로운 일상이 반복되었다. 주변의 가족들도 내가 풍기는 위태롭고 불안한 기운에 안타까워했다.

내가 실패감에 빠진 삶을 살자, 아이들의 삶도 비슷해졌다. 아이들은 예민해졌고 작은 일에도 짜증을 냈으며 자주 불안해했다. 나의 감정을 고스란히 공유했다. 나는 가족들의 변화를 느끼면서도 어두운 감정의 굴레에서 벗어나질 못했다. 그런 시간이 길어지자 어떻게 하면 이 굴레에서 벗어날 수 있는지 전혀 떠오르지 않았다. 그저 세상이 야속했고, 떠난 친구가 그리웠다.

문득 처음 취업 문턱에서 탈락한 후 좌절하던 나 자신이 생각났다. 친구가 해주었던 햇살과도 같은 이야기도 떠올랐다. 친구가 지금 곁에 있다면 내 고통에 충분히 공감해주었을 것이다. 그러면서 이 상황을 충분히 잘 견뎌낼 능력이 있다고 말해주며 믿어주고 지지해주었을 것이다. 너에겐 그런 능력이 분명히 있다고 힘을 실어주었을 것이다. 그때도 나는 친구의 응원에 힘입어 처음 맛본 좌절을 슬기롭게 이겨내지 않았던가. 새롭게 결심했다.

'딱 접고 새로운 길을 찾아보자. 아이의 미래가 암담하지만 길을 찾으면 또 다른 방법이 분명히 있을 거야. 할 수 있다. 내가 이렇게 패배감에 빠져 있으면 행운의 여신이 찾아와도 잡을 수 없어. 잡기는커녕 알아보지도 못할 거야. 패배감에 빠져 있을수록 진짜 실패한 인생을 살게 될 거야.'

나는 취업 문턱에서 실패하며 더 큰 깨달음을 얻었다. 아이가 아프고 나서 아픈 아이를 키우는 부모의 마음을 알게 되었다. 그들의 고통을 온몸으로 느꼈다. 엄마의 본질을 깨달았다. 아이를 아무 조건 없이 바라보는 눈을 가지게 되었다. 내가 실패라고 느꼈던 이 모험은 실패가 무엇인지 모르는 삶에서는 절대 얻을 수 없는 깨달음을 주었다.

얼마나 가치로운 실패인가. 힘들지만 견뎌내고 이겨내야 한다. 첫 번째는 나의 성공을 위해서, 두 번째는 나의 아이와 가족들을 위해서. 나와 우리 가족은 이 모험을 성공적으로 이끌어낼 것이다. 시간이 얼마나 걸릴지는 중요하지 않다. 오랜 시간이 걸리더라도 성취해내리라 믿는다.

만약 어떤 일에서 실패할 것 같다면, 그렇다면 다행이다. 깨달음을 얻을 기회를 얻고 성공의 발판을 마련할 테니 말이다. 이제부터 시작이다. 실패를 딛고 일어설 날이 펼치지기 시작했다.

오늘보다 나은 내일

삶은 영원히 지속될 듯하지만 언젠가 우리 모두가 죽는다. 하지만 대부분의 사람은 죽음을 깊이 생각해보지 않는다. 그러다가 큰 역경을 만나면 "딱 죽어버렸으면 좋겠다"고 말한다. 정말 죽고 싶은 사람도 있겠지만 죽고 싶을 만큼 힘들다는 뜻일 때가 많을 것이다.

나는 아이가 아프고 나서 '죽음'에 빠져들기 시작했다. 처음에는 나도 힘드니까 "죽고 싶다"는 말로 힘듦을 표현했다. 녹록지 않은 상황에서 어느새 입버릇처럼 죽고 싶다고 말했고, 그러자 어느새 죽음을 상당히 구체적으로 생각하기 시작했다. 죽음을 진지하게 생각하게 해준 대상은 바로 '창문'이었다.

큰 창문이건 작은 창문이건 열고 나갈 수 있는 창문을 볼 때면 죽음을 생각했다. 뛰어내리면 죽을까? 우리 집이 16층이니까 떨어지면 바로 죽겠지? 베란다 난간을 잡고 아래를 내려다보기도 했다. 아래에 나무들이 보였다. 떨어지다가 나무에 걸려서 죽지도 않고 몸이 불구가 되어 살아남지는 않을까 싶었다. 내가 이 난간을 넘어설 수 있을까? 조용히 창문을 닫았다. 뒤에서 초롱초롱한 눈빛으로 큰아이가 나의 일거수일투족을 바라보고 있었다. 새근새근 자고 있던 둘째 아이의 울음소리가 들렸다. 내 정신이 큰아이의 시선과 둘째 아이의 울음소리에 다시 현실로 돌아왔다. 죽음 충동은 큰아이가 경련으로 썰물처럼 한바탕 씨름을 하고 지나간 자리에 밀물처럼 들이치기를 반복했다.

처음에는 현실에서 벗어나고 싶어서 죽고 싶다고 생각했다. 점차 아이가 차도를 보이지 않자 '우리 둘만 사라지면 나머지가 행복할 수 있는데' 하는 마음이 들었다. 차라리 아이와 함께 죽는 것이 우리 둘뿐 아니라 모두에게 행복한 길이라는 생각이 들었다. 죽고 싶다는 생각에 사로잡혀 있던 나는 주변 사람들의 눈에 아주 위태로워 보였을 것이다.

친정 엄마는 하고 싶은 말이 있으면 무엇이든 좋으니 털어놓으라고 했다. 눈물을 글썽이면서 삶에 지쳐가는 딸을 마음 아파했다. 친정 엄마에게만이라도 마음속에서 일렁이는 원망, 분노, 좌절 등 온갖 감정을 털어놓으면 좋았을 텐데 나는 제발 아무 말도 걸지 말라고 엄마의 심장을 할퀴었다. 엄마는 아무 도움이 되지 않는다면서 말이다. 엄마는 심장이 쥐어짜이는 듯한 아픔을 느꼈을 텐데도 내색 한번 안 하셨다. 언제든지 말할 용기가 날 때는 엄마에게 다 쏟아부으라는 말씀만 하셨다. 힘들지만 아픈 아이를 감쌀 수밖에 없는 나와 엄마는 같은 처지였다. 엄마가 직접 내 고통을 겪지는 않지만 어쩌면 엄마는 나보다 더 아팠을 것이다. 경련할 때 온몸이 경직되면서 보라색으로 변해가는 아이의 입술을 보며 내 심장이 얼어붙듯이 엄마는 그런 나를 보며 아팠을 것이다. 만약 내가 어리석은 선택을 했더라면 엄마의 온전하지 못한 심장이 한 조각도 남지 못한 채 산산이 부서졌을지도 모른다.

우연히 이웃 친구와 대화할 기회가 있었다. 고관절 탈구로 고생하는 아이를 둔 예의 그 친구였다. 친구는 어느 날 자기 이야기를 들려주었다. 주변에서 아이 걸음이 이상하다고 말해서 병원을 여러 군데 가보았지만 다들 별문제 없다고 했다. 마지막이라는 마음으로 타 지역의 큰 병원에 갔는데 고관절 탈구라고 말했단다. 돌 무렵에 갔는데도 늦었다는 말을 들었다고 했다. 아무 문제 없다고 해서 시간이 더 지체된 것이 원망스럽고, 쭉쭉이를 해준답시고 다리를 쭉쭉 늘려주었던 자신이 한심했다고 한다. 몇 차례 수술을 해야 했고, 그런 후에는 허리에서부터 허벅지까지 통깁스를 했다. 아이는 스스로 아무것도 할 수 없었고, 고스란히 친구가 많은 것을 떠안았다. 나처럼 아이를 간호하며 지내는 시간은 감옥 같았다고 한다. 아이는 어느 순간 엄마의 눈치를 자주 보게 되었다고 한다. 친구는 아이에게 상처 준 것에 마음 아파하면서 나를 다독였다. 나는 조심스럽게 나의 죽음 충동을 털어놓았다. 친구는 놀라지 않았다. 자신도 느꼈던 감정이라고 했다. 누구보다 그 심정을 이해한다며 나를 안아주었다. 그런데 아이에게 상처를 준 것은 되돌릴 수 없게 되었다고 했다. 아이는 이제 훨씬 경과가 좋아졌는데 엄마와 벌어진 거리는 좀체 좁혀지지 않는다고 했다.

정신이 번쩍 들었다. 아무 죄도 없는 나를 창살 없는 감옥에 가둔 것이 아이라는 생각을 자주 했다. 반복되는 생각은 진실을 왜곡해서 정말 아이에게 원망의 화살을 돌리고 있었다.

'나를 이렇게 만든 건 너 때문이야.'

'너만 아니었으면 나는 행복하게 잘 살 수 있었는데, 너 때문에!'

아이에게 직접 얘기하진 않았지만 내 눈빛 속에, 행동 속에 원망은 진하게 배어 있었다. 그동안 어리석은 엄마의 원망 때문에 아이가 받았을 상처가 헤아려졌다. 늘 예민하게 날을 세우고 있는 나는 작은 실수에도 크게 화를 냈다. 내가 아이라면 어떤 마음이 들었을까 곰곰 생각했다. 살얼음판을 걷는 기분. 잘못 건드려 얼음에 금이 가면 무서운 얼굴을 한 엄마가 달려오는 기분. 꼼짝 않고 서 있어야 할 것 같은 적막과 공포가 온몸을 감쌌을 것이다. 숨이 턱까지 막혀왔을 것 같다. 후회감이 들어 깊은 숨을 내쉬었다. 빠져나가는 숨 속에 원망과 분노, 후회와 자책감이 딸려 나갔다.

늘 위태로운 눈빛으로 둘째 아이를 바라보던 친정 엄마 생각이 났다. 예민하게 굴며 어떤 호의도 용납하지 않던 딸에게 상처를 많이 받으셨을 텐데 늘 내 걱정뿐이셨다. 고통스러워하셨을 엄마와 아이를 바라보니 내가 무슨 짓을 한 건가 싶었다. 상처를 준 내가 미웠다. 동시에 불쌍했다. 나는 나를 추스렸다. 괜찮다. 이제라도 돌아왔으면 됐다. 돌아오는 길이 고통스럽고 가시밭길이었지만 한 번은 겪어야 했을 일이다. 이만하면 빨리 돌아왔다. 어쨌든 너는 나쁜 선택을 하지 않았고, 돌아보게 되었다. 그것보다 잘한 일은 없다. 모두가 받은 상처가 치유되는 데는 시간이 걸리겠지만 더 늦게 오지 않은 것만도 다행이었다. 나는 다짐했다. 이제부터 다시 시작하면 된다고. 나는 아이와 엄마에게 용서를 구했다. 두 사람을 가만히 안았다. 눈가가 촉촉하게 젖어들었다. 아이는 벗어나려

발버둥쳤다. 친정 엄마와 나의 어깨는 금방 축축해졌다. 서로의 심장이 맞닿아 새로운 시작의 설렘을 알리는 진동이 느껴졌다.

고통받고 있을 때 가장 많이 듣는 말이 '내려놓아라, 마음을 비워라, 받아들여라' 이런 식의 조언들이다. 좋은 말이다. 고통에서 벗어날 수 있는 핵심 자세이다. 하지만 넘어져서 살이 벗겨지고 피가 나는 사람에게 그래도 참아라, 아픔을 내려놓아라, 받아들여라 한다고 해서 고맙습니다, 덕분에 이제 아프지 않습니다 하는 사람은 드물다. 큰 고통 속에 있는 사람에게 하는 어설픈 조언은 침묵보다 쓸모없다.

아이가 아플 때, "그래도 어쩌겠니, 엄마인 네가 참아야지", "여자는 약해도 엄마는 강하대. 이겨낼 수 있어" 이런 식의 말을 자주 들었다. 엄마라는 이름으로 견뎌야 하는 무게는 어마어마했다. 엄마가 고통을 느끼지 못하는 로봇도 아닌데 무조건 견뎌야 한단다. 아픈 아이의 고통에 비하면 엄마가 느끼는 것은 비할 바가 못 된다며 엄마는 견뎌야 한다는 얘기를 듣고 또 듣는다. 엄마도 아프다. 아이가 아프면 엄마가 더 아프다. 내색하지 못할 뿐이다. 속으론 베이고 뜯겨 피가 철철 흐르고 있다. 그래도 당장 눈앞에 쓰러져가는 아이가 우선이라 자기 마음을 돌볼 겨를이 없다. 마음은 곪고 곪아 절망 속으로 빠져간다. 아이가 고관절 탈구로 마음고생이 심했던 친구는 이런 나의 마음을 먼저 보아주었던 것이다.

많은 사람이 건네는 어설픈 위로에 비뚤어졌던 내 마음은 친구의 공감으로 제자리에 돌아왔다. 보이지 않는 미래만을 쫓던 내 눈은 현실로 돌아와 온기를 품었다. 하얗게 질린 채로 무표정했던 얼굴은 혈색을 되찾았다. 내 마음을 알아주는 이가 있고 응원해주는 이가 있다는 것만으로 모든 것이 제자리로 돌아왔다. 혜민 스님의 말처럼 마음이 고요해지면서 솟는 자애심이 내 안의 나를 감싸주기 시작했다.

상처받은 부모들, 특히 아픈 아이를 둔 부모들에게 말해주고 싶다. 얼마나 힘들었느냐고, 힘들어도 힘들다고 말 못 했을 텐데 그 자리가 얼마나 무겁고 답답했느냐고, 하루에도 무시로 찾아오는 무력감을 어떻게 달랬느냐고 말이다. 누구보다 내가 잘 알고 있다. 수십 번, 수백 번 겪은 감정이기 때문이다. 공감해줄 사람이 없어서 더 아팠을 것이다. 표현할 수 없는 처지라 알아채주길 바랐지만 아무도 몰라줘 마음이 아팠을 것이다. 알아채주지 않아 섭섭했을 것이다.

하지만 이대로 머무를 수는 없는 노릇 아닌가. 내가 그랬듯이 상처받아 힘겨워하는 많은 부모가 틀을 깨고 나오기를 바란다. 아픔을 인정하고 받아들이며, 잘 견뎌내고 있는 자신을 다독여주고 안아주길 바란다. 많이 고생한 스스로를 토닥여주길 바란다. 나에 대한 위로를 가족들에게도 나누어 주었으면 한다. 그간의 모진 실수에 대해 진심으로 용서를 구하고 함께 울기도 하며, 새날을 맞이하는 것이다. 현실은 변하지 않을지도 모른다. 더 아프고 고통스러운 날이 찾아올지도 모른다. 그럼에도 불구하고 쏟아내고 난 마음에는 평온함이 찾아와 내가 좀 더 온전해지고 현실을 이겨낼 힘이 솟아난다. 오늘보다 더 나은 내일이 찾아올 것이다.

그렇게 믿는다.

내가 살아가는 이유

나의 첫 직장은 낮 동안 치매 노인을 돌보는 곳이었다. 치매 노인들은 아이들이 유치원에 다녀오듯이 아침에 입소해 각종 프로그램에 참여하면서 생활하다가 저녁에 퇴소하셨다. 처음에는 상급자인 팀장이 있어서 내가 맡은 업무가 그리 많지 않았다. 팀장이 다른 곳의 일과 병행하면서 고스란히 내가 모든 일을 책임지게 되었다. '센터 총괄'이라는 감투가 하나 쓰인 것이다. 처음에는 그 감투가 대단히 좋은 것인 줄 알았지만 알고 보니 업무 과중의 다른 이름일 뿐이었다. 새벽 공기를 마시며 출근했다가 별을 보면서 퇴근하기 일쑤였다. 내 몸은 아프다는 신호를 자주 보냈다. 행복했던 직장은 고되기만 한 노동 현장으로 전락했다. 아침 출근길에 내 몸은 천근만근이었다. 타향살이에 원치 않는 일중독자가 돼 지칠 대로 지쳤다. 밤이면 파김치가 되어 자취방에 누웠다. 잠에 들 때면 아침이 오는 것이 두려워졌다. 밤늦도록 일했지만 줄지 않는 일거리에 마음이 언제나 불편했다. 그때부터 나는 '일복이 터진 운명'이라고 생각했다.

힘들지만 내색하지 않고 견뎠다. 좋은 날이 오리라 생각했다. 좋은 날은커녕 일만 눈덩이처럼 커졌다. 어느새 내가 일을 하는지 일이 나를 끌고 가는지 헷갈리기 시작했다. 내 감정은 수시로 요동쳤다. 주위 사람들이 말을 걸면 항상 가시가 돋고 날카로워졌다. 오죽하면 새로운 팀장님이 가끔 나와 이야기하며 감정 기복이 심하다고 조언했을까. 내 상황도 모르면서 기분 나쁜 소리를 한다고 불편해했다. 감정을 다스릴 겨를이 없었다. 내 마음은 바람 센 날 바다처럼 무시로 파도치며 너울거렸다.

한계에 다다랐다. 업무를 바꿔달라고 보직 변경을 신청했다. 그러자 부장님이 말했다.

"그 자리는 네가 딱이야. 지금 당장 보직 변경을 하면 대신할 사람이 없어. 조금만 참으면 좋은 일이 생길 거야."

처음에는 변경될 날만 기다렸다. 삶에서 즐거움은 하나 없이 오로지 인내만 있었다. 결국 폭발했다. 다시 한 번 보직 변경을 신청했다. 돌아오는 답은 전과 완전히 같았다. 더 이상이 직장에 답이 없구나 생각하며 이직을 준비했다. 타향살이에 지쳐 미련도 없이 집 근처의 직장을 알아봤다. 이력서를 넣고 하루 휴가를 쓰고서 면접을 보았다. 며칠 뒤 합격 소식을 접했다. 다음 달 첫날부터 출근하기로 덜컥 약속했다.

직장에 사직서를 제출했다. 과장님은 윗선에 보고도 하지 않고 나를 계속 설득했다. 나는 이미 너무 지쳤기에 새 직장에 이직하게 된 사실을 털어놓았다. 이해해주시리라 생각했다. 방금 전까지도 부드럽게 나를 설득했던 과장님의 눈빛이 변했다. 노동법 위반이라며 퇴사하더라도 후임자를 구하지 못하면 한 달 안에 나가기 힘들 것이라고 얘기했다. 업무 과중에 시달리던 나는 졸지에 노동법을 위반한 나쁜 사람 처지가 되었다. 걱정이 태산 같았다. 여기서 뒤늦게 퇴사 처리가 돼 새 직장을 놓치면 갈 곳 잃은 백수가 된다. 왜 이렇게 되는 일이 하나 없는지 원망스러웠다. 열심히 일해온 결과가 억울하고 분했다. 매일 밤낮으로 틈만 나면 울었다. 일이 손에 잡히지도 않고 괴로웠다.

그날도 일이 손에 잡히지 않아 앉아서 서류를 뒤적거렸다. 서류 속에서 우연히 내 이력서와 자기소개서를 발견했다. 이력서 속의 난 자신감과 활력으로 무장한 탱크였다. 하얀 종이에 쓰인 검은 잉크들은 마르지 않은 채 여전히 살아 숨 쉬었다. 자기소개서를 천천히 읽어나갔다.

"나는 무남독녀로 자랐지만 이기적인 사람이 아닙니다. 형제자매가 없어 부모님 사이에서 공정한 중간 다리 역할을 하며 자랐습니다. 대학 시절에는 동아리 회장을 하면서 여러 의견을 듣고 조정하는 역할을 했습니다. 과거의 경험은 자연스럽게 관계를 조정하고 조화롭게 만드는 사람으로 만들었습니다. 직장 동료 간에 조율이 필요한 문제 상황, 사회복지사와 대상자 간의 조율이 필요한 문제 상황은 언제나 발생한다고 생각합니다. 복지관에 입사하게 된다면 저의 장점이 빛을 발할 것이라 생각합니다."

피식 웃음이 났다. 제 앞가림도 못해서 쩔쩔매면서 누가 누굴 조율하고 조정한다는 것인가. 어처구니없어하면서 자기소개서를 다 읽었다. 오글거리는 내용이었지만 자신감이 충만한 그때의 내가 부러웠다.

서류를 덮고 책상 너머로 시선을 옮겼다. 어르신들이 병든 닭처럼 소파에 앉아 꾸벅꾸벅 졸고 계셨다. 주무시지 않는 분들은 텔레비전을 멍하니 보고 계셨다. 70~80세의 어르신들은 하루하루 할 일이 없었다. 자신감도 없었다. 내일을 기약하지도 않으셨다. 가끔 강사들이 펑크를 내면 종종 내가 프로그램을 진행했다. 어르신들의 참여를 유도하면 꼭 말씀하시는 레퍼토리가 있다.

"나는 이제 못 한다. 다 늙어서 이거 하면 뭐 하노. 귀찮다.

안 한다."

의욕을 상실한 김빠진 사이다가 내는 소리. 그 속에 최소 50년은 젊은 나도 김빠진 사이다 한 병으로 존재했다. 병뚜껑을 열면 짧고 힘없는 신음만 뱉을 뿐 단맛 나는 설탕물에 지나지 않았다. 한때는 탄산이 끓어 넘치는 사이다였는데, 자신감과 열정으로 중무장한 사이다였는데. 업무 과중을 경험하기 전까지 어르신들을 만나는 시간이 무척 즐거웠다. 콧노래를 부르며 일했다. 늦은 밤에는 어서 출근하고 싶어 잠자리를 설치고 한 시간마다 깨기도 했다. 이대로 주저앉고 싶지는 않았다. 자신감에 충만했던 과거를 상기하며 최면을 걸었다.

"그래, 일단 주어진 일은 즐겁게 하자. 자연스럽게 시간에 몸을 맡기자. 어떻게든 될 거야."

마음을 가볍게 먹었다. 즐거웠던 때를 되새기면서 어르신들과 즐겁게 하루를 보냈다. 부담 갖지 않고 차근차근 일을 처리했다. 며칠 후 후임자가 정해졌다며 사표를 수리한다는 통보를 받았다. 기분 좋게 일을 마무리했다. 새 직장에 출근하기 전에 휴식 시간도 얻을 수 있었다. 이 모든 일이 마음을 비우고 난 단 일주일 만에 이루어졌다.

아이가 뇌전증을 앓고 나서 깊은 우울감에 빠졌다. 과거 직장 생활의 경험으로 큰 교훈을 얻었다고 생각했지만 제자리였다. 아니, 더 아래로 추락했다. 늘 팔자타령하며 운명을 탓했다. 과거에 힘든 고비를 넘긴 뒤 성숙해졌다고 생각했지만 더 큰 고비 앞에서 그대로 추락했다. 자신감으로 중무장한 나는 어디로 갔는가. 내 삶은 아무것도 아닌가. 육아도 버거운데 아픈 아이까지 간호해야 하는 잔혹한 운명은 죄업인가. 현실이 그야말로 나를 두 번 세 번 죽인다고 생각했다. 큰마음 먹고 가족들과 나들이를 계획했다가 아이가 꼭 아프거나 남편이 일이 생겨 접은 적이 많았다. 다시 계획을 세워 다녀오면 되는데 아주 큰일인 양 다시는 나들이 계획 따위 하지 않겠다고 결심했다. 사소한 것 하나하나 비관할수록 자신감은 바닥을 쳤다.

"나는 이제 아무것도 못해. 애도 아픈데 해서 뭐 해!"

같은 질문을 계속해서 던졌다. 이제 어떻게 살아야지? 이런 현실에도 불구하고 왜 살아야 하지? 고작 생각해낸 답은 '아이와 가족을 위해서'였다. 그런 동기는 나를 일으키지 못했다. 결국 나는 억지로 답을 구하려 하지 말고 과거처럼 자연스럽게 시간에 몸을 맡기기로 했다. 마음을 가볍게 먹으면 어떻게든 되리라 생각하면서 전전긍긍하던 생각을 버렸다. 머릿속에 가득 찬 쓸데없는 걱정들을 빗자루로 모조리 쓸어냈다.

그리고 책을 들었다. 걱정으로만 가득 찬 생각을 몰아내고 어떻게 하면 좋을지 책을 읽어가며 내면을 채웠다. 추락한 자신감을 되찾기 위해 책을 읽었다. 잘 살아낸 이들을 찾아가 강연을 들었다. 허기진 거지처럼 텅텅 빈 머리와 내면을 채워가기 시작했다. 삶을 어떻게 살아야 하는지, 왜 살아야 하는지 의견이 다양했다. 각자가 주장하는 실천 방법도 많았다. 하지만 공통으로 전하는 내용은 단 한가지였다. 내가 주인이 되는 삶, 나를 위한 주체적인 삶을 사는 것. 어떻게 살아야 하는지와 왜 살아야 하는지에 대한 해답이었다. 직장에서 괴로웠던 것도, 아픈 아이를 키우며 괴로웠던 것도 '나'라는 존재가 빠져 있었기 때문이다. 직장을 위해서 일한다고 생각했다. 내가 일을 하는 것이 아니라 시달린다고 생각했다. 일을 즐기는 여유 따위가 없었다. 모든 걱정을 놓고 내가 좋아하는 일을 즐겁게 하자고 마음먹은 뒤 일이 술술 풀렸다. 육아를 하고 살림을 하면서도 오로지 아이와 가족이 우선이라고 생각했다. 아픈 아이를 돌보는 것이 먼저였다. 내 밥은 뒤로 미뤄도 된다고 생각했다. 아이들의 입에 밥과 간식을 챙겨주는 것이 우선이라고 생각했다. 휴식을 취하기보다 집안을 정리하고 치우는 것이 우선이라고 생각했다. 즐겁지 않았다. 치우고 돌아서면 어질러져 있는 집안은 괴행성 같았다.

아이의 병은 차도가 없었다. 밤에는 깊은 잠을 잘 수가 없어 수면 부족에 시달렸다. 낮에도 긴장을 풀 수가 없어 마음이 늘 조마조마했다. 아이를 위한 약과 건강 기능 식품은 항상 시간에 쫓겨 겨우 먹였다. 양쪽 팔에 매달린 아이들이 너무 무거웠다. 열심히 하루하루를 살았지만 아무런 성과가 없었다. 더 이상 조연이 아니라 내 삶의 주인공으로 등장해야 할 타이밍이 왔다.

내가 없다면 아이도 가족도 없다. 내가 즐겁지 않다면 아이도 가족도 불행하긴 마찬가지다. 이제는 나를 등장시킬 순서였다. 내가 하고 싶은 것, 되고 싶은 것을 꿈꾼다. 꿈꾸는 것들을 위해 새벽이라는 나만의 시간에 최선을 다하고 있다. 최선을 다하고 있는 지금 이미 나는 주인공으로 열연을 하고 있다. 책을 좋아하게 될지 몰랐다. 글을 쓰게 될지도 몰랐다. 아무것도 아니라고 하찮게 여기던 삶에 새싹이 파릇파릇 돋았다.

새싹은 어제도 자랐고, 오늘도 자란다. 내일도 자랄 것이다. 더 이상 아무것도 아닌 삶이 아니다. 내가 살아가는 이유는 바로 '나' 때문이다. 당신도 고통을 내려놓고 시간에 몸을 맡겨보길 바란다. 고통을 내려놓은 그 자리에 신선한 삶의 공기가 채워질 것이다. 고통을 벗어던지고 왜 살아야 하는지 삶의 이유를 찾게 될 것이다. 비로소 주인공으로 열연하고 있는 당신을 발견하게 될 것이다. 나의 삶이 그렇듯이 당신의 삶은 그 누구의 삶보다 위대하고 소중하다.

•

새싹은 어제도 자랐고, 오늘도 자란다. 내일도 자랄 것이다.

더 이상 아무것도 아닌 삶이 아니다.

에·필·로·그

지난밤에도 아이는 경련을 했다. 경련과 경련 사이의 시간 간격은 60분이다. 다음 경련이 찾아오기까지 남편과 나는 시곗바늘에서 눈을 떼지 못했다. 56분. 57분. 58분. 59분. 큰 바늘이 꼭대기에 점을 찍는 순간 아이의 몸은 굳어졌고 새벽 3시를 넘기고서야 깊은 잠에 빠졌다.

두 시간 남짓 잤을까. 알람 소리에 벌떡 일어났다. 조용히 문을 닫고 나와 풍선을 불기 시작했다. 가런드와 알록달록한 풍선을 달았다. 제법 그럴듯하게 파티 준비를 했다. 칙칙. 밥솥에서 고소한 영양밥 냄새가 피로를 달랬다. 가스레인지 위에선 보글보글 미역국이 끓고 있고, 프라이팬에선 지글지글 생선 구워지는 소리가 경쾌하게 들렸다. 소란스러운 소리를 들었을까. 안방 문이 열리고 아이들이 나왔다. 남편과 나는 달려가 아이들의 눈을 가렸다.

"잠깐만! 잠깐만!"

아이들은 영문을 모르지만 히죽 웃는다. 뭔가 즐거운 일이 있다는 사실을 눈치챈 것이다.

"자, 준비 됐니?"

"네!"

간밤에 고생한 아이의 씩씩한 목소리가 대견하다.

"짜잔!"

두 눈을 동그랗게 뜨고 폴짝폴짝 뛰는 아이들. 얼굴은 거칠하고, 눈밑에는 피곤이 집중되어 있던 남편과 나는 아이들을 보며 그저 흐뭇해했다.

"생일 축하합니다. 생일 축하합니다. 사랑하는 오빠야. 생일 축하합니다."

고깔모자를 쓴 큰아이가 함박웃음을 지으며 촛불을 껐다. 눈밑이 뜨거워졌다. 그러지 않으려고 하는데 아이의 모습이 자꾸 흐려졌다. 병원에서 맞이하던 아이의 생일. 그저 케이크 하나 올려놓고 축하 시늉만 냈던 아이의 생일들이 스쳐 지나갔다. 집이라는 공간에서 서로 사랑하고 함께 축하하는 생일이 얼마나 감사한지. 아이가 아프지 않았다면 몰랐을 행복들. 신의 선물인 걸까.

큰아이의 생일 전날, 어떤 선물을 할지 고민했다. 특별한 선물을 하고 싶었다. 내일이면 시들해지고, 다음 날이면 발에 채이고, 또 그다음 날이면 자취를 찾을 수 없는 그런 장난감이 아닌 특별한 선물.

'아이에게 이롭고, 타인에게도 이로운 선물이 없을까. 좋은 기운을 불어넣어주고 싶다. 아이의 생일이 누군가의 기쁨이 되고, 감사가 되었으면 좋겠다.'

고민하고 또 고민했다.

내일은 아이의 여섯 번째 생일입니다. 생일을 맞아 아이에게 세상의 좋은 기운을 불어다 주고, 타인에게 좋은 기운을 나누어 줄 수 있는 방법이 뭐가 있을까 고민했습니다. 그래서 이웃님들의 도움을 받을까 해요. 내일까지 제 아들 창현이에게 축하 메시지를 남겨주세요. 댓글을 남겨주신 이웃 한 분당 5,000원씩 총 인원 수에 해당하는 금액을 한국뇌전증협회에 아이 이름으로 후원할 생각입니다. 후원금은 뇌전증 연구, 편견 해소를 위한 행사, 저소득 뇌전증 환자 치료비 등에 사용된답니다. 이벤트로 제 아이를 비롯해 뇌전증으로 고생하고 계신 많은 분에게 좋은 에너지가 전해지길 바라는 마음에 용기 내 부탁을 드려요. 참여 부탁드립니다.^^

블로그에 아이의 사진과 함께 글을 남겼다. 보통 포스팅을 하면 댓글이 하루에 일고여덟 개 정도가 달리니 적어도 열 명 정도는 참여해주시리라 생각했다. 그런데 웬일일까. 까맣게 불이 꺼진 스마트폰이 연신 불을 켜고 알림을 보냈다. 쉴 틈 없이 댓글이 달리고 있었다.

"창현아, 너는 엄마의 소중한 선물이야. 지금까지 잘 이겨내주고 있어서 너무 고마워. 생일 축하해."

"너의 여섯 번째 생일을 축하해~. 이 세상에 태어나줘서 고마워. 그리고 축복해. 넌 반드시 나아질 거야. 사랑한다 창현아, 수빈아."

"창현아, 생일 축하해. 처음 보지만 아줌마도 애기가 있는 사람이라 남의 일 같지 않네. 너가 매일매일 행복하면 좋겠구나. 지금처럼 씩씩하게 살렴. 생일 축하해. ♡♡"

"세상 모든 아이들에게 빛이 되는 드림 메이커 '창현'이가 되길....!!"

알고 지내던 이웃은 물론이고 전혀 모르던 블로거들이 아이에게 뜨거운 축하를 보내주기 시작했다. 부탁하지도 않았는데 사람들은 서로 포스팅을 공유해가며 이벤트를 홍보하고, 응원의 댓글을 달아주었다.

'그래, 이거다. 창현이와 내가 나아갈 길. 의사조차 뚜렷한 방법을 모르는 치료에만 매달릴 것이 아니라 이 병을 안고도 행복하게 살아가는 것. 타인과 함께 나누는 것. 더 아픈 이들에게 희망이 되는 것. 그게 바로 우리 모자가 나아가야 할 길이구나.'

이벤트를 종료하고 예상 인원의 열 배가 훨씬 넘는 134명의 후원금을 입금했다. 돈이 많아서는 아니었다. 실은 남편에게도 말하지 못했다. 아이의 생일을 맞아 후원을 하겠다는 사실은 말했지만 후원금 규모는 밝히지 못했다. 솔직히 예상 밖의 참여에 입금 전 잠시 망설이기도 했다. 그러나 나는 신의 뜻이라고 생각했다. 134명의 어마어마한 축하를 받은 것도, 해당하는 후원금도 다 신의 뜻이라는 생각을 했다. 눈앞의 작은 이익을 좇다가 신의 뜻을 망쳐버리고 싶지 않았다. 우리 모자에게 주어진 소명에 찬물을 끼얹는 행위를 과감히 접고 기꺼이 송금했다. 송금이 완료되었다는 메시지를 읽는 순간 느낀 전율은 한 번도 경험해보지 못한 말로 표현할 수 없는 경이로움이었다.

우리 모자는 사람들에게 넘치는 응원과 축복을 받았다. 그 마음을 고스란히 담아 한국뇌전증협회에 전했다. 세상이 달라 보였다. 세상 그 누구보다 행복하다 자신 있게 말할 수 있을 만큼 기뻤다.

아이가 좀 더 자라고 시간이 지나면 분명 힘든 순간이 찾아올 것이다. 그때를 대비해 나는 소중한 댓글들을 비공개로 저장해두었다. 댓글과 같이 자신이 세상에서 가장 소중한 사람이라는 것, 많은 사람이 자신을 응원하고 사랑한다는 사실을 보며 존재 가치를 깨닫고, 용기를 낼 수 있도록 꼭 보여줄 생각이다.

더 놀라운 것은 이벤트 이후, 아이의 증상이 비교적 안정돼갔다는 점이다. 생일 전까지 숨도 못 쉴 만큼 증상이 찾아왔다면, 이제는 잠시나마 숨을 돌릴 순간들이 찾아들었다. 감정면에서, 행동 면에서 통제되지 않던 아이가 조금씩 안정을 찾기 시작했다.

"어머니, 창현이 담임교사입니다. 창현이가 요즘 유치원에서 수업에 참여하려는 의욕을 보이기 시작했어요. 예전보다 대답도 잘하고, 앉아 있기 힘들어도 설명하면 끝까지 앉아 있으려고 노력해요. 제가 컵을 나를 때면 '선생님, 도와드려도 돼요?' 물어보며 돕기까지 한답니다. 창현이의 변화가 큰 감동이라 어머님과 함께 나누고 싶어 연락드렸습니다."

그날, 선생님과 나는 아이를 사이에 두고 똑같은 마음으로 격하게 감동했다. 많은 사람의 축복과 선한 기운이 알게 모르게 아이를 감싼 것은 아닐까. 비록 우연일지라도 나는 그렇게 믿기로 했다.

물론 잘 알고 있다. 아이의 상태는 언제고 또 변하리라는 것을. 수그러든 증상이 더 활개를 칠지도 모른다. '애가 다시 왜 이래?' 할 만큼 감당할 수 없게 변할지도 모른다. 몇 번이고 우리 가족은 좌절하고, 일어서고, 또 좌절하고 일어서기를 반복해야 할 것이다. 어쩌면 지금 겨우 출발선에서 한 걸음을 뗀 건지도 모른다. 괜찮다. 더 큰 고통 속에서도 아이를 포기하지 않는 숱한 엄마들이 있지 않은가.

나와 아이는 산을 오르고 있다는 생각이 든다. 숨이 턱까지 차오르는 오르막을 한참 오르다 보면 상쾌하고 시원한 숲을 걷는 때가 온다. 그 숲을 지나고 나면 고통의 오르막이 등장할 것이다. 욕까지 마구 섞어가며 힘든 오르막을 지나면 콧노래 부르며 콩콩 경쾌하게 뛰어 내려갈 내리막이 나타날 것이다. 아이와 나는 오르막이 있으면 내리막이 있다는 사실을 담담하게 받아들이고 한 발 한 발 나아갈 뿐이다. 힘들면 좀 쉬었다가, 간식도 먹고 널찍한 바위 위에 눕기도 했다가 서로의 팔을 끌어주며 힘차게 오를 것이다. 함께할 수 있음에 감사하고 행복해하며 말이다.

밤새 경련에 시달린 아이, 하지만 깜짝 생일 파티로 기분이 좋아져 말간 얼굴을 하고 있는 아이에게 묻는다.

"엄마가 쓴 약 주는 거 밉고 싫지?"

"아니! 엄마가 나 사랑해서 주는 거잖아."

"응 우리 아들, 엄마가 고맙고 사랑해."

"나도 엄마 사랑해!"

* 이 책은 한국출판문화산업진흥원의 출판콘텐츠 창작자금을 지원받아 제작되었습니다.

너를 있는 그대로 사랑해

지은이 황수빈

1판 1쇄 인쇄 2017년 5월 18일
1판 2쇄 발행 2017년 12월 13일

발행인 신혜경
발행처 마음의숲

대표 권대웅
편집 송희영 디자인 임정현 마케팅 노근수 허경아

출판등록 2006년 8월 1일(105-91-03955)
주소 서울시 마포구 동교로 144-13(서교동 463-32, 2층)
전화 (02) 322-3164~5 | 팩스 (02) 322-3166
페이스북 facebook.com/maumsup
ISBN 979-11-87119-91-3 (03810)

값은 뒤표지에 있습니다. 저자와 협의하여 인지를 생략합니다.

이 도서의 국립중앙도서관 출판시도서목록(CIP)은 e-CIP홈페이지(http://www.nl.go.kr/ecip)와 국가자료공동목록시스템(http://www.nl.go.kr/kolisnet)에서 이용하실 수 있습니다.
(CIP제어번호: CIP2017011395)